登岳陽樓

...한 통 없으되
...병은 외배은 ...한 척 있을 뿐
판산의 북쪽에는 전쟁이 한창이니
난간에 기대어 눈물 흩뿌린다

親朋無一字, 老病有孤舟.
戎馬關山北, 憑軒涕泗流.

反逆

반역강호

江湖

반역강호 3

도욱 新무협 판타지 소설

초판 1쇄 찍은 날 § 2006년 5월 30일
초판 1쇄 펴낸 날 § 2006년 6월 10일

지은이 § 도욱
펴낸이 § 서경석

편집장 § 문혜영
편집 § 장상수 · 최하나 · 문정흠

펴낸곳 § 도서출판 청어람
등록번호 § 제1081-1-89호
등록일자 § 1999. 5. 31
어람번호 § 제2-0925호

주소 § 경기도 부천시 원미구 심곡1동 350-1 남성B/D 3F (우) 420-011
전화 § 032-656-4452 팩스 § 032-656-4453
http://www.chungeoram.com
E-mail § eoram99@chollian.net

ⓒ 도욱, 2006

ISBN 89-251-0004-5 04810
ISBN 89-251-0001-0 (세트)

도서출판 청어람

3

암도진창(暗渡陳倉)

반역강호

도욱 新무협 판타지 소설
Fantastic Oriental Heroes

목차

第十八章

화서생(話鼠生)

여인의 눈썹 같은 초승달이 어둔 하늘에 걸려 있는 깊은 밤.

저녁 무렵 어설프게 마신 술 때문인가?

불 꺼진 객점 침상에 누워 있는 철우는 잠을 이루지 못한 채 눈을 뜨고 있었다. 몇 번이고 잠을 청하기 위해 몸을 뒤척여 보았으나, 발끈하여 자리를 박차며 등을 보였던 영령의 얘기가 계속 그의 귓전을 맴돌았기 때문이다.

"…오라버니는 국주를 응징하는 일이 위험하기 때문에 제게 빠지라고 하지만 저는 그렇기 때문에라도 더욱 오라버니와 행동을 함께할 거예요. 그 무슨 일이 있어도!"

"휴우……."

철우의 입에서 나직한 신음이 흘러나왔다.

그의 입장에선 자칫 생명을 잃을 수 있는 일에 그녀를 끼어들게 할 수는 없었다. 하지만 그녀는 결코 떨어지지 않을 것이다. 무조건 함께 행동할 것이다. 그가 가는 곳이 지옥일지라도.

그렇기에 철우는 마음이 무거웠고 머리가 복잡했다. 하남성에 있는 명파의 수준 높은 무사들을 표사로 채용하는 금룡표국이다. 강호에 나가도 충분히 명성을 떨칠 수 있는 일류무사만도 무려 오십 명이 넘는다. 때문에 지난날 담중산의 저택을 쳐들어갈 때와 같은 방식은 결코 택할 수가 없다. 더욱이 영령이 곁에 존재하는 한 정면 승부로는 자신뿐만 아니라 영령의 목숨까지도 장담할 수 없었다.

문득 철우의 뇌리에 한 인물이 떠올랐다. 철우가 낙양에 돌아왔다는 사실을 알면 가장 반가워할 사람이기도 했다.

'음… 계속 그곳에서 살고 있을지 모르겠군.'

철우는 날이 밝는 대로 그자를 찾아야겠다고 생각했다. 순간, 그의 눈빛이 번뜩거렸다.

저벅… 저벅…….

조심스럽게 소리를 죽인 상태로 통로를 걸어오고 있는 사내들의 발자국 소리였다.

어느 한순간 그들의 움직임이 멈췄다. 그리고 발자국 대신 최대한 낮춰 소곤거리는 소리가 들렸다.

"이 방과 이 앞방입니다."

"음… 알았다. 그럼 두 패로 나눠서 시작하자."

덜컹!

지시가 떨어지기가 무섭게 검을 뽑아 든 두 명의 사내가 방문을 열고 달려들었다. 하지만 예상과 달리 침상에는 사람이 없었다.

"아, 아니? 어, 어떻게 된 거야?"

기습한 두 명의 사내는 당혹스런 표정을 지으며 황급히 주변을 둘러보았다.

그 순간.

우직! 콩!

느닷없이 어둠 속에서 쇠망치와 같은 주먹이 두리번거리는 한 사내의 면상에 꽂혔다. 동시에 뒤로부터 황급하게 내리찍어 오는 검날을 피하면서 또 다른 사내의 복부를 발로 가격했다. 정확하게 급소를 얻어맞은 사내는 숨을 제대로 내쉬지 못한 채 입을 크게 벌리고 뒤로 넘어졌다.

꽈당탕!

"……!"

사내들이 고통스런 표정으로 신음 흘리는 모습을 본 철우는 흠칫하더니 이내 죽립을 머리에 걸치는 것과 동시에 신속히 영령의 방으로 달려갔다.

"이것들이 잠도 못 자게 왜들 난리야?"

싸늘한 냉갈과 함께 영령은 검세를 피하며 마치 독수리처럼 사내의 목덜미를 잡아채더니 벽으로 밀쳐 버렸다.

우직!

단단한 석벽에서 호박 깨지는 음향이 울렸다. 또 다른 사내의 검이 영령의 등판을 향해 달려들었다. 영령의 신형이 마치 새털처럼 가볍게 허공으로 도약하며 검을 피했다. 동시에 그녀의 떠오른 발이 사내의 콧잔등을 찍었다.

콰쩍!

"우와악!"

사내는 비명을 질렀다. 그는 머리에서 선지 같은 피를 흘리며 쓰러진 동료의 곁으로 나가떨어졌다. 그리고 그들이 쓰러진 문 앞으로 한 인물이 나타났다. 영령의 눈이 크게 떠졌다.

"오, 오라버……?"

나타난 사내는 철우였다.

그가 기습자들을 제압하고 달려오는 사이에 이곳 또한 이미 상황은 깨끗하게 끝나버린 것이다.

"괜찮으세요? 그렇지 않아도 걱정돼서 그쪽으로 가려고 했는데."

"물론이다. 넌?"

"저야 보시다시피 멀쩡하죠."

영령은 가볍게 미소를 짓고는 재차 말을 이었다.

"조갈이 나서 물 마시려고 깨어나 있는데, 글쎄 이놈들이 느닷없이 문을 열고 쳐들어오지 뭐예요? 강도 같지는 않고… 대체 이 자식들 뭐 하는 인간들이죠?"

영령이 의아한 얼굴로 묻는 순간, 철우의 검미가 꿈틀거렸다.

"……!"

동시에 그의 우수가 활짝 열려진 문 쪽을 향해 벼락처럼 움직였다.

우당탕탕!

격하게 나뒹구는 소리가 문밖 통로에서 울렸다.

영령은 신속하게 문밖으로 뛰쳐나갔다. 객실 통로엔 한 사내가 엎어져 있었다.

"어이쿠… 끄으응……."

철우의 손목에서 격출된 투명한 천잠사 줄에 발목이 걸려 쓰러진 사내는 똥 마려운 강아지처럼 연신 신음을 토했다. 영령의 눈이 휘둥그레졌다.

"얼래? 이 인간은?"

"끙… 안녕하세요. 안 주무시고 계셨네요? 헤헤……."

엎어져 있던 사내는 고통을 참으며 어색하게 인사했다. 미간에 큼직하게 솟은 사마귀가 달려 있는 사내.

그는 바로 객점 주인이었다.

두 명씩 두 조로 나뉘어 기습했던 무사들과 객점 주인, 도합 다섯 사내가 철우와 영령의 앞에 무릎을 꿇고 있었다.

모두가 죄인처럼 머리를 떨궜고, 객점 주인 공손달은 손가락에 침을 묻혀 코에 바르고 있었다.

"뭐 하는 짓이냐? 무릎 꿇고 꼼짝도 하지 말라는 내 얘기 못 들었어?"

어디서 구했는지 기다란 목봉을 들고 선 영령은 버럭 소리를 지르며 공손달의 머리를 후려쳤다.

빠악!

"우와왁!"

공손달은 비명을 지르며 두 손으로 머리를 감쌌다.

"끄으… 저, 저도 꼼짝하지 않으려고 했는데… 너, 너무… 다, 다리가 저려서……."

"누가 돼지처럼 피둥피둥 살찌래?"

"그, 그러게 말입니다. 그러니 저의 신체적 결함을 배려해서 다리를 좀 펴고 앉으면 안 될까요?"

"안 돼. 그냥 찍소리 말고 그대로 앉아 있어. 또 한 번 꼼지락거리면 다리뿐만 아니라 머리통에도 쥐가 나게 해줄 테니까. 알겠냐?"

영령의 섬뜩한 협박에 공손달은 움찔하며 고개를 떨궜다.

"…예."

"그나저나 네놈들 정체가 뭐야? 대체 무슨 목적으로 우릴 기습한 거냐?"

영령은 사내들을 둘러보며 불쾌한 표정으로 물었다. 그러나 뜻밖에도 그 대답은 철우의 입에서 나왔다.

"이들은 금룡표국의 표사들이다."

"그, 금룡표국?"

영령이 눈을 휘둥그렇게 떴다. 하지만 그녀는 굳이 더 이상 설명이 없어도 곧 철우의 말을 이해할 수 있었다. 사내들의 왼쪽 가슴에 금빛으로 선명하게 수놓여진 룡(龍)이라는 글자가 있었기 때문이다.

"근데 이 자식들이 대체 어떻게 나타난 거죠? 벌써 우리의 정체가 탄로난 건가요?"

영령의 전음이었다.

"그건 아닐 게다. 만약 그랬다면 나의 무공을 잘 알고 있는 국주가 이런 식으로 시시하게 기습할 리는 없을 테니까."

철우 역시 전음으로 대답해 주었다.

"저… 근데……."

다리가 저려서 끙끙거리던 공손달이 조심스럽게 고개를 들었다.

“외람된 질문이온데… 노적산 국주님과는 대체 어떤 관계이신지
요.”

“……?”

“제가 아까 저녁때 두 분이 하시는 말씀을 본의 아니게 좀 들었는
데…….”

공손달이 내뱉는 말로 인해 철우와 영령의 궁금증은 자연스럽게 풀
렸다. 표사들이 기습은 했지만, 그들의 정체가 발각된 건 아니라는 사
실을.

“국주님께 무슨 섭섭한 감정을 갖고 계시는 것 같습니다만… 웬만
하시면 감정을 풀고 오히려 그분과 친하게 지내시는 게 어떻겠습니
까?”

“뭐라고?”

혼이 나고도 계속 주제넘게 오지랖을 떠는 공손달의 모습에 영령은
어이가 없었다.

“그분이 낙양제일의 거물입니다. 그런 거물과 적이 되기보다는 그분
의 그늘 아래로 들어가서 편하고 안락한 삶을 영위하는 게 아무래도
현실적이지 않겠습니까? 더욱이 두 분은 고강한 무공도 갖추고 계신
만큼 표국에서 좋은 자리도 차지할 수 있을 텐데…….”

“오호, 현실적이라? 그거 상당히 좋은 얘기 같은데…….”

“그럼요. 과거에 연연하는 건 미련한 인간들이나 하는 짓이죠. 똑똑
하고 야무진 사람들은 절대 현실 이외엔 생각하지 않거든요.”

공손달은 뜻밖으로 영령이 감탄하며 맞장구를 쳐주자 더욱 신이 난
표정으로 지껄여댔다.

“직접 찾아뵙기가 쑥스러우시다면 제가 중간에 다리를 놔드릴 수도

있죠. 제가 이래 뵈도 노 국주님과는 호형호제를 할 정도로 아주 각별한 사이거든요. 하하."

어찌나 신이 났는지 함께 무릎을 꿇고 있는 표사들조차 어이가 없을 정도로 허풍까지 해대고 있었다.

영령의 코가 씰룩거렸다.

"성의가 정말 눈물겹게 갸륵하군. 근데 이거 미안해서 어쩌지?"

"뭐가 말입니까?"

"울 아버지가 닭 대가리는 될지언정 용 꼬리는 되지 말라고 했거든. 그리고 나에게 용 꼬리가 되라고 꼬시는 놈이 있으면 그놈의 주둥아리를 뭉개 버리라고 하셨는데… 자식 된 도리로서 당연히 그 말씀을 받들어야겠지. 그치?"

영령의 입가에 미소가 번지는 것과 동시에 그녀의 주먹이 정확하게 공손달의 주둥이에 꽂혔다.

우직!

"으와아악!"

공손달은 비명을 토하며 뒤로 벌렁 쓰러졌다. 그러나 불행하게도 그것이 시작이었다.

빡! 빠빠빠빠빡!

영령은 쓰러진 공손달의 상체에 올라앉더니 확실하게 그의 주둥이를 뭉개 버렸다. 영원히 허풍이나 오지랖을 떨지 못하도록.

*　　　　*　　　　*

노적산은 새벽 일찍 일어났다.

그는 남보다 일찍 일어나는 새가 빨리 먹이를 찾는 법임을 알기에 아침잠이 많은 사람을 경멸했다. 때문에 표국의 사람들은 모두가 일찍 일어나는 게 습관화되어 있었다.

정주에서 돌아온 총관 권암의 보고 때문인지 노적산의 기분은 어느 때보다도 밝고 유쾌했다. 멀리서 움터오는 갓밝이를 보며 겨울의 차가운 새벽 공기를 깊숙이 들이키고 있을 때, 권암이 다가오며 허리를 숙였다.

"기침하셨습니까?"

"허허… 이 사람, 일찍 일어났구먼. 오늘 같은 날은 푹 자도 괜찮거늘……."

정주에서의 성공적인 업무 수행을 마치고 돌아온 것을 치하하듯 권암을 향한 그의 표정은 평소보다 무척 밝고 부드러웠다.

"보고드릴 일이 생겼습니다."

"일이라니?"

"지난밤 동문로의 객점에 투숙하고 있다던 정체불명의 인물들에 관한 보고입니다."

"아참… 그랬지."

노적산은 그제야 생각난 듯한 얼굴이었다. 불쾌한 보고였지만 곧바로 부하들을 보낸 만큼 크게 신경 쓰지 않았던 모양이다.

"그래, 뭐 하는 놈들이던가?"

"오히려 당했다고 합니다."

"뭐라?"

노적산의 눈이 크게 불거졌다. 전혀 신경 쓰지도 않았을 정도로 하찮은 일이라 생각했던 때문인지 놀람은 더욱 컸다.

*   *   *

　낙양 최대 시장인 태화전(泰華廛)의 뒤편에는 어둡고 음습한 거래가 행해지는 암시장이 있었다.

　복마장(伏魔場). 바로 이곳이었다.

　가장 큰 태화전을 비롯해 여느 시장에서도 살 수 없는 물건들,

　예를 들면 춘약은 물론 국법으로 매매가 금지된 각종 독극물, 그리고 노비를 비롯하여 유명한 문필가와 화가의 위조 친필 휘호와 그림, 심지어는 이름있는 전장의 위폐(僞幣)까지도 이곳에서는 쉽게 구할 수가 있었다.

　팔아도 되는 것은 팔지 않았으며 팔선 안 되는 것들만 골라서 파는 곳, 복마장.

　한낮의 해가 중앙에 걸린 정오 무렵.

　복마장 안으로 들어서고 있는 검은 무복의 사내와 죽립인의 모습이 보였다. 영령과 철우였다.

　벌건 대낮임에도 불구하고 복마장의 분위기는 어둡고 음습했다. 우선 대부분의 상점들이 닫혀 있었고, 문이 열려 있어도 주인의 모습은 찾아볼 수 없을 정도로 시장으로서의 생기 따위는 전혀 찾아볼 수가 없었다.

　손님들이 다닐 수 있는 길도 매우 좁았고, 그 길을 따라 지저분하고 초라한 사내들이 노상에 앉아 있었다. 어떤 사내는 옷을 벗어 이를 잡고 있었고, 또 어떤 이는 발가락 사이를 열심히 긁어대며 술을 마시고 있었다.

그들 앞에 벌려져 있는 작은 좌판을 보면 분명 노점상 같기는 한데, 모두가 한결같이 장사에 의욕 따위는 전혀 찾아볼 수 없었다.

'내참… 거지 소굴이 따로 없군. 아무리 암시장이라지만 이따위 꼴로 장사를 하다니…….'

철우의 뒤를 따라가던 영령은 상인들의 더럽고 권태로운 모습에 인상을 찌푸렸다.

그때였다.

"히히, 뭘 찾으슈?"

때가 낀 시커먼 엄지손가락으로 코를 후비던 들창코의 상인이 그녀를 보며 물었다. 그의 앞 좌판에는 춘화도들이 놓여져 있었다. 아마도 그쪽 방면의 장사를 하는 인물인 듯싶었다.

"히히… 한번 훑어보쇼. 보기만 해도 몸이 후끈 달아오르는 수준 높은 그림들이니까. 원래는 한 장당 구리 세 문인데, 아직 개시도 못한 만큼 구리 한 문씩만 내쇼. 솔직히 그 가격이면 거저요, 거저."

"공짜로 줘도 필요없으니까 그딴 거 좋아하는 놈들에게나 제값 받고 많이 파쇼."

영령이 대수롭지 않게 반응하자 이번에는 그의 옆에 있던 염소수염의 상인이 입을 열었다.

"헐헐… 그럼 이건 어떠슈? 냄새만으로 여자를 기절시킬 수 있는 미혼향도 있고, 몰래 물에 슬쩍 타서 먹이면 여자를 발정난 암캐로 만들 수 있는 춘약도 있고, 하룻밤에 여자를 열 번 이상 까무러치게 만들 수 있는 물개 거시기로 만든 정력제도 있는데… 싸게 해줄 테니 이 기회에……."

"당신이나 실컷 처먹으슈."

영령은 차갑게 대꾸를 하고는 묵묵히 걸어가고 있는 철우의 뒤를 따랐다.

"내참, 정말 정상적인 물건을 파는 인간은 하나도 없군. 대체 뭘 사려고 온 거예요? 철우 형이 살 만한 물건은 전혀 없는 것 같은데."

"……."

"얘기 좀 해보세요, 대체 뭘 살 건지. 궁금하잖아요?"

"……."

"철우 형, 말씀 좀 해보시라니까요."

영령은 궁금해서 견딜 수가 없는 듯 계속 보챘으나 철우에게선 아무런 얘기도 나오지 않았다. 그는 그저 묵묵히 좁은 통로 사이를 걸어나가고 있을 뿐이었다.

안으로 진입할수록 통로는 더욱 좁아졌고, 어느 순간부터는 마치 미로처럼 느껴졌다. 뒤를 따라 걷고 있는 영령은 문득 불안이 느껴졌다.

'어째 길이 거미줄보다도 더 어지럽고 복잡한데… 이거 과연 나갈 때 제대로 찾아서 나갈 수 있을까?'

문득 철우의 걸음이 멈췄다. 그의 시선은 어느 한곳을 향해 고정되어 있었다.

거미줄처럼 복잡한 미로의 한 모퉁이에 상점 하나가 있었다. 간판조차 없는 너무도 작고 허름한 상점.

그 앞 좌판에는 금비녀를 비롯하여 귀고리, 옥반지와 같은 장신구들, 그리고 갑옷, 투구, 낡은 창과 검 같은 무구(武具) 몇 가지가 놓여져 있었다.

'녹슬고 낡은 게… 이거 모두 부장품(副葬品)이잖아?'

영령은 좌판 위에 올려진 물건들이 남의 무덤에서 훔쳐 낸 도굴품인 걸 알고 인상을 찌푸렸다.

칙칙하고 어두운 상점 안에는 다 떨어진 누더기 옷을 입고 있는 열일곱쯤 돼 보이는 소년이 앉아 있었다.

"······?"

철우는 잠시 고개를 갸웃거렸다. 분명 제대로 찾아왔다고 생각했지만, 정작 상점 앞에 앉아 있는 소년은 그가 찾는 사람이 아니었기 때문이다.

그 순간이었다.

"윽! 이, 이건 뭐야?"

영령이 버럭 언성을 높이며 짜증을 부렸다.

찍! 찌직!

생선 뼈다귀를 문 생쥐가 그녀의 발등 위를 스치며 쏜살같이 지나갔던 것이다.

"무엇을 찾으시나요?"

묵묵히 상점 안에 앉아 있던 누더기 옷의 소년이 입을 열었다. 도굴한 부장품을 팔려고 좌판에 내놨지만, 그다지 장사에 관심이 없는 권태로운 표정이었다. 철우는 소년의 얼굴을 응시했다.

"화서생(話鼠生)을 만나러 왔다."

"······!"

소년의 눈빛이 순간적으로 움찔거리는 것과 동시에 당황이 스쳤다. 하지만 그는 곧 본연의 표정을 가다듬으며 차분하게 대답했다.

"그분은 이제 이곳에 안 계십니다."

"철우가 왔다고 전해라."

"죄송합니다만 헛걸음을 하셨습니다. 그분은 이곳을 떠나······."

소년이 다시 한 번 같은 대답을 반복하려는 순간, 어두운 상점 안에서 힘겨운 음성이 새어 나왔다.

"평돌(平乭)아… 내가 아는 형님이시다. 쿨럭… 안으로 안내해라……"

사내의 기침 소리가 흘러나오자 영령은 눈을 멀뚱히 떴다.

'뭐야? 기껏 힘들게 찾아온 사람에게 요놈이 발칙하게 안에 있으면서 없다고 했잖아?

발 밑을 스치며 지나간 생쥐 때문에 기분이 불쾌한 영령은 자신들을 속인 소년이 너무나 괘씸했다. 마음 같아선 머리통을 한 대 쥐어박고 싶었다.

"절 따라오십쇼."

소년은 자리에서 일어났다. 그리고는 자신이 언제 오리발을 내밀었냐는 식으로 너무도 차분하고 천연덕스런 표정으로 철우와 영령을 안내했다.

상점 안은 한낮임에도 불구하고 너무도 어두웠다.

끼이익!

소년이 닫혀 있는 작은 쪽방 문을 열자 아사 직전의 사람 뼈가 돌아가는 것 같은 음향이 들렸다. 소년이 유등에 불을 붙이자 어두운 실내가 밝아졌다.

"쿨럭… 쿨럭……"

방 안에 누워 있던 사내는 가늘게 기침을 하며 천천히 몸을 일으켰다.

그는 마치 마른 장작을 연상케 했다. 앙상한 얼굴에 고난한 삶을 온몸으로 부딪치며 살아온 듯 거미줄처럼 그려진 주름살들, 그리고 외팔이인 듯 헐렁한 왼쪽 소매. 보는 이로 하여금 가난과 연민을 느끼게 만드는 그런 사내였다.

사내는 한쪽뿐인 손을 내밀며 들어선 철우를 너무도 반갑게 맞이했다.

"쿨럭… 저, 정말 형님이셨군요. 항주에서 엄청난 일을 일으킨 후… 담 대인과 같이 돌아가셨다고 들었는데…….."

일 년 전, 항주에서 벌어진 그 일은 철우를 모르던 사람들까지 그의 이름만큼은 기억할 정도로 너무도 충격적인 사건이었다. 그런 만큼 평소 친분이 있던 사내로서는 철우가 나타나자 마치 죽은 친형제가 살아서 돌아온 것마냥 기뻐했다.

"화서생, 이게 어찌 된 일인가? 상당히 몸이 안 좋아 보이는데."

철우는 자리에 앉으며 사내의 손을 잡아주었다. 그러자 옆에 있던 소년, 평돌이 대신 입을 열었다.

"사부님께서는 두 달 전에 서문탁(西門倬)이라는 자에게 심하게 당하셨습니다."

"서, 서문탁?"

철우는 흠칫했다.

"서문탁라면 몸 파는 여자들의 피를 빨아먹는 거머리 같은 그 녀석이 아닌가?"

"그렇습니다. 바로 한때 낙양의 쓰레기로 불리던 바로 그자입니다."

이번에도 평달이 대신 대답했다. 철우는 의아한 표정으로 화서생을 응시했다.

"그 녀석이 왜 또 자네에게 해코지를 했단 말인가? 이미 녀석은 오래전에 낙양을 떠났을 텐데?"

"…소문을 들었던 게지요."

"소문이라니?"

"형님이 항주에서 돌아가셨다는 소문을요."

"……."

철우는 어처구니가 없는 듯 더 이상 반문조차 하지 못했다. 서문탁이 낙양을 떠날 수밖에 없었던 것은 철우와 관련이 있기 때문이었다.

팔 년 전,

그러니까 금룡표국의 수석표사로 일하던 시절에 철우는 화서생과 서문탁을 만났다. 그때 화서생은 유곽에서 몸을 파는 매설(梅薛)이라는 여인에게 빠져 있었다.

"호홍! 내참, 어이가 없어서. 기껏 생쥐나 박쥐같이 더러운 동물들과 얘기하는 재주밖에 없는 주제에 내게 청혼을 하다니? 너무 뻔뻔스러운 것 같지 않은가요?"

"당신을 사랑하오. 당신과 결혼하면 어떡하든 행복하게 만들어주겠소."

"어떻게요? 무슨 재주로 말인가요? 당신 재주는 오로지 그것뿐인데."

"돈을 벌어보겠소. 그래서 당신을 귀부인으로 만들어주겠소. 꼭!"

쥐나 박쥐 등과 대화를 할 수 있는 능력을 지닌 화서생은 이후 도굴을 시작했고, 시신과 함께 묻힌 부장품(副葬品)들을 암시장에 내다 팔았다.

그는 돈을 버는 족족 매설에게 갖다 주었다. 매설은 그의 재주에 매우 흡족했다. 하지만 그것뿐이었다. 돈을 줄 때만 즐거워했을 뿐, 결코 마음은 주지 않았다.

뿐만 아니라 화서생이 자신에게 건네준 돈을 그녀는 어이없게도 다른 사내에게 갖다 바쳤다. 그 사내… 매설이 사랑한 사내는 서문탁이 었던 것이다.

서문탁은 건장한 체구와 멋진 용모를 지닌 사내였다. 게다가 여자를 후리는 언변도 뛰어났고 방사(房事) 솜씨도 탁월했다. 기루나 유곽의 많은 여인들이 그를 사랑했고, 그의 마음을 얻기 위해서 몸을 판 돈을 아낌없이 갖다 바쳤다.

하지만 서문탁은 어느 누구도 특별하게 좋아하지 않았다. 그의 관심 은 오로지 돈이었고, 돈을 갖다 줄 때만 화려한 방사 솜씨로 여인들을 까무러치게 해주었을 뿐이다. 마치 성은을 베풀 듯.

화서생은 자신이 힘들게 번 돈으로 엉뚱한 인간을 좋은 일 시키고 있다는 사실을 알게 되었다. 그는 서문탁을 찾아가서 불쌍한 여자를 그만 등치라고 했으나 오히려 죽도록 얻어터졌다. 마침 우연히 그 모 습을 본 철우가 끼어들어 제지하였고, 흥분한 서문탁은 철우에게까지 주먹질을 하다가 크게 망신당했다.

서문탁은 철우에게 당한 게 원통했는지 흑골파(黑骨派)에게 도움을 요청했다. 흑골파는 낙양 일대에서 악명을 떨치고 있는 신흥 세력으로, 두목인 서문아제(西門亞提)는 서문탁의 당숙이었다. 낙양제일의 조직 이라 자부하고 있던 흑골파 두목의 조카가 일개 표사에게 얻어터졌다 는 사실을 서문아제는 도저히 묵과할 수가 없었다.

하여 부하들을 모두 이끌고 저녁 무렵 일을 마치고 퇴근하는 철우를 기습했으나, 오히려 철우의 엄청난 무위 앞에 박살이 나고 말았다. 두 목인 서문아제는 양팔이 부러졌고, 이십 여명의 부하들 역시 중상을 당 했다. 뿐만 아니라, 철우가 박살나는 모습을 구경하기 위해 흑골파와 함께 행동했던 서문탁은 두 다리가 부러지고 이빨이 모두 박살났다.

그런 식으로 참혹한 꼴을 당한 흑골파와 서문탁은 이후 낙양에서 도 망치듯 사라져 버렸다. 그와 같은 망신을 당했으니 도저히 얼굴을 들 고 다닐 수 없었기 때문이다.

"쿨럭… 영원히 낙양엔 나타나지 않을 것이라 생각했었는데… 놈이 돌아왔습니다."

"……."

"흑골파 패거리와 함께. 형님이 항주에서 돌아가셨다는 소문을 들었 으니, 쿨럭… 다시 낙양에서 활개를 치고 돌아다녀도 이젠 두려울 게 없다고 하더군요."

화서생은 고개를 떨군 상태로 나직이 뇌까렸다. 철우의 시선이 화서 생의 펄럭이는 왼쪽 소매에 고정되었다.

"그럼… 그 팔도 그놈이 그렇게 만들었겠군."

"……."

"지금 놈은 어딨느냐?"

"아마도 홍와루나 명향루에 있을 겁니다. 요즘 주로 그곳의 기녀들 을 상대로 등쳐먹고 있다더군요."

화서생 대신 평돌이 대답했다.

"알았다."

짧은 대답과 함께 철우가 몸을 일으키려는 순간, 영령이 미소를 지 으며 그를 가로막았다.

"제가 대신 처리할게요."

"그게 무슨 소리냐? 네가 왜?"

"철우 형은 국주를 응징할 때까지는 살아 있다는 게 알려지면 곤란한 입장이잖아요? 그러니까 형은 이곳에서 오랜만에 만난 아우랑 회포를 푸시면서 푹 쉬고 계시라구요."

"말도 안 되는 소리. 그건 내가 해야 할 몫이다. 나 때문에 일어난 일이고."

"내참… 철우 형과 나 사이에 네 몫, 내 몫이 어딨습니까? 하기 쉬운 사람이 그냥 하면 되는 거지. 안 그런가요?"

"하지만 넌 그놈의 얼굴도 모르잖아?"

"멀쩡한 얼굴로 기녀들 후리는 놈이 얼마나 되겠어요? 굳이 얼굴 몰라도 충분히 찾아낼 수 있으니 아무 걱정 마시고 편히 쉬고 계시라고요. 아시겠습니까? 하하."

휘익!

"아니? 여, 영령아."

철우의 얘기는 더 이상 들어볼 이유가 없다는 듯 그녀는 자신의 말만 늘어놓고는 마치 유령처럼 그곳을 빠져나갔다.

철우는 기가 막혔다. 하지만 영령의 말은 충분히 일리가 있었다. 철우는 이미 이곳에선 알려진 얼굴이다. 그런 그가 피라미 몇 놈 혼내주는 일로 자신의 정체를 노출시킨다는 건 바람직한 처신이 아니었다.

하지만 그래도 철우의 입맛은 여전히 썼다. 너무도 즐거운 얼굴로 크게 웃으며 달려나간 영령의 행동이 마땅치 않았던 것이다.

'끙… 저렇게 쌈질하는 일이 좋을까? 싸울 일만 생기면 눈에 생기가 돈다니까.'

*   *   *

"…객점 주인에게 딸려보낸 제삼조의 표사들이 한참이 지나도록 돌아오지 않더군요. 하여 제가 직접 남아 있는 제삼조의 표사들을 이끌고 달려갔더니만… 모두 엉망으로 얻어터진 모습으로 오랏줄에 꽁꽁묶여 있었고, 특히 주인장의 얼굴은 피떡이 되었습니다."

객점 주인과는 인척이자 제삼조의 수사인 음곡성이 상황을 설명했다. 임무를 제대로 수행하지 못한 탓에 그의 얼굴은 무겁게 굳어 있었다.

"멍청한 녀석. 어떤 놈들인지도 모르는 상황에서 겨우 네 명의 표사만 보내다니……."

노적산은 상당히 못마땅한 얼굴로 쳐다보았다. 말은 분명 힐난의 투였으나, 실은 그 역시 네 명의 표사 정도로 충분하리라 생각했다.

금룡표국 표사들의 무공은 모두가 강호 일류급이었다. 또한 출동 시간은 상대가 잠들어 있을 때였다. 절대 실패할 리가 없다는 게 모두의 공통된 생각이었고, 그렇기에 노적산 또한 편하게 잠을 청할 수 있었다.

하지만 결과는 실패였다.

과정과 상황이 어떻든 간에 노적산은 결과를 최우선으로 치는 사람이었다. 그렇기에 정황을 충분히 이해하면서도, 어찌 됐든 실패를 한 음곡성을 힐난하는 건 당연한 일이었다.

"음곡성."

"예, 국주님."

"각 조의 수석표사 자리를 노리는 사람들은 지금 지천으로 널려 있다. 그 자리를 계속 유지하고 싶으면 앞으로 칠 일 내로 그놈들을 내앞으로 반드시 끌고 와야만 할 것이다."

비록 음성은 나직했으나 칠 일 내로 잡아오지 않으면 문책하겠다는 경고였다. 음곡성의 얼굴이 딱딱하게 굳었다.

"명심하겠습니다. 저의 명예를 걸고 반드시 그놈들을 찾아서 국주님의 앞에 끌고 오겠습니다."

음곡성은 비장한 표정으로 고개를 묻었다.

*   *   *

홍와루(紅瓦樓).

붉은 기와장으로 멋지게 꾸민 낙양제일의 기루, 그곳에서 일하는 기녀만 해도 무려 백여 명이 된다고 하니, 그 규모가 어느 정도인지 충분히 짐작할 수 있으리라.

"움하하하!"

"호호홍… 그래서요?"

수많은 기방 중에 호방한 사내의 웃음과 기녀들의 간드러진 교성이 쉬임없이 터져 나오는 곳이 있었다.

산해진미가 차려진 술상을 앞에 놓고, 한 사내가 세 명의 기녀를 동시에 끼고 있었다.

"그렇긴 뭐가 그래서냐? 너희들이 불쌍하다고 중원 여인들을 불행하게 만들 수 없다고 단호하게 소리친 후 이렇게 되돌아온 거지. 움하하!"

화려한 청의에 개기름이 번들거리는 얼굴의 건장한 사내는 연신 입을 놀리며 껄껄거렸다.

"그러니까 서문 공자께서 지난 팔 년 동안 동영에 계셨었군요."

"동영 국왕의 사위가 되실 뻔했다는 게 정말인가요?"

"물론이지. 내가 중원으로 되돌아가겠다니까 동영의 공주가 내 다리를 붙잡고 어찌나 애처롭게 울면서 애원하던지… 하마터면 그냥 그곳에서 눌러앉아 있을 뻔했다니까."

"어머, 정말 대단하시네요. 왕의 부마가 되셨다면 부귀영화가 보장된 거나 마찬가지인데도 돌아오시다니. 웬만한 남자들 같으면 그냥 눌러앉아 버렸을 것 같은데……."

기녀들은 서문탁의 얘기에 빠져든 듯, 연신 감탄하며 호들갑을 떨었다.

하나 아는 사람은 안다. 서문탁의 입에서 나오는 얘기는 숨 쉬는 것만 빼고는 모두 허풍이라는 것을.

서문탁은 팔 년 전 철우에게 얻어터진 이후 부러진 두 다리 때문에 옴짝달싹 할 수조차 없는 신세였다. 그랬던 그가 무슨 재주로 바다 멀리에 있는 동영까지 갔다는 것인가?

팔 년이란 기간 동안 그가 할 수 있었던 일은 용하다는 의원을 찾아가서 치료를 받고 후유증이 생기지 않도록 열심히 재활한 것과 흑골파 패거리들과 어울려 술을 퍼마시며 신세 타령한 것뿐이었다.

"이 녀석들아, 아무리 부귀영화가 좋다고 내 나라, 내 누이들을 두고 그곳에서 어찌 내 여생을 보낼 수 있겠느냐? 난 왕의 부마보다는 낙양의 여인들이, 바로 너희들이 더 좋다. 그래서 돌아온 것이다. 음하하하!"

"호호… 역시 서문 공자님은 최고예요."

"어째서 이곳의 많은 언니들이 서문 공자님을 잊지 못하는지 이제야 알 것 같아요. 호호호."

기녀들은 서문탁의 얘기에 끔뻑 넘어간 듯 박수까지 치며 감탄했다.

"하하! 자… 이제부터 이 멋진 오빠가 너희들을 총애해 주마."

서문탁은 술상을 발로 내밀고는 기녀들의 옷고름을 풀어헤치기 시작했다. 기녀들은 저마다 가장 요염한 자세를 취하며 한때 낙양의 전설적인 풍류남아였던 서문탁의 손길에 따라 반응했다.

풍만한 몸매의 미녀 요해(妖海).

그녀는 무릎을 꿇은 자세로 서문탁이 쉽게 자신의 옷을 벗길 수 있도록 상반신을 약간 앞으로 내밀고 있었다. 손을 대기만 하면 그대로 터져 버릴 듯한 풍만한 가슴이 그녀의 자랑이자 자부심이었다.

가무잡잡한 갈색 피부의 동희(銅姬).

그녀는 술상에 앉아 무릎을 곧게 세운 채 그 위에 팔을 얹고 다시 그 위에 턱을 괸 자세로 앉았다. 때문에 그녀의 가슴은 다리에 가려 보이지 않았으나, 대신 자연적으로 작은 융기를 이룬 그녀의 비소가 적나라하게 노출되었다.

균형이 잘 잡힌 팔등신의 미녀 장화(長花).

그녀는 양팔을 등 뒤로 짚고, 상반신을 뒤로 젖힌 채 늘씬하게 빠진 두 다리를 앞으로 곧게 뻗고 있었다. 가는 발목과 탄력있는 허벅지의 조화는 절로 숨을 막히게 만들고 있었다.

'꿀꺽.'

서문탁은 절로 침이 넘어갔다. 낙양제일의 기루인 홍와루에서도 손꼽히는 기녀들이 각각 가장 교태로운 자세로 그의 손길을 기다리고 있는 모습이라니… 그것은 그야말로 감당치 못할 도발이었다.

하지만 그럼에도 서문탁은 결코 서두르지 않았다. 그는 오히려 천천히 여유있게 그녀들의 옷을 벗겨 나갔고, 그러면서 슬며시 성감대를 건

드리며 자극해 나갔다.

"아⋯⋯."

오히려 먼저 *끈끈한 교성*이 흘러나온 것은 기녀들이었다.

그때였다.

"정말 소문처럼 이 방면으로 재주가 대단한 놈이군. 남자들 상대하는 게 직업인 기녀들로 하여금 오히려 거품을 물게 하다니⋯⋯."

스스슥!

빈정거리는 음성과 함께 유령처럼 기방 안에 나타나는 검은 무복의 인물이 있었다. 가녀린 체구에 밀랍처럼 하얀 얼굴의 사내, 바로 영령이었다.

"헉! 뭐, 뭐냐? 네놈은?"

"뭐긴, 임마. 네 녀석 손 좀 봐주려고 나타나신 분이지."

우두둑!

영령은 목을 가볍게 돌리는 것과 동시에 자신의 손마디를 꺾으며 히죽 미소를 지었다.

서문탁은 기가 막혔다. 자신과는 전혀 일면식도 없는 사내, 그리고 검은 무복을 입긴 했으나 무시는커녕 오히려 바람 불면 날아갈 것처럼 가녀린 사내가 기껏 무르익은 분위기를 깨고 자신을 협박해 대고 있으니⋯⋯.

"뭐, 뭐가 어째? 이런⋯ 정신 나간 놈."

그는 인상을 험악하게 일그러뜨리며 오히려 자신이 혼을 내려는 듯 달려들었다. 영령은 냉소를 쳤다.

"이놈이 자랑하지 못해 환장을 했나? 덤빌 때 덤비더라도 가운데 덜렁거리는 거나 정리하고 해라, 이 정신머리없는 새끼야."

"……!"

영령의 비아냥에 서문탁은 움찔거렸다. 그녀의 말처럼 서문탁은 중요 부위를 드러낸 상태로 씩씩거리고 있었던 것이다. 벌거벗고 설치는 모습을 보인다는 건 누가 봐도 창피한 일이다.

아무리 상대가 남자(?)라 할지라도 일단 옷부터 챙긴 후에 흥분해도 해야 마땅할 것이다.

하지만 서문탁은 그러지 않았다. 그것은 그에게 있어 자랑이자 자부심이었으므로.

"이 새꺄! 벗고 있다는 사실을 가르쳐 줘서 엄청 고맙다. 하지만 옷을 입는 것보다 우선순위는 일단 네놈의 주둥이부터 아작 내는 일이다."

말과 함께 그의 주먹이 영령의 얼굴로 돌진했다.

퍽!

둔탁한 마찰음이 울렸다. 그와 동시에 기방 안의 모든 것들이 잠시 정지되었다. 영령과 서문탁은 물론이었고, 서문탁의 손길에 몽롱했던 기녀들의 눈동자까지 모두 정지된 상태였다.

어느 한순간, 서문탁은 자신의 자랑이자 자부심이던 그것을 두 손으로 감싸더니 바닥을 데굴데굴 구르기 시작했다. 마치 당장 숨이 넘어갈 것처럼 헐떡거리며.

"꺼… 꺼… 꺼……."

먼저 주먹을 날린 것은 서문탁이 분명했다. 하지만 안타깝게도 그의 주먹보다 빠른 건 영령의 발이었고, 그녀의 발은 흉측하게 덜렁거리는 서문탁의 중심을 정확하게 걷어 갈겼던 것이다.

"으으으… 나, 나 죽는다… 꺼어어……."

충격은 너무도 컸다.

서문탁은 고통에서 조금이라도 벗어나기 위해 바닥을 좌로도 굴러 보고 우로도 굴러봤지만, 쉽게 회복이 되지 않는 듯 연신 숨을 헐떡거렸다. 영령은 딱한 표정으로 내려다보았다.

"아프냐?"

"끄으응… 씨앙… 그, 그걸 지금 말이라고… 지껄이는 거냐……."

"아프지 마라. 네가 아프면 내 마음이 약해지잖니?"

영령의 표정은 진짜로 염려하는 듯했다. 하지만 그녀의 행동은 표정과 달랐다. 달라도 너무 달랐다.

뻑—!

여전히 말도 제대로 잇지 못할 정도로 힘겨워하고 있는 서문탁의 그곳을 또다시 걷어찼던 것이다.

"꺼억!"

서문탁은 눈알이 튀어나올 뻔했다. 비록 두 손으로 그곳을 감싸고 있는 탓에 어느 정도 방어는 된 상태라 할 수 있었지만, 이미 크게 한 번 충격을 받은 상태에서 또다시 가해지는 고통은 방어와 상관없이 더욱 클 수밖에 없었다.

"끄… 끄… 끄……."

눈앞이 캄캄해지고 비명 소리조차 제대로 나오지 않았다. 서문탁은 이대로 가만히 있다가는 분명 그곳이 터져 죽을 것이라고 생각했다. 서문탁은 숨이 턱 끝까지 차 오를 정도로 고통스러웠지만 살기 위해서 무슨 조치든 취해야만 했다.

중심을 부둥켜 잡고 연신 끙끙거리던 서문탁은 벗겨진 옷 쪽으로 굴러갔다. 그리고는 번개 같은 동작으로 자신의 옷 속에서 호각을 꺼내

불었다. 숨조차 제대로 쉬지 못할 정도로 고통스러워했던 인간으로서는 취할 수 없는 신속한 동작. 아마도 그것은 살아야 한다는 의지와 본능 때문에 가능했으리라.

삐이익!

뾰족한 호각 소리가 길게 울려 퍼지기가 무섭게, 쿵쾅거리는 발자국 소리가 들렸다.

콰쩍!

그와 동시에 기방의 문짝이 부서지며 험상궂은 사내들이 우르르 밀려들었다.

"으잉? 조카야, 그게 무슨 꼴이냐?"

사내들 중 번쩍거리는 금빛 안대가 인상적인 애꾸가 한쪽뿐인 눈을 휘둥그렇게 뜨며 입을 열었다.

第十九章

삼류 인생들의 의리

흑골대군(黑骨大君) 서문아제.

흑골파를 이끌고 있는 우두머리이자 서문탁의 당숙이기도 한 바로 그였다.

"끄으으… 다, 당숙, 저… 망할 놈의 자식이… 저를… 이 지경으로……."

이젠 살았다는 안도 때문일까? 서문탁은 자신을 구해주기 위해 나타난 서문아제와 그 일당이 시야에 들어오자 닭똥 같은 눈물을 떨구었다.

"뭐 하는 새낀지 모르겠지만 감히 본좌의 조카를 이 지경으로 만든 이상 죽음을 각오해 두는 게 좋을 것이다."

무섭게 쏘아보는 부릅뜬 외눈, 그리고 냉막하면서도 싸늘하기만 한 음성. 하지만 영령에게는 서문아제의 그러한 모습들이 오히려 우습게 보였다.

"본좌? 어이가 없네. 누가 본좌인데?"

그녀는 입가에 조소를 머금고 비아냥거렸다.

그 한마디에 마치 억겁의 풍상에도 변할 것 같지 않았던 서문아제의 얼굴이 시뻘겋게 달아올랐다.

"뭐, 뭐가 어째? 이……."

서문아제는 인상을 구기며 발끈하려다가 이내 전과 같이 위엄있는 얼굴로 표정을 바꾸며 목소리를 깔았다. 자신이 생각해도 너무 쉽게 흥분한다는 것은 체통이 없는 일 같았기 때문이다.

"흠… 낙양에 사는 사람이라면 본좌의 명호인 흑골대군의 흑이란 소리만 들어도 오줌을 지리거늘, 이렇게 아무것도 모르고 까부는 것을 보니 외지에서 온 놈이었군."

"명호가 흑골대군이라고?"

영령은 갈수록 가관이라는 듯 더욱 기가 막힌 표정을 지었다.

"내참… 삼류잡배 몇 놈을 데리고 있는 쓰레기 두목치고는 이거 너무 명호가 거창한 것 같지 않냐? 수준에 어울리게 명호를 바꿔라."

"윽! 이, 이런 쓰펄! 이 육시랄 놈의 새끼가 정말 체통있는 두목이 돼 보려고 노력하는 사람을 더럽게도 안 도와주네."

얼굴이 휴지처럼 구겨지는 것과 동시에 그의 입에선 격앙된 욕설이 연신 터져 나오기 시작했다.

그동안 웬만한 사람들에겐 이런 식으로 위엄을 보이면 늘 먹혔었다. 알아서 무릎을 꿇었고, 알아서 갖고 있는 금은보화를 다 내놓으며 살려 달라고 애원했다.

그런데 눈앞의 젊은 사내는 아무리 위엄을 잡아도 계속 자신의 비윗장을 뒤집어놓고 있었다. 서문아제의 위엄은 둑처럼 무너지며 타고난

천박하고 경망스런 모습이 터져 나오기 시작했다.

"얘들아! 저 싸가지없는 새끼를 교육시키되, 주둥아리만큼은 확실하게 뭉개 버려라."

서문아제가 소리를 지르자 부하들 가운데 두 명의 사내가 앞으로 나섰다.

"잠깐!"

영령은 느닷없이 손을 번쩍 쳐들며 그들의 행동을 제지했다.

"왜 그러냐? 이 새꺄, 이제 와서 잘못했다고 빌 생각인 모양인데, 소용없다. 늦어도 한참 늦었다."

서문아제는 추호도 용서치 않겠다는 듯 단호하게 소리쳤다. 영령은 손을 저었다.

"빌긴, 임마. 똥이 더럽다고 비는 인간도 있냐?"

"뭐야?"

"한바탕 드잡이질을 하기엔 이곳이 너무 좁잖아? 그러니까 장소를 옮기자고."

"큭큭… 새끼, 꼴에 사내라고 기녀들 앞에서 망신당하긴 싫은 모양이군."

영령을 남자로 생각하고 있는 서문아제는 키득거리며 인심을 쓰듯 대답했다.

"오냐. 네놈의 소원대로 해주마. 사실 맛이 간 놈 교육시키기엔 장소가 좀 협소한 편이었으니까."

이들이 장소를 옮긴 곳은 넓고 한적한 공지였다.

사과를 반으로 쪼갠 듯한 반월이 중천에 떠 있는 야심한 시각,

구경꾼조차 없이 오로지 영령과 흑골파 패거리, 그리고 대충 옷을 챙겨 입은 서문탁만이 달빛 아래 대치하고 서 있었다.

"흐흐… 아주 좋아. 공간은 넓고 구경꾼도 없으니 한 놈을 땅에 묻어버리기엔 아주 최상의 장소로군."

서문아제는 주변 상황이 흡족한 듯 연신 입가에 미소를 머금었다.

"우리가 아무리 칼밥을 먹고사는 인간들이라지만, 기방은 장소가 좀 그랬는데… 고맙게도 네놈이 알아서 장소를 바꿔줬구나. 하지만 그렇다고 자비를 기대할 생각은 마라. 이미 그러기엔 너무 늦었으니까."

"오냐. 그런 거 기대 안 할 테니까 대신 부탁 하나만 하자."

듣기만 하던 영령이 문득 입을 열었다.

"뭐냐? 살려달라는 얘기만 빼고 지껄여라."

"밤이 너무 늦은 만큼 한꺼번에 덤벼라. 괜히 짜증스럽게 시간 끌지 말고."

"미, 미친… 정말 어찌해 볼 수 없을 정도로 맛이 간 새끼로군."

서문아제의 한쪽뿐인 외눈이 크게 꿈틀거릴 때, 그의 바로 옆에 있던 구 척 거구의 사내가 앞으로 나섰다. 날을 번뜩이는 큼직한 도끼가 그의 우수에 쥐어져 있었다.

"주군, 맛이 간 놈들 정리하는 건 제가 전문입니다."

"구팔(具八)아, 놈의 골통은 박살 내버리고 주둥아리는 뭉개 버려라."

"존명!"

구팔은 포권을 취한 후 영령을 향해 돌아섰다. 그리고는 그 어떤 예고도 없이 우렁찬 기합과 함께 곧바로 달려들었다.

"이야아아앗!"

위이이잉!

서슬 퍼런 도끼가 달빛 아래 시퍼런 빛을 뿌리며 영령의 머리를 향해 짓쳐들었다. 도끼의 무게 탓인지 대기를 가르는 파공성 또한 강맹했다.

하지만 구팔의 위압적인 모습은 거기까지였다.

우직!

영령은 머리를 향해 수직으로 내리찍어 오는 도끼를 옆으로 슬쩍 피하는가 싶더니, 지면을 박차고 솟구치며 구팔의 턱을 발로 걷어찬 것이다.

"으아아악!"

구팔은 덩치만큼 커다란 비명을 토하며 곤두박질쳤다.

"……?"

서문아제는 눈을 휘둥그렇게 떴다.

"오호… 구팔이를 한 방에 기절시키다니. 이제 보니 제법 든든한 밑천을 갖고 있었군."

"그래서 한꺼번에 덤비라고 했잖아, 이 자식아."

"그건 우리 흑골파의 체면상 있을 수 없는 일이다."

서문아제는 구팔의 다음 차례로 다른 부하를 지목하기 위해 고개를 뒤로 돌렸다.

"이런 젠장! 정말 짜증스런 놈이군. 그럼 네놈부터 덤벼라. 아니, 그냥 내가 네놈부터 상대해 주마."

영령은 노성을 지르며 벼락처럼 서문아제를 향해 돌진했다.

"허걱!"

서문아제의 눈이 크게 확대되었다. 영령을 상대할 준비를 전혀 하지 못하고 있던 그는 급하게 두 명의 부하를 앞으로 떠밀었다.

"양칠(楊七), 변삼(卞三), 어서 저놈을 상대해라."

졸지에 떠밀리는 바람에 앞으로 나서게 된 두 명은 급히 병기를 뽑아 들었다. 하지만 영령의 발이 그보다 훨씬 빨랐다.

픽! 뻐억!

허공에서 양발로 두 사내의 턱을 정확히 걷어찬 영령은 사내들이 쓰러지기도 전에 이미 앞으로 돌진해 가고 있었다.

"이, 이런 젠장! 모두 한꺼번에 덤벼라!"

흑골파의 체면 때문에 한꺼번에 덤빌 수는 없다던 서문아제의 말이 바뀌었다. 하지만 부하들은 왜 말이 바뀌었냐고 어느 누구 하나 따지지 않고 그의 명령에 순종했다.

하지만 아무리 수적으로 월등한 입장이라 할지라도, 그리고 각양각색의 병기를 쥐고 덤벼들지라도 그들의 능력으로 영령을 막는다는 건 역부족이었다. 그저 시간만 약간 지체될 뿐이었다. 부하들이 얻어터지는 동안 서문아제는 공력을 끌어올리며 만반의 준비를 갖췄다.

서문아제는 젊은 시절 호북성 무창에 위치한 비검문(飛劍門)이라는 곳에서 무공을 연마했다.

그러나 계속 무공에 뜻을 두지 못하고 도중에 삼류건달로 전락한 것은 너무도 무예 방면으로는 재능이 없었기 때문이다. 그는 함께 시작한 동기들은 물론 자신보다 삼 년, 오 년 뒤에 입문한 까마득한 후배들보다도 한참 뒤처지게 되자 자신의 볼품없는 재주를 원망했고, 특히 기를 끌어올리는 시간이 남보다 엄청나게 길다는 사실에 한없이 절망했다. 하여 어쩔 수 없이 무인으로서 영명을 떨치고 싶었던 꿈을 접었던 것이다.

'휴… 됐다. 이젠 얼마든지 상대할 수 있다.'

부하들이 신나게 얻어터지는 동안, 힘들게 운기를 끝낸 서문아제의 입가에 득의의 미소가 번졌다. 체내에서 기가 원활하게 돌아가고 있는 만큼, 아무리 영령이 신기에 가까운 타격술을 펼친다고 해도 승리는 정통 문파에서 정통 검술을 익힌 자신의 몫이라고 확신하는 듯했다.

차앙!

날카로운 검명(劍鳴)과 함께 시퍼런 검광이 빛을 뿌렸다.

"흐흐… 오랜만에 본좌의 애검인 벽력검이 세상에 모습을 드러내는군."

그는 자신의 검을 보며 뿌듯한 미소를 지었다. 낙양제일의 병기점인 만병예방(萬兵藝房)에서 무려 은자 오십 냥을 주고 구입한 검이었다.

단단하고 강하기로 만년한철 못지않다는 화석철(和淅鐵)로 만들어진 검으로, 자신이 익힌 비검문의 검술을 더욱 멋지게 빛낼 수 있는 명검이라는 게 서문아제의 생각이었다.

서문아제의 시선이 문득 넓은 공지의 곳곳에 널브러진 채 끙끙거리고 있는 부하들을 향해 옮겨졌다.

"쯧쯧. 바보 같은 자식들. 평소에 무공 연마를 열심히 해두라는 본좌의 말을 귓전으로 듣더니만……."

영령이 어이없다는 표정으로 서문아제를 쳐다보았다.

"이 양심없는 놈아, 자기 대신 부하들을 떠밀어놓고 그걸 지금 말이라고 지껄이는 거냐?"

"유감스럽더라도 그건 어쩔 수 없는 일이었다."

"유감은 뭐고, 어쩔 수 없는 건 또 뭐냐?"

"상대 실력의 고하에 상관없이 부하들이 먼저 나선 다음에 최후에 본좌가 나서도록 되어 있는 게 본 흑골파의 율법이기 때문이다."

"율법? 얼씨구, 수준은 동네 뒷골목 삼류건달 패거리도 못 되는 것들이 갖출 건 다 갖추고 있었네."

영령의 비아냥에 서문아제의 얼굴은 붉게 달아올랐다.

"네놈이 정말 죽으려고 제대로 절차를 밟는구나! 본좌에게 주둥아리를 함부로 놀리고, 본좌의 부하들에게 위해를 가한 것만으로도 부족해 이젠 본 파의 율법까지 비아냥이라니……."

"이 자식아, 그놈의 본좌 소리 좀 그만 해라. 귀에 굳은살 박히겠다."

영령이 자신의 귀를 막으며 넌덜머리를 치자, 서문아제의 눈빛이 순간적으로 번뜩였다. 둘도 없을 절호의 기회라는 느낌이 온 것이다.

"타아앗!"

지면을 박차는 것과 동시에 서문아제의 몸이 빛살처럼 움직였다.

쐐애애액!

대기를 가르는 파공성과 함께 시퍼런 검기가 영령의 신형을 향해 짓쳐들었다. 삼류건달답지 않게 나무랄 데 없이 훌륭한 검술이었다.

하지만 영령의 반응은 전혀 뜻밖이었다. 당연히 감탄하거나, 아니면 두려움에 몸을 떨어야 마땅했는데 그러지 않았다.

"젠장… 겨우 이 정도 솜씨로 본좌 운운하며 주둥아리를 나불거렸냐?"

그녀는 특유의 비아냥과 함께 너무도 간단하게 서문아제의 공격을 피해냈다. 뿐만 아니라 품속에서 뽑아 든 백선을 펼치며 역공까지 펼치는 것이 아닌가!

카앙!

시퍼런 불꽃과 함께 금속성의 마찰음이 울렸다. 그와 동시에 서문아제가 은자 오십 냥이라는 거금을 주고 마련한 애검이 허망히 부러졌다.

"헉!"

서문아제의 동공은 크게 불거지고 입에선 헛바람이 새어 나왔다. 단단하기로 소문이 난 화석철로 만든 그의 애검이 그저 평범한 흰 부채에 의해 반 토막 났다는 사실이 믿어지지가 않았다.

'마, 말도 안 돼. 어, 어떻게 이런 일이…….'

그는 순간적으로 속았다는 분노가 일었다.

정말 화석철로 만들어진 검이라면 이렇게 허망하게 부러질 수 없다고 생각했다. 마음 같아선 당장이라도 검을 만든 만병예방으로 달려가서 은자 오십 냥을 회수하는 것은 물론, 자신을 속인 웅분의 대가를 지불하고 싶었지만 안타깝게도 그에겐 그럴 여유가 없었다.

애검을 부러뜨린 상대가 당황하는 자신을 바라보며 히죽 미소를 짓고는 재차 공세를 펼치기 시작했기 때문이다.

"이, 이런, 쓰벌… 닝기리……."

반만 남은 검을 열심히 휘저으며 방어하는 데 급급한 서문아제의 입에선 절로 욕설이 나왔다.

단 한 번 검을 펼쳐 본 결과 자신보다 훨씬 강한 인물이라는 것을 느끼게 된 그가 온전치도 못한 검으로 상대의 공격을 방어하려니 어찌 입이 가만히 있을 수 있겠는가?

파파파파!

그는 비검문에서 익혔던 온갖 수비 초식을 떠올리며 자신의 능력 이상의 솜씨로 방어를 했다. 스스로 감탄할 정도의 놀라운 방어력이었으나, 애석하게도 워낙 수준의 차이가 컸다.

최고조로 끌어올린 서문아제의 방어막은 본인의 예상과 달리 쉽게 깨졌고, 그와 동시에 접혀진 백선이 그의 머리를 가격했다.

빠각!

호박 깨지는 소리와 함께 피가 허공에 솟구쳤다.

"끄와악!"

비명과 함께 나가떨어진 서문아제는 깨진 이마를 두 손으로 감싸며 절규를 토했다. 그런데 그 모습 또한 참으로 가관이었다.

"끄으으… 머리통이 박살났나 보다……. 으으… 그렇지 않고서야 이렇게 고통스러울 수가…….'

평소 '본좌'를 운운하며 체통과 체면을 생명보다 소중히 여긴다는 말과는 전혀 어울리지 않게도 서문아제는 머리를 땅에 묻고 엉덩이를 쳐든 보기 흉한 모습으로 끙끙거리고 있었다.

'맙소사. 저 사람… 우리의 지존이 맞긴 맞는 거냐?'

'화살 열 촉이 눈과 가슴에 꽂혔을 때도 신음 한 번 안 흘리고 모두 뽑아냈다고 하기에 난 너무 존경스러워 눈물까지 흘렸었는데… 이렇게 배신을 때리다니…….'

서문아제의 끔찍한(?) 모습에 부하들은 황당하면서도 허탈한 표정을 지었다.

"임마, 그만 엄살떨고 일어나."

영령이 하늘을 향해 쳐들고 있는 서문아제의 엉덩이를 뻑, 하는 소리가 나도록 걷어찼다.

"컥!"

헛바람을 토하며 서문아제는 지면에 처박고 있는 머리를 번쩍 쳐들었다.

"두목이란 놈이 부하들 앞에서 냄새나는 엉덩이나 쳐들고… 남세스럽지도 않냐?"

"죄, 죄송합니다. 저도 웬만하면 참으려고 했는데… 너무도 고통스러워서…….."

서문아제의 말투가 너무도 자연스럽게 변했다.

"너무 쉽게 판이 끝나서 좀 섭섭하지?"

"아뇨. 그런 거 없습니다."

"가끔 보면 방심하다가 당했다며 억울하다는 놈들도 있던데."

"전 눈곱만치도 섭섭하거나 억울한 거 없습니다. 맞아보니까 척, 하고 감이 왔거든요. 제가 감히 넘볼 수 없는 그런 분이시라는 것을."

서문아제는 전혀 그렇지 않다는 듯 손까지 저으며 계속 말을 이었다.

"섭선으로 저의 애검까지 반 토막을 낸 공력이셨습니다. 만약 대협께서 손속에 인정을 두지 않으셨다면 제 머리통은 이미 뭉개졌을 겁니다."

"호오, 보기와는 달리 아주 미련한 밥통은 아니로군."

"헤헤… 그럼요. 비록 오래전이지만 저도 한때 비검문에서 무공을 연마한 적이 있는데 어찌 그 정도를 모르겠습니까?"

서문아제가 머리를 긁적이며 입을 여는 순간 영령의 눈빛이 반짝거렸다.

"비검문? 무창에 있는 검술 문파 말이냐?"

"헤헤… 그렇죠. 족보로만 따지면 현재 그곳의 문주인 비천신검 좌승백과는 사형제 관계라고 할 수 있죠. 물론 중도에 포기하긴 했지만."

"음……."

영령은 잠시 뭔가 골똘하게 생각을 굴린 후 입을 열었다.

"확실히 재수있는 놈이군."

"재수라뇨?"

"최소한 다리 하나는 부러뜨리려 했는데 그로 인해 불구 신세는 모면했다. 네놈이 앞으로 날 위해 해야 할 일이 좀 있을 것 같으니까."

영령은 의미심장한 미소를 지었다.

서문아제는 한쪽뿐인 외눈을 반짝이며 신속히 물었다.

"어, 어떤 일입니까? 혹시 조직을 하나 만드실 생각이라면 저와 제 부하들은 대협님을 주군으로 적극 옹립하겠습니다."

"임마, 건방지게 되묻지 말고 잠자코 있다가 나중에 시키면 시키는 대로나 해. 알겠어?"

"옙! 각골명심토록 하겠습니다."

서문아제는 굳게 포권을 하며 정중하게 대답했다. 마치 주군을 모시는 신하의 모습처럼.

영령의 고개가 돌아가며 어느 한곳을 향해 손가락질을 했다.

"너……!"

순간, 이제까지 그 어떤 행동 없이 조용히 장내의 상황을 지켜보던 서문탁의 신형이 움찔거렸다. 그는 혹시 자신이 아닐 수도 있다는 생각으로 주변을 둘러보았다. 그러나 그의 근처에는 아무도 없었다.

"나……?"

서문탁이 불안한 표정으로 엄지손가락으로 자신을 가리키며 반문했다.

"얼래? 저 자식이 사람 웃기네? 임마, 거기 너 말고 또 누가 있다고 능청을 떠는 거야? 죽을래?"

'쓰벌… 그냥 한창 싸울 때 은근슬쩍 도망쳐 버릴걸.'

서문탁의 얼굴엔 진작 자리를 피하지 못한 아쉬움이 흘렀다.

지목을 당한 그의 마음은 불안하고 초조했지만 이젠 의지할 대상이 사라진 만큼 그냥 시키면 시키는 대로 할 수밖에 없는 입장이었다. 서문탁은 기방에서 두 번 연속 얻어터진 그곳이 아직도 불편한 듯 어기적거리며 천천히 다가왔다.

"나를 또… 왜……?"

"임마, 아직 우리 사이에 볼일이 안 끝났잖아?"

퍽!

말과 함께 영령의 발이 또다시 서문탁의 사타구니를 가격했다.

"꺼억… 왜… 왜… 자꾸 나만… 괴롭히는 거냐……. 대체… 내가… 뭘 얼마나… 잘못했다고……."

서문탁은 사타구니를 움켜쥐며 고통스러워했다. 그러면서 억울하다는 표정으로 울상을 지었다. 영령은 옆으로 고개를 돌렸다.

"애꾸."

"……?"

서문아제는 자신이 아닌 다른 사람을 부르는 줄 알고 가만히 있었다. 그러나 영령의 인상이 일그러지는 모습을 보자 그제야 자신이 애꾸라는 사실을 인식하고 서둘러 대답했다.

"마, 말씀하십쇼, 대협님."

"저놈이 내가 아는 사람의 팔을 잘랐다. 이런 경우 너희들은 어떻게 처리했냐?"

"그, 글쎄요……."

보복해야 할 상대가 서문탁이라는 사실 때문인지 서문아제는 머리를 긁적이며 말꼬리를 흐렸다. 영령이 노려보았다.

"죽을래? 똑바로 대답 못해?"

서문아제는 움찔거리며 신속하게 입을 열었다.

"마, 말씀드리겠습니다. 이런 경우 저희는 늘 그 이상으로 확실하게 갚아줬습니다."

"어떻게?"

"팔을 당했으면 다리 두 쪽을, 다리를 당했으면 머리통을 날려 버렸거든요."

"그래? 그럼 그런 식으로 저놈을 처리해라."

"예?"

영령은 매우 태연하게 지시를 내린 반면 서문아제의 한쪽뿐인 외눈은 튀어나올 것처럼 크게 불거졌다.

"쓰으……"

영령의 다물려진 이빨 사이로 바람 새는 소리가 흘러나오고 눈에선 송곳 같은 섬뜩한 빛이 쏟아졌다. 서문아제의 등에선 식은땀이 흘렀다.

"아, 아닙니다. 분부대로 곧 시행하겠습니다."

서문아제는 황급히 대답하고는 지척에 있는 부하로부터 큼직한 감산도를 건네받았다.

"다, 당숙… 저, 정말 제 다리를 자를 겁니까?"

서문탁의 음성이 부들부들 떨렸다. 하지만 서문아제의 얼굴은 단호하기 그지없었다.

"당숙이라 부르지 마라. 네놈은 그저 나와 성(姓)만 같을 뿐이지 실제 조카는 아니다."

"하, 하지만 성이 같으니까… 조카로 삼겠다고 하신 건 바로 당숙이셨습니다."

"안다. 하지만 생각해 보니 그게 좀 무리였다. 솔직히 같은 성을 갖고 있는 젊은이들이 한두 명도 아닌데, 그 친구들을 모두 조카로 삼을 수는 없는 것 아니냐?"

"그, 그렇다면 정말… 제 다리를 자르시겠다는 겁니까?"

"못할 것도 없잖냐? 아무 사이도 아닌데."

말과 함께 서문아제는 감산도를 천천히 머리 위로 쳐들었다. 서문탁의 얼굴은 사색이 됐다.

"당숙! 당숙!"

"그렇게 부르지 말라고 했다."

"그럼, 지존! 지존!"

"아무리 지껄여도 소용없다. 그냥 조용히 벌을 받아라."

차가운 응답과 함께 마침내 서문아제의 감산도는 밑으로 내리 찍혔다.

"으아아아아!"

최후의 순간까지 연민과 동정을 얻기 위해 발버둥을 치던 서문탁의 입에서 비명과 함께 저주의 악다구니가 터져 나왔다.

"내가 수많은 사람을 만났지만 너처럼 치사하고 의리없는 새끼는 처음이다! 개새끼, 더러운 새끼, 어디 얼마나 잘 먹고 잘사는지 보자. 빠드드득!"

*   *   *

음곡성은 철우와 영령을 찾기 위해 제칠조의 표사들과 자신이 부릴 수 있는 짐꾼들까지 모두 풀었다. 하지만 그들의 모습은 쉽게 나타나지 않았다.

약속한 칠 일이란 기간 동안 그들을 찾아내지 못한다면 노적산은 틀림없이 음곡성을 제삼조 조장이란 자리에서 끌어내릴 것이다. 시간이 지날수록 그의 입술은 바싹 타 들어갔다.

그는 다른 수석표사들과 비교한다면 무공이 좀 떨어지는 편이었다. 그럼에도 그가 그 자리에 오를 수 있었던 것은 국주의 기분을 잘 맞추는 탁월한 재주 때문이었다.

표행을 마치고 돌아올 때마다 그곳의 명차나 명주를 구해서 선물했을 뿐만 아니라, 현재 노적산이 가장 총애하고 있는 후처인 금발벽안의 미녀인 로라를 상납한 것도 바로 음곡성이었다.

훗날 대표두라던가 총관 자리도 음곡성이 가장 유력하다고 모두가 생각할 정도였다. 그런 음곡성에게 노적산의 신임을 잃게 될 위기가 도래했으니 어찌 초조하지 않을 수 있겠는가?

"이 자식들아! 낙양의 구석구석을 다 뒤져서라도 놈들을 빨리 찾으란 말이다, 어서!"

시간이 지나도 소득은 없고, 애꿎은 부하들만 닦달해 대는 그의 목청은 어느새 쇳소리가 날 만큼 하얗게 쉬어가고 있었다.

*　　　*　　　*

"……!"

철우와 화서생의 눈이 동시에 커졌다. 그 반면 영령은 너무도 태연한 얼굴로 사과를 먹고 있었다.

"서문탁인가 하는 녀석의 두 다리를 잘라 버렸다고?"

"예, 철우 형. 그것도 내가 아니라 그놈이 당숙처럼 여기던 흑골파 두목이 직접."

철우는 실소를 흘렸다.

"호오… 일 처리 하는 방법이 많이 다양해졌군."

영령의 실력을 알고 있는 만큼 처음부터 그녀가 위험할 수도 있다는 생각 따윈 하지 않았다. 다만 흥분하면 앞뒤를 안 가리는 그녀의 성격이 불안했었는데, 그런 식의 응징이라면 영령으로선 최상의 선택을 한 것이라고 철우는 생각했다.

"그럼요. 어느덧 강호에 나온 지 반년이 다 됐는데… 당연히 발전해야죠."

영령은 다시 한 번 사과를 으적 하고 깨물어 먹고는 시선을 옮겼다.

"그쪽은 왜 말이 없슈? 그 정도로는 양이 안 찹니까? 그럼 얘기하슈. 아예 끝장을 내줄 수도 있으니까."

"아, 아닙니다. 충분합니다. 그것만으로도 매설이의 혼백은 충분히 기뻐할 겁니다."

화서생은 황급히 손을 저으며 대답했다.

"혼백? 그럼 당신이 사랑한다는 그 여인은 이미……?"

영령이 눈을 끔뻑거리며 물었다. 화서생은 씁쓸한 표정으로 고개를 끄덕였다.

"예, 떠났습니다. 어느 날 크게 사고를 친 후."

사연은 이러했다.

팔 년 전 서문탁과 흑골단이 낙양에서 도망친 이후, 매설은 오히려 화서생을 증오했다. 화서생 때문에 철우가 괜히 개입했고, 그로 인해 자신이 사랑하는 서문탁이 떠날 수밖에 없었다는 게 이유였다.

그때부터 그녀는 화서생이 도굴로 번 돈을 갖다 줘도 받지 않았다. 그냥 술만 미친 듯이 마셨고, 단 한순간도 술 없이는 살 수 없는 중독자가 되어버렸다.

점점 나이는 먹고 찾아오는 손님 또한 뚝 떨어졌다. 그러다가 어느 날 모처럼 손님을 받았다. 그게 탈이었다. 이미 대낮부터 만취한 그녀는 주정을 부리다가 손님까지 해치는 사고를 친 것이다.

몸을 파는 유곽의 여인이 술에 만취해서 손님까지 해쳤다는 건 어느 누구에게도 동정받을 수 없는 일.

"…결국 그녀는 오 년 전 국법에 따라 참수형을 당했던 것이죠."

얘기를 늘어놓던 화서생의 눈가에 물기가 맺혔다. 낙양의 모든 사람들이 매설에게 '더럽고 잔인한 년'이라며 침을 뱉었지만, 그에게만큼은 여전히 누구보다도 소중했던 여인이었기 때문이다.

화서생은 그리움으로 저미는 가슴을 진정시키며 말을 이었다.

"서문탁은 이제 두 다리를 잃은 채 평생 앉은뱅이로 살아가겠죠? 남들은 불쌍하게 생각할 수도 있겠지만 전 정말이지 너무도 속이 후련합니다."

"……."

"한 여인을 그렇게 완벽한 폐인으로 전락시켜 결국은 형장의 이슬로 만들어놓고도, 오히려 철우 형님에게 당한 것을 복수하겠다고 저의 한 팔을 이렇게 만든 그놈이었으니까요."

"아예 보내 버릴 걸 그랬나?"

영령이 혼잣말처럼 작게 뇌까렸다. 화서생은 가볍게 미소를 지으며 고개를 저었다.

"아닙니다. 한패라고 생각했던 흑골파로부터 버림을 당하고 두 다리까지 잃었습니다. 흡족합니다. 저에게 힘이 있다면 저 역시 그런 방법을 택했을 테니까요."

"하하! 그럼, 그럼! 나도 그렇게 생각해서 굳이 보내지 않은 거라니까."

영령은 희고 가지런한 치아가 모두 드러나도록 기분 좋게 웃었다. 화서생은 다시 한 번 영령과 철우에게 감사의 인사를 했다.

"고맙습니다. 두 분 덕분에 저의 한을 풀게 됐습니다. 이젠 홀가분한 마음으로 형님의 일을 돕겠습니다."

"하하하! 암… 그래야죠. 세상에 공짜는 없는 법이니까."

영령은 또다시 껄껄거리더니 이내 눈을 휘둥그렇게 떴다.

"근데 돕다니? 무공도 전혀 모르는 사람이 철우 형을 어떻게 돕는다는 거죠?"

그녀는 철우를 향해 의아한 표정으로 물었다. 그러나 철우의 대답은 뜻밖으로 간단했다.

"그냥 지켜보면 돼. 그러면 알 수 있을 게다."

*　　　　*　　　　*

여인의 눈썹 같은 그믐달이 암천에 걸려 있는 밤.

노적산은 술잔을 들고 찰랑거리는 노란빛 액체를 단숨에 들이켰다.

술은 사천성의 헌진(軒珍)이란 마을에서 만든 헌홍주(軒紅酒)였다. 음곡성이 표행길에서 구해서 선물한 것이었다.

아직 강호에 크게 알려진 전통적인 명주는 아니었으나, 얼마 전부터 헌진의 맑고 깨끗한 물로 만든 진짜 명주라는 입소문이 나기 시작한 그런 술이었다. 그렇기에 사천성 외부의 사람들은 전혀 맛조차 볼 수 없는, 매우 생소하면서도 귀한 술일 수밖에 없었다.

과연 목 끝을 타고 넘어오는 느낌이 좋았다. 그리고 홍주 특유의 향은 더욱 깊고 진했다. 명주에 관한 전문적 미각을 갖고 있는 노적산은 흡족한 듯 미소를 지었다.

'음곡성, 그 녀석이 선물 하나만큼은 제대로 할 줄 안다니까.'

노적산은 천천히 잔을 내려놓으며 권암을 응시했다.

"자네도 한잔할 텐가? 향이 매우 좋구먼."

"전 괜찮습니다."

권암이 손을 저었다.

그가 체질적으로 술을 마시지 못한다는 것을 누구보다도 잘 알고 있는 노적산이었다. 그럼에도 불구하고 이따금씩 술을 권하곤 했다, 마치 습관처럼.

"자네 생각으론 어떤 놈들인 것 같은가?"

"글쎄요. 아마 저희의 독점으로 인해 낙양에서 사라진 세화표국이나 대일표국 잔당들이 아닐까 합니다."

"그놈들은 아니야."

노적산이 단정하듯 말하자 권암은 의아한 표정을 지었다.

"아니라뇨?"

"네 명이나 되는 우리 표사들을 눈 깜짝할 사이에 제압할 정도의 실력있는 인간이 그곳에 존재했던가?"

"……!"

권암의 얼굴에 당혹의 빛이 스쳐 갔다.

노적산의 말처럼 다른 표국과는 달리 금룡표국은 일단 표사들의 무공에서부터 크게 차이가 났다. 다른 표국 대표두의 무공이 금룡표국의 일반 표사들 수준이라고 할 정도였다.

그런 금룡의 표사들을, 그것도 기습이었고 수적으로 우세한 이들을 그렇게 쉽게 제압한다는 건 있을 수 없는 일이었다.

"허면 누가 감히 국주님께 그런 마음을……?"

"글쎄, 나 역시 상당한 무공을 지니고 있는 인물 중에서 과연 누가 내게 악감정을 갖고 있을지 한번 곰곰이 생각해 보긴 했는데……."

노적산은 잠시 말을 끊고는 술을 천천히 들이켰다.

"그럴 수 있을 만한 놈이 하나 있긴 하네만……."

"그게 누굽니까?"

권암이 묻자 노적산은 고개를 설레설레 저었다.

"아냐, 아냐. 그 녀석은 이미 이 세상 사람이 아냐. 그리고… 그 내막도 알 수가 없을 테고……."

마치 혼잣말처럼 노적산은 뇌까렸다. 권암으로선 그게 누군지 무척 궁금했으나 되묻지 않았다. 최측근인 자신에게 얘기하지 않을 땐 그만한 이유가 있다고 생각했기 때문이다.

그때였다.

찍! 찍!

천장에서 우당탕거리며 쥐들이 움직이는 소리가 났다. 노적산의 인상이 구겨졌다.

"뭐야? 쥐새끼잖아? 표국 내에 아직도 쥐가 있단 말이냐?"

노적산의 목청은 높았고, 얼굴이 시뻘겋게 달아올랐다.

"죄, 죄송합니다. 분명 변함없이 쥐약과 쥐덫을 놓고 있다고 하였는데……."

권암은 크게 당황했다. 그럴 수밖에 없었다.

노적산은 쥐를 무척 징그럽게 여겼다. 어린 시절 쥐에 대한 끔찍한 기억이 있었는지 그 혐오증은 지나칠 정도로 심했다.

때문에 표국 내의 식솔들에겐 무엇보다도 쥐를 없애는 일이 최우선이었다. 그런데 이렇듯 천장에서 쥐가 돌아다니는 소리가 들리니 총관의 입장에서 어찌 곤혹스럽지가 않겠는가?

"술맛 다 떨어지고 말았군."

다시 술잔을 들이키려다가 기분을 잡친 듯 노적산은 인상을 구기며 벌떡 일어났다.

바로 그때였다.

"까악!"

"으아아악! 쥐, 쥐 떼다!"

갑자기 밖에서부터 하녀들의 비명 소리가 줄지어 울려 퍼지기 시작했다.

'뭐? 쥐 떼라고?'

노적산의 동공이 다시 한 번 크게 확대되었다.

第二十章

괴변(怪變)

*쮜*쮜… 쮜쮜쮜…….

결코 한두 마리가 아니었다. 마치 낙양의 모든 쥐들이 몰려든 것같은 너무도 엄청난 행렬이었다.

더욱이 놀라운 것은 쥐의 꼬리엔 굵은 기름 심지가 묶여 있었고, 거기엔 불이 붙어 있었다.

경호무사들과 표사들은 밀려드는 쥐 떼를 칼로 베며 막았으나, 그 일은 생각 밖으로 만만치가 않았다. 쥐들이 문쪽으로만 통과하지는 않았다. 담을 넘기도 했고, 쥐구멍을 쑤시고 들어오기도 했다.

"으악! 앗, 뜨거!"

게다가 표국 내의 무사들이 밀려드는 쥐들을 무차별로 베면 토막 난 시체들과 함께 꼬리에 붙은 불이 사방으로 튀었고, 그로 인해 정원에 있던 나무가 불타오르기 시작했다.

게다가 때를 같이하여 달빛 아래 새까맣게 날아드는 무리들이 있었다.

"까아악! 바, 박쥐 떼다!"

사람들의 음성은 경악, 그 자체였다.

발밑으론 쥐 떼가 몰려들고, 위로는 박쥐 떼가 날아드는 광경. 아무리 산전수전 다 겪은 무사들일지라도 공포스런 상황이었다.

콰우웅! 펑… 펑!

공력이 심후한 표사들이 날아드는 박쥐를 향해 장력을 날렸다.

찍… 쮜익…….

장력에 격중당한 박쥐들이 사방으로 비산되며 떨어졌다. 강력한 장력으로 나가떨어진 박쥐들의 꼬리에 묶여 있던 불도 꺼졌다.

그러나 죽은 박쥐는 밀려드는 쥐 떼의 등으로 떨어지며 불은 다시 피어났다.

아무리 칼로 베고 장력을 퍼부어도 땅과 허공에서 달려드는 쥐와 박쥐 무리들의 굉렬한 기세를 막는다는 건 불가능했다. 게다가 쥐와 박쥐들은 마치 잘 훈련된 군병들처럼 표사들의 물리적인 제동에도 불구하고 일제히 어느 한곳을 향해 몰려가고 있었다.

"헉! 저놈들이 창고로 몰려간다!"

"막아! 막지 않으면 우리 모두가 죽는다! 어서 막아, 어서!"

쥐와 박쥐 떼가 몰려가고 있는 곳은 표물들을 운송하게 될 수레와 표물들이 보관되어 있는 창고였다. 그곳에 불이 붙는다면 산불처럼 번지게 될 것이고, 아무리 금룡표국이라 할지라도 회생불능 상태가 될 것이다.

"뭘 꾸물거리느냐? 표사들은 밀려드는 쥐와 박쥐를 제압하고, 하인들은 어서 물을 들고 와서 불을 진압해라!"

장내에서 상황을 진두지휘하던 구 척의 거한이 쩌렁하게 소리쳤다.

불길처럼 이글거리는 부리부리한 호목(虎目). 거기다 우측 뺨에 비스듬히 그어진 한줄기 검흔이 인상적인 오십대 초반의 중년 사내.

철혈신도(鐵血神刀) 궁독(宮獨).

금룡표국 내 두 명의 대표두 중 일인인 바로 그였다.

나이 쉰셋. 삼십대 초반까지 강호의 강자들을 찾아다니며 비무를 즐겼던 전형적인 무림인이었다. 산서무적(山西無敵) 조일청(曹一淸)을 비롯하여 벽력단혼도(霹靂斷魂刀) 사명(史冥), 천륭법사(天隆法師) 등 당대의 초절정고수들이 그의 커다란 대도(大刀) 아래 무릎을 꿇었다.

무공에 관한 한 구파일방의 장문인 못지않은 초절정고수였던 그가 금룡표국에 몸을 담은 건 지금으로부터 이십 년 전이었다. 당시 그는 본의 아니게 노적산에게 큰 빚을 졌다. 처음엔 단지 신세를 갚기 위해 이곳으로 온 것이었는데, 노적산의 간청으로 결국은 대표두가 되고 영원한 표국인이 된 것이다.

궁독의 호통에 정신을 차린 것일까?

시종일관 두려움에 어찌할 줄 모르고 당황하기만 하던 하인들이 다급한 표정으로 몸을 움직이기 시작했다.

"끙차!"

쏴아아아…….

물을 퍼 나르고, 불길을 잡기 위해 물을 퍼붓는 사람들의 손길이 매우 빨라졌다. 잘하면 번지기 전에 잡을 수 있을 것 같았다. 하지만 상황은 하인들이 불 끄기에 전념하게끔 내버려 두지 않았다.

쾅두두두두…….

이히잉! 음메!

"으헉! 이, 이건 또 무슨 난리냐?"

하인들의 눈이 솥뚜껑처럼 크게 불거졌다.

창고 근처에 있는 마구간과 소양간에도 어느 틈에 불이 붙어버렸고, 놀란 말과 소가 불길 속을 헤쳐 나오며 불을 끄고 있는 하인들을 들이받았다. 그로 인해 물을 길어오고, 나르고, 퍼붓는 하인들의 정돈된 전열이 한순간에 무너지고 말았다.

"이, 이런 빌어먹을 놈의 쥐새끼들!"

대청 앞에 서서 돌아가는 상황을 지켜보던 권암의 얼굴이 하얗게 탈색되었다.

처음 쥐 떼가 나타날 때만 해도 그는 표국 사람들의 능력으로 충분히 해결할 수 있을 것이라 믿었다. 하지만 곧바로 박쥐 떼까지 등장하자 권암은 불안해지기 시작했다.

그리고 쥐와 박쥐들이 너무도 정확하게 창고와 수레들을 보관한 장소로 달려가는 모습에 숨이 콱 막혔다.

'이것은 결코 괴변이 아닌 누군가의 농간이 틀림없다! 그렇지 않고서야 어떻게 쥐와 박쥐의 꼬리에 한결같이 불이 붙어 있고, 어찌 이처럼 일사불란하게 움직일 수 있단 말인가? 대체 어떤 놈이 이런 짓을……'

권암이 입술을 질끈 깨물었다. 쥐들과 불을 진압하는 것보다도 쥐들을 뒤에서 조종하고 있는 놈을 먼저 찾아내 박살 내버리고 싶었다. 하지만 그에겐 그보다 먼저 해야 할 일이 있었다. 그것은 노적산을 보다 안전한 곳으로 모시는 일이었다.

화르르륵!

마침내 창고에 불이 붙었다. 한번 불길이 치솟자 불은 무섭게 옆으로 옆으로 번져 나가기 시작했다. 사람들을 지휘하고 있는 궁독의 얼굴에는 노기가 가득했다.

"뭣들 하느냐? 모두 타고 있잖아! 물을 뿌려라! 어서 불을 진압하라고!"

좌아아……

표사들은 표국을 헤집는 쥐와 박쥐를 상대하고, 식솔들은 물을 뿌리며 불을 진압했지만, 이미 무섭게 퍼져 나가는 불길을 잡기에는 역부족이었다.

"억! 피, 피해랏!"

누군가의 다급한 외침이 터졌다.

꽈르르릉……

"으아악!"

"사, 사람 살려. 크악!"

가장 처음 불이 붙었던 창고가 무너지며, 앞에서 물을 뿌리며 불길을 잡으려던 사람들이 그만 불더미에 깔리고 말았다.

불길은 더욱 기승을 부리고, 함께 일하던 동료들이 불에 깔려 죽는 모습을 보자 물을 뿌리던 사람들이 두려움에 차마 가까이 다가가지 못했다. 멀찌감치 뒤로 물러난 상태에서 통에 담은 물을 뿌려대니 물은 불길에 접근조차 하지 못한 채 그냥 땅바닥을 적실 뿐이었다.

"이, 이런 멍청한 자식들. 그래 갖고 무슨 재주로 불길을 잡는단 말이냐!"

궁독은 버럭 노성을 질렀다. 그러나 사람들은 야단을 맞으면서도 쉽게 접근하지 못했다. 그만큼 불길은 더욱 극성을 부렸다.

"쥐와 박쥐 떼는 예비 표사들에게 맡기고, 제일조에서부터 제십팔조까지 모든 표사들은 이쪽으로 합류해라. 이곳이 더욱 급하다. 이대로 가다간 모든 건물이 숯덩이가 된다!"

궁독은 뒤를 향해 다급한 외침을 토했다.

총 십팔 조로 이루어진 금룡표국의 표사들 중 또 하나의 대표두인 우문청과 여덟 조의 표사들이 현재 표행에 나선 상태였다. 그리고 남아 있는 열 개 조 가운데 제삼조는 철우와 영령을 찾기 위해 낙양성 내를 뒤지고 있는 중이다.

현재 남아 있는 조는 모두 아홉 조.

그들 중 출퇴근하는 표사들의 수가 반이 넘는다. 때문에 현재 표국 안에 있는 일반 표사의 수는 그리 많지가 않았고, 대다수가 젊은 예비 표사들이었다.

물론 예비 표사라 할지라도 상당한 무예의 소유자들이긴 했지만, 정식 표사와는 차이가 있었다. 특히 산전수전을 다 겪은 그들에 비하면 예비 표사들은 너무도 경험이 일천했다.

그런 탓에 불붙은 쥐와 박쥐를 효율적으로 제압하지 못하고, 오히려 옷에 불이 붙거나 박쥐에게 눈을 찔리는 등 역공당하는 인물도 부지기수였다. 게다가 광란하는 말과 소 떼를 미처 피하지 못한 채 허리가 부러진 인물까지 있었으니…….

표국 내의 거의 모든 인력들이 불길을 잡기 위해 악전고투를 벌이고 있던 바로 그때였다.

유유히 표국의 정문으로 들어서는 사내가 있었다. 검은 무복, 하얀 얼굴에 구레나룻이 인상적인 청년이었다.

영령이었다.

정원에서 쥐 떼를 말살하고 있던 몇 명의 표사가 영령을 발견했다.

"뭐야, 네놈은?"

"노적산을 만나러 온 손님."

"뭐?"

표사들은 눈을 동그랗게 떴다. 쥐와 박쥐들 때문에 한창 열이 받쳐 있었고, 누구든 걸리면 화풀이를 하고 싶은 상태였다. 그런데 때마침 비위를 거스르는 인물이 나타났으니 이들의 어투는 거칠기만 했다.

"미친놈. 썩 꺼지지 못해?"

"알짱거리다간 뒈질 수 있으니 어서 꺼져라. 수틀리면 그냥 이 쥐새 끼들처럼 죽여 버릴 수도 있으니까."

평소답지 않게 험악한 말이었다. 하지만 영령은 귓전으로 들은 듯 계속 안으로 진입했다.

"쥐나 잡아라, 내가 뭘 하든 신경 쓰지 말고."

"뭐가 어째?"

미간 사이에도 눈썹이 이어져 있는 일자 눈썹의 표사가 마침내 발끈 하며 검을 겨눴다.

"이 새끼, 정말 꺼지지 못해?"

말과 함께 그의 검이 영령을 향해 쏘아갔다.

영령은 가볍게 피하는가 싶더니 번개 같은 속도로 품속에서 뭔가를 꺼내며 벼락처럼 허공을 갈랐다.

"으아악!"

일자 눈썹의 입에서 처절한 비명이 터졌다. 그와 동시에 피보라가 사방으로 확산되며 바닥으로 떨어지는 무엇인가가 있었다. 검을 쥐고 있는 오른 손목이 눈 깜짝할 사이에 잘려 나간 것이다.

동료 표사들은 흠칫했다.

불면 날아갈 것 같은 영령의 체형 때문에 대수롭지 않게 여겼지만, 이젠 그럴 수 없었다.

"이 새끼, 죽여 버릴 테다!"

"죽엇!"

세 명의 표사가 요란한 기합을 토하며 합공을 펼치기 시작했다.

쐐애애액!

굉렬한 파공성과 함께 세 방향에서 각기 다른 검기가 영령을 향해 짓쳐들었다.

"제법 제대로 연마한 검식들인 것 같군. 하지만 너희들은 만수무강을 위해서라도 그냥 쥐나 잡았어야 했다."

빈정거리는 음성과 함께 영령은 신형을 움직였다. 큰 동작 없이 그저 슬쩍슬쩍 움직였을 뿐이건만 세 곳에서 짓쳐드는 검기를 너무도 절묘하게 피해냈다.

촤라락!

영령은 쥐고 있는 섭선을 펼치며 세 명의 표사를 향해 허공으로 도약했다. 그리고 허공에서 부채춤을 추었다. 크게 원을 그리기도 했고, 나비처럼 펄럭이기도 했다. 그런데 그때마다 빗살 같은 경기가 여기저기 흩어져 있는 표사들을 향해 파고들었다.

"헉!"

표사들은 기겁하며 자신을 향해 밀려드는 경기를 다급하게 쳐냈다.

까깡!

마치 돌진하는 쇠기둥을 쳐낸 것처럼 불꽃이 튀었고, 표사들은 손목이 시큰해지는 충격을 받았다. 부채에서 펼쳐져 나온 경기가 이처럼 엄청날 줄은 꿈에서도 생각해 본 적이 없었다. 표사들은 크게 당혹스러웠다.

하지만 영령의 공격은 그것이 시작이었다.

패애애액!

부채에서 이번에는 각 방향으로 뱀과 같이 꿈틀거리는 경기가 쏟아져 나왔다.

표사들의 눈은 당혹감으로 더욱 크게 불거졌다. 검을 잡은 이후 이와 같은 기공(奇功)은 처음이었기 때문이다.

파파파팍!

모두가 다급하게 꿈틀거리며 쏘아드는 뱀을 쳐냈다. 하지만 뱀은 검기를 신묘하게 피하면서 오히려 쩍 벌어진 입을 통해 상대의 목으로 파고들었다.

콰콰콱!

"으아아악!"

세 명의 각기 다른 비명과 함께 피보라가 튀었다.

세 명 모두가 정확하게 목에 바람구멍이 뚫린 상태로 비틀거리더니 이내 차가운 바닥에 머리를 처박았다.

찍! 찍찍!

쓰러진 표사들의 시신을 향해 쥐들이 달려들었다. 졸지에 표사들의 몸뚱어리는 쥐들의 먹이로 전락했고, 창졸간에 허연 뼈다귀가 드러나고 말았다. 허망한 순간이었다.

어느 때 같았으면 비명 소리에 다른 동료들이 밀물처럼 달려나왔을 것이다. 하지만 지금은 그렇질 못했다.

거의 모두가 창고에서 일어난 불길을 잡는 데 몰려가 있었고, 여기저기서 터지는 요란한 소리에 비명 소리는 묻혀지고 말았기 때문이다.

영령은 문득, 높은 담장을 마치 한 마리 새처럼 가볍게 넘어가는 검은 그림자를 보았다.

'호홋! 이런 생각을 하다니……. 이제 보니 오라버니의 잔머리(?)도 꽤 쓸 만한걸?'

영령의 입가에 의미심장한 미소가 걸렸다.

그때였다.

"이놈! 감히 여기가 어디라고!"

노성과 함께 사람들이 몰려오는 소리가 들렸다. 영령은 고개를 돌렸다. 손목이 잘려 나간 일자 눈썹과 함께 칠팔 명의 표사가 몰려왔다.

그들은 이미 일자 눈썹을 통해 얘기를 들은 듯 영령을 향해 다짜고짜 달려들었다.

한편, 담을 넘은 철우의 신형은 내당을 향했다.

금룡표국은 크기만 해도 일만 평에 이를 정도로 거대한 곳이고, 내당에서 생활하는 무사들은 노적산의 최측근 가신들이었다.

하지만 표물을 보관하고 있는 창고와 마구간, 외양간에 엄청난 불이 붙었다. 많은 가신들이 불을 진압하기 위해 몰려간 듯, 경비는 평소와 달리 매우 허술했다.

철우는 신속하게 신형을 움직였다. 시간상 대청이 아니라면 국주의 침소에 노적산이 있을 것이라는 게 그의 계산이었다.

그는 슬쩍 대청을 쳐다보았다. 그곳의 불은 꺼져 있었다. 그렇다면 노적산이 있을 만한 곳은 침소일 것이라 생각하며 빠르게 안으로 진입하고 있었다.

그 순간,

"웬 놈이냐?"

내당 경호를 맡고 있는 무사들이 빠르게 쏘아오는 철우를 발견했다. 두 명이었고, 그들의 나이는 삼십대 초반으로 보였다.

철우의 눈이 죽립 아래에서 미미하게 흔들렸다. 그도 익히 잘 알고 있는 인물들이었다.

'표달(表達)과 성충(成忠)······.'

철우가 제칠조 수석표사로 있던 시절, 그의 밑에서 일하던 부하들이었다. 어떤 경로로 이들이 표사를 그만두고 내당에서 일하게 되었는지는 모르지만, 지난날 표행 때마다 생사를 함께하던 직속 부하들을 이런 상황에서 마주치게 되었다는 사실이 결코 유쾌할 수는 없었다.

철우로부터 대답이 없자, 비교적 키가 큰 표달이 검을 뽑아 들며 위협적으로 소리쳤다.

"어서 정체를 밝히지 못하겠느냐!"

"······."

하지만 여전히 철우는 묵묵부답이었다. 이번에는 성충이 눈썹을 꿈틀거리며 입을 열었다.

"쥐 떼가 일으킨 어이없는 괴변과 화재··· 그와 동시에 침입자라니······. 아무래도 네놈과 연관이 있는 것 같은데."

성충은 키는 작지만 비교적 머리 회전이 빠른 편이었다.

성충의 말에 표달은 눈을 크게 떴다.

"오··· 그래! 충분히 가능성이 있는 얘기군."

표달은 철우를 무섭게 노려보았다.

"굳이 대답하기 싫으면 하지 않아도 좋다. 어쨌든 잡아서 조사해 보면 다 나올 테니까.”

쓰악!

공기가 갈라지는 듯한 예리한 파공성과 함께 주위에 싸늘한 검광이 뿜어져 나왔다.

‘후후… 역시 우리 대검문의 쾌검은 일품이라니까.’

표달은 뿌듯한 미소를 흘렸다.

그는 하남성 내 무림문파 중 하나인 대검문(大劍門) 출신이었다. 비록 소림사나 석기보처럼 소문난 명문은 아니었지만, 검에 대해서만큼은 어느 거대 문파보다도 한 수 위라는 자부심을 가질 만큼 대단한 쾌검술을 갖고 있었다.

그런데… 흐뭇하게 퍼져 가던 표달의 미소가 어느 순간 멈춰졌다. 동시에 그의 두 눈은 튀어나올 것처럼 크게 불거졌다.

상대는 여전히 그 자리에 꿋꿋이 서 있었다.

표달의 쾌검은 분명히 상대의 상체를 빠르게 베었고, 그는 베어지는 모습을 똑똑히 두 눈으로 목격했다. 그런데 어째서 쓰러지지 않고 여전히 우뚝 서 있는 것인가?

표달은 베던 그 순간을 빠르게 떠올렸다.

‘벤 것은 확실한데 느낌은…….’

생각해 보니 상대를 베었을 때 의당 느꼈어야 할 그 느낌은 전혀 없었던 것 같았다. 그리고 당연히 검신에 묻어 있어야 할 혈흔도 전혀 찾을 수 없었다.

‘이게 무슨 조화란 말인가? 분명 벤 것 같은데?’

그는 당황하며 불안해졌다.

눈은 분명 베었다고 보았지만 결국 베지 못했다는 건, 상대는 자신의 육안으로 확인할 수 없을 정도로 빠른 신법을 가진 것이다.

"성충! 합공을 펼치도록 하자. 결코 만만한 놈이 아닌 것 같다!"

표달은 다급하게 뒤를 보며 소리쳤다.

성충 역시 같은 느낌을 받은지라 이미 허리춤에서 도를 뽑아 들고, 공력을 끌어 모으며 만반의 태세를 갖추고 있었다.

"몸이 빠른 친구군. 하지만 아무리 빠른 신법을 갖고 있을지라도 우리 둘의 합공을 피하는 건 불가능할 것이다."

성충은 싸늘하게 내뱉으며 수중의 커다란 대도를 기이하게 휘둘렀다. 그와 동시에 표달도 검을 출수했다.

쐐애애액!

양쪽에서 광포한 도기와 화려한 검광이 철우의 심장을 향해 쏟아졌다.

철우는 반보 옆으로 물러났다. 그리곤 주먹을 앞으로 쭈욱 뻗는가 싶더니 갑자기 인지와 중지를 폈다.

피이잇!

인지와 중지에서 빗살과 같은 광휘가 쏟아졌다. 그리고 그것은 성충과 표달이 발출한 도기와 검광을 여지없이 뚫으며 두 갈래로 날아갔다.

"헉!"

성충과 표달은 눈을 크게 뜨며 경악성을 토했다.

지금 이 순간 상대가 펼치는 지풍은 그들도 너무나 잘 알고 있는 무공이었기 때문이다.

픽! 퍼억!

성충과 표달의 가슴 부위에서 육중한 타격음이 터졌다. 지풍이 그들의 수혈(垂穴)을 강하게 격타하자 성충과 표달은 마치 썩은 통나무처럼 천천히 쓰러졌다. 바닥에 머리를 묻으며 그들은 동시에 뇌까렸다.

"싸, 쌍심지(雙尋指)!"

그들은 놀랄 수밖에 없었다. 자신들을 쓰러지게 만든 그 무공은 한때 그들이 모셨던 제칠조의 수석표사의 독문기공 중 하나였기 때문이다.

"……."

수혈을 제압당한 성충과 표달은 깊은 잠에 빠졌다. 삼성(三成)의 공력으로 수혈을 제압한 만큼 아침 여명이 뜰 때까지는 세상모르고 자게 될 것이다.

철우는 씁쓸하게 그들을 내려다보았다.

칠 년 만에 만난 부하들과 웃으며 술잔을 나누기는커녕, 일전을 벌여야 했다는 사실에 참으로 기분이 더러웠다.

"미안하다. 술잔은 훗날 나누도록 하자."

철우는 씁쓸하게 뇌까린 후, 다시 신형을 옮기기 시작했다.

그때였다.

"아, 아니, 저놈은?"

철우의 등 뒤로부터 경악성이 터져 나왔다.

철우의 고개가 젖혀졌다. 철우의 동공에 남소문(南小門)으로 들어서는 아홉 명의 표사가 꽂혔다.

그중 네 명은 그도 아는 얼굴들이었다. 그들은 바로 철우와 영령을 찾기 위해 낙양성 내를 헤맸던 제삼조의 표사들이었던 것이다.

"수사님, 그때 그 두 놈 중 하나가 바로 저놈입니다!"

당시 철우에게 당했던 표사 중 들창코 사내가 눈을 크게 뜨며 소리쳤다.

"뭣이라? 그게 정말이냐?"

음곡성의 얼굴이 환하게 밝아졌다.

철우와 영령 때문에 땅에 떨어진 체면도 그렇거니와 힘들게 얻은 수석표사의 자리까지 날아가게 생긴 음곡성이었다.

하여 며칠만 더 시간을 달라는 사정을 하기 위해 노적산을 만나러 가던 중에 이렇게 자신을 곤경에 빠뜨린 당사자를 만났으니 구겨진 그의 얼굴이 어찌 환하게 펴지지 않을 텐가?

"후후, 이번엔 무슨 꿍꿍이로 이곳을 직접 찾아왔는지 모르지만 어쨌든 대단히 고맙고 환영한다."

음곡성은 흐뭇한 미소를 흘리고는 이내 벼락처럼 소리쳤다.

"놈을 잡아랏!"

이미 실패한 동료를 통해 철우와 영령의 무공 수준이 어느 정도인지 알고 있는 이들이다. 때문에 그들은 음곡성의 명령이 떨어지기가 무섭게 곧바로 벌 떼처럼 덤벼들었다.

철우는 마치 공격을 기다리고 있었다는 듯 주저없이 그들의 한복판으로 뛰어들었다.

철우의 철검이 허공을 갈랐다.

비록 직계 부하는 아닐지라도 이들 중 서너 명은 잘 알고 있는 표사들이었다. 함께 술을 마신 적도 있고, 어떨 땐 무술을 지도해 준 적도 있었다.

다른 장소에서 만났다면 분명 반갑게 술잔을 부딪쳤을 정다운 사이였겠지만 안타깝게도 지금은 그럴 수가 없었다. 철우로서는 자신의 목적을 이루기 위해서라도 필히 이들을 쓰러뜨려야만 했다.

파파파팍!

검풍이 어둠을 뚫고 무서운 속도로 확산되었다.

음곡성을 제외한 여덟 명의 표사는 풍차처럼 서로의 신형을 교대로 회전시키며 소나기 같은 검기를 퍼부었다.

쾌아아아……

폭풍 같은 검풍과 여덟 줄기의 검기가 부딪치자 엄청난 경기가 주변을 휘몰아쳤다.

지난날의 철우였다면 아무리 초절정의 무공을 지녔다고 할지라도 이런 경우에는 분명 뒤로 주춤거리며 물러섰을 것이다. 개개인 모두가 강호의 일류급에 속하는 여덟 명의 표사가 동시에 퍼붓는 합공을 감당한다는 것은 결코 만만한 일이 아니었다.

하지만 지금의 철우는 달랐다. 주춤거리며 뒤로 물러서기보다는 오히려 앞으로 맹렬히 진격하고 있었다.

표사들은 한결같이 당혹감을 숨기지 못했다. 상대는 자신들이 생각한 것보다 수십 배는 강하게 느껴졌기 때문이다.

하나, 그렇다고 이제 와서 공세를 접을 수는 없었다. 최악의 상황을 맞이할지라도 지금 할 수 있는 이들의 선택은 조직적이며 강맹한 공격뿐이었다.

츠츠츠츳!

광포한 수십 줄기의 검기가 그물처럼 철우의 전신을 에워쌌다. 철우는 검기 속에서 무정천풍검법의 제이식인 무정난마와 제삼식인 무정만겁을 연속해서 펼쳤다.

쿠오오오오……

철우의 주변으로 엄청난 검기가 회오리치며 그 속에서 여덟 줄기의 검은 묵광(墨光)이 쏟아져 나갔다.

여덟 명의 표사는 자신을 향해 짓쳐드는 묵광에 크게 놀라며 황급히 피하고자 했으나, 안타깝게도 그럴 만한 시간이 허락되지 않았다.

파파파팍!

"으아악!"

"커헉!"

여덟 줄기의 묵광은 모두 정확하게 표사들의 가슴에 격중했다. 그들은 크게 신형을 비틀거리더니 조금 전 성충과 표달이 그랬던 것처럼 이내 바닥에 꼬꾸라지고 말았다.

"이, 이럴 수가……."

음곡성은 크게 흔들렸다.

부하들이 쓰러지는 모습에 놀랐고, 상대가 펼치는 무공에 크게 당황했다.

"부, 분명 그것은 무정천풍검법이었다. 서, 설마… 그대는……?"

철우가 제칠조의 수사였던 시절, 음곡성 역시 제삼조의 수사였다. 철우가 가장 무공이 강한 수사였다면, 음곡성은 가장 무공이 약한 수사였다. 제칠조가 주로 위험한 표행을 맡았다면, 제삼조는 가장 쉬운 표행을 담당했다.

윗사람의 환심을 얻는 탁월한 재주로 수사가 되고 가장 쉬운 표행만 배당받았지만, 어쨌든 같은 배를 탄 동지였던 시절이 그들에겐 분명히 있었다.

때문에 철우가 방금 전 펼친 그 무공이 어떤 검법인지 알아보는 건 음곡성에게 결코 무리한 일이 아니었다.

"철(鐵) 수사… 맞지? 그렇지?"

"오랜만이군, 음 수사."

철우는 짧게 대답했다.

"어떻게 된 일인가? 일 년 전 항주에서 죽었다고 소문이 났거늘……. 그리고 아무 때나 찾아와도 환영받을 수 있는 사람이 왜 굳이 야심한 시각에 찾아와 이런 짓을 하는 건가?"

역시 무공보다는 처세로 살아온 인물답게 그는 너무도 살갑게 대했고, 매우 안타까운 표정으로 입을 열고 있었다.

"무슨 오해가 있는지 모르겠지만, 이렇게 날 먼저 만난 것은 참으로 잘된 일이네."

"……."

"국주님은 아마 지금 침소에 계실 게야. 내가 중간에 다리를 놓을 테니, 국주님을 만나 오해를 풀도록 하세."

그는 미소를 지으며 철우의 소매를 잡으며 앞장섰다. 말처럼 자신과 함께 노적산을 만나러 가자는 의미 같았다.

무슨 생각인지 철우는 순순히 그의 행동에 따랐다.

대략 십여 보쯤 앞으로 걸어갔을 때였다.

콰악!

철우의 소매를 잡고 있는 음곡성의 좌수가 벼락처럼 움직이더니 팔목을 갈고리처럼 움켜쥐었다. 그와 동시에 음곡성은 팽이처럼 신형을 돌리며 우수를 번뜩였다.

패액!

그의 소매춤에서 무엇인가가 빗살처럼 쏟아나갔다.

앞서 설명한 바와 같이 음곡성은 무공보다는 눈치와 처세 쪽으로 발달된 더듬이를 갖고 있는 인물이었다.

때문에 잠입해 들어온 철우를 발견하는 순간, 그가 표국에서 벌어진 오늘의 괴변과 관계있을 것이라는 느낌이 번쩍 뇌리를 스쳤다. 더욱이 이미 그는 국주를 응징하겠노라는 얘기까지 한 바가 있다고 하질 않던 가?

음곡성으로선 그 내막까지 알 수는 없지만, 어쨌든 철우가 이처럼 깊은 복수심을 갖고 있는 한 국주를 위해서라도 그 둘을 만나게 할 수는 없는 일이었다.

하지만 그럼에도 불구하고 만날 수 있도록 안내를 해주겠다고 얘기를 한 것은 바로 이와 같은 역습을 위해서였다.

그가 정상적인 방법으로 철우를 꺾을 수는 없다. 방법이 있다면 그것은 단 한 가지, 상대가 방심하고 있을 때를 이용한 벼락같은 역습뿐일 것이다. 다행히 별것 아닌 무공을 지니고 있는 그에게 역습을 펼칠 수 있는 비장의 한 수가 있었다.

그의 오른 소매 속에 감춰진 중지손가락 정도 길이의 작은 붓이 바로 그것이었다.

절명필(絶命筆).

단 한 번의 발출로 상대를 절명시킨다고 하여 이름 붙여진 절명필. 모양은 붓이었지만, 지적의 거리에서 너무도 정확히 상대의 숨통을 뚫는 데 효과적으로 사용하는 음곡성의 독문병기였다.

한때 표행에서 산적 패거리 중 하나인 적룡단(赤龍團)의 단주에게 잡혀 인질이 될 뻔했던 위기의 순간이 있었다. 그때 음곡성의 체면을 살리고 전세를 역전시키는 데 결정적인 역할을 한 것이 있는데, 그게 바로 절명필이었다.

음곡성은 철저한 결과주의자였다. 그런 만큼 그에게 중간 과정은 전혀 중요하지가 않았다. 상대가 자신보다 강하다고 판단되면 비무를 치르지 않고 곧바로 무릎을 꿇었다.

일단 비굴하게 패배를 자인한 후, 기회가 주어졌을 때 절명필을 통한 역습을 시도했고 그럴 때마다 정확히 상대의 숨통을 끊었다. 비겁하다고 손가락질을 받을지라도 결과는 늘 그의 승리였다.

승리!

그거면 충분했다. 중간에 있는 부연 설명 따위는, 적어도 음곡성에게만큼은 전혀 필요가 없었다.

'흐흐… 걸렸다, 완벽하게!'

음곡성은 득의 어린 미소를 흘렸다.

모든 것이 자신의 계산대로 풀렸다.

철우가 제아무리 고수일지라도 지척의 공간에서 벼락처럼 발출한 자신의 절명필을 막는다는 건 있을 수 없는 일이었기 때문이다.

그는 의기양양한 표정으로 철우의 목에 꽂혀 있을 절명필을 확인했다.

"헉!"

음곡성의 입에서 숨넘어가는 소리가 터져 나왔다. 동시에 그의 동공은 튀어나올 것처럼 한없이 확대되었다. 목에 꽂혀 있을 것이라고 확신했던 그의 절명필은 뜻밖에도 철우의 입에 물려져 있었다.

음곡성의 소매춤에서 격출된 절명필은 정확하게 철우의 목을 향해 쏘아갔다. 너무도 짧은 지척의 거리였던 만큼 피한다는 건 있을 수 없다고 음곡성은 판단했으나, 그의 생각과는 달리 철우는 너무도 가볍게 고개를 뒤로 젖히며 날아오는 절명필을 이로 물었던 것이다.

철우는 물고 있던 절명필을 뱉었다. 그리고 무심하게 음성을 발했다.

"여전히 비겁하군, 자네는."

"어, 어떻게……?"

음곡성의 입술이 부들부들 떨렸다.

그 어떤 순간에도 빠져나갈 구멍을 기가 막히게 만들었던 음곡성이었지만 이 순간만큼은 그 어떤 생각도 나질 않았다.

철우는 씁쓸한 미소를 지었다.

"당시 표국 내에 자네를 믿는 사람은 아무도 없었지. 자신의 이익을 위해서라면 가족도 배신할 수 있는 인간이 바로 자네였으니까."

'비, 빌어먹을…….'

음곡성의 얼굴은 흙빛이 되었다. 이대로 있다간 철우의 손에 죽음을 면치 못할 것이다. 그렇다면 어떤 식으로든 살 수 있는 방법을 찾아야만 하는데 마땅히 생각나는 것이 없었다.

이제 와서 빌 수도 없는 일.

방법이 있다면 무조건 도망치는 일뿐인데, 그나마 다행인 것은 경신술만큼은 어떤 고수보다도 낫다는 것이었다.

파앗!

음곡성은 땅속에 슬쩍 묻고 있는 발을 차 올렸다. 바싹 마른 흙더미가 철우의 눈에 뿌려지는 것과 동시에 그의 신형은 무섭게 질주하기 시작했다.

과연 그의 경신술은 빨랐다. 잠깐 눈을 끔뻑이는 사이 이미 철우가 격출할 검기의 사정권을 벗어나 있었다.

철우는 씨익 미소를 지었다.

그리고는 이내 바닥에 떨어져 있는 절명필을 발로 걷어찼다.

쐐애애액!

절명필은 시위를 떠난 화살보다도 더 빠른 속도로 쏘아가더니 미친 듯이 앞만 보며 질주하는 음곡성의 뒷목덜미를 관통했다.

"껔……!"

짧은 외마디의 신음, 그리고 크게 불거진 눈.

음곡성은 그렇게 최후를 맞이했다.

쿵……!

엎친 데 덮친 격이라는 말밖에는 할 수가 없었다.

그렇지 않아도 불길을 잡기가 만만치 않은 판국이었는데, 서북풍까지 강하게 불고 있었다. 불은 바람을 타고 창고 뒤편에 있는 송림에까지 옮겨졌다.

화르르르륵.

"으아악!"

바람을 타고 불길이 더욱 무섭게 번지며 피해자가 속출했다.

"뭣들 하느냐! 물러나지 말고 좀 더 가까이 붙어서 불을 진압하란 말이다!"

대표두 궁독의 음성이 더욱 높아갔다.

하지만 사람들은 그의 말을 따를 수가 없었다.

불길은 사람들의 접근을 절대 허락하지 않으려는 듯 더욱 극성을 부렸다.

상황은 걷잡을 수 없이 악화되고 있었다.

"불이 송림에까지 옮겨지도록 대체 뭘 하고 있었단 말이냐!"

거친 노성이 내당 가장 깊은 곳에서 울려 퍼졌다.

금룡전(金龍殿).

바로 노적산의 침소였다.

"표사들까지 불길을 잡기 위해 뛰어들었으나 갑작스레 불어닥친 바람 때문에……."

보고하는 권암의 얼굴빛도 돌아가는 상황이 답답한 듯 매우 어두웠다.

"게다가 침입자가 나타났다면서?"

"그렇습니다. 정원에서 쥐와 박쥐 떼를 제거하고 있던 표사들을 상대로 격전을 벌이는 중이라고 합니다."

"뭣이라? 그깟 놈 하나를 못 잡고 여전히 싸우고 있단 말이냐?"

"절정의 무공을 지니고 있는 고수라고 합니다. 제압하기 위해선 좀 더 많은 표사들이 지원해야 할 듯한데, 대부분의 표사들이 화재 진압에 투입돼 있는 상태라 그럴 수가 없다고 합니다."

"허허… 아닌 밤중에 홍두깨도 유분수지, 불붙은 쥐와 박쥐 떼에 침입자까지……."

노적산의 입에서 허탈한 웃음이 흘러나왔다. 생각할수록 기가 막혔다. 어쩌나 황당한지 분노도 일어나지 않았다.

"내가 예순두 해를 살아왔지만 쥐 떼가 사람을 공격했다는 얘긴 단 한 번도 들어본 적이 없다. 한데 그냥 쥐 떼도 아니고 불이 붙은 쥐와 박쥐 떼라니……."

창고가 불바다가 되고, 보관하고 있던 표물이 잿더미가 됐다.

수많은 말과 소들은 새까맣게 타 죽거나 멀리 뛰쳐나갔다. 금전적 손해도 엄청났거니와 이로 인한 금룡표국의 신용은 한없이 추락하게 될 것이다.

제아무리 천하의 노적산일지라도 오늘의 화재로 수습해야 할 앞으로의 일들이 쉽게 떠오르지가 않았다.

그때였다.

콰앙!

거칠게 문이 열렸다. 그리고 문 사이로 한 사내가 우뚝 서 있었다.

"웬 놈이냐?"

노성과 함께 권암의 신형은 본능적으로 벌떡 솟아올랐다.

파라락!

검은 장삼을 펄럭이며 죽립을 깊게 눌러쓴 사내. 물론 그는 철우였다.

"감히 여기가 어디라고!"

권암은 무섭게 철우를 노려보았고, 번쩍 쳐든 그의 우수는 시뻘겋게 달아올랐다.

"놈! 정체를 밝혀라. 그렇지 않으면 당장 네놈의 머리통을 날려 버리겠다!"

권암의 무섭게 다그쳤다. 당장이라도 장력을 격출할 기세였다.

"총관, 잠깐 기다리게."

노적산은 권암의 행동을 제지했다. 말은 권암에게 했으나 그의 시선은 철우를 향해 한참동안 고정되어 있었다.

'……'

잠시 동안 죽음보다 깊은 적막이 흘렀다.

그사이 노적산의 눈빛은 수차례나 크게 일렁였다. 죽립을 쓰고 있다 할지라도 상당히 눈에 익은 분위기였기 때문이다.

"설마 했거늘……."

이윽고 노적산의 입에서 희미한 음성이 흘러나왔다.

그는 천천히 탁자 위에 놓여진 술잔을 쥐었다.

"죽었다고 하더니만… 살아 있었군."

"……."

"하긴 쉽게 죽을 사람은 아니지. 예전에도 모두가 죽은 줄 알고 있었지만, 자넨 결국 살아서 돌아왔으니까."

노적산은 마치 나타난 사내가 누군지 이미 알고 있는 듯이 뇌까렸다.

철우는 천천히 죽립을 뒤로 젖혔다. 그러자 권암의 눈이 크게 확대되었다.

"아, 아니, 자넨?"

권암은 이미 십여 년 전부터 금룡표국의 총관이었다. 그가 놀라는 것도 무리는 아니었다.

"어째서 다시 돌아왔나?"

노적산은 무덤덤한 표정으로 물었다. 철우 또한 무심한 어조로 대답했다.

"계산을 다시 하고 싶어서 왔습니다."

"계산이라니?"

"반세골을 만났습니다."

"……."

술잔을 들던 노적산의 손이 허공에서 멈췄다. 그러나 그는 이내 담담한 모습으로 술을 마셨다.

"반세골이라… 그놈이 아직까지 중원에 있었나? 나에게는 분명 아무도 찾을 수 없는 먼 곳으로 떠나겠다고 했거늘."

노적산은 못마땅한 표정을 지으며 술잔을 내려놓았다. 그리곤 다시 철우를 올려다보았다.

"그랬더니 놈이 이렇게 얘기하던가, 모든 것은 내가 지시한 것이라고?"

"그거야 국주께서 더 잘 아실 게 아닌지요."

철우는 단호한 표정으로 말을 이었다.

"왜 그러셨습니까?"

"······."

"차라리 결혼을 반대하시지, 어째서 그와 같은 짓을 꾸미셨습니까?"

"어째서라고 했나?"

"그렇습니다."

"훗! 세월이 지났다고 말을 참 편히 하는군."

노적산은 차갑게 냉소를 쳤다.

"만약 그때 내가 반대를 했다면 너희들이 쉽게 포기했을까?"

"······!"

철우는 쉽게 대답하지 못했다.

그 당시 부용과 철우는 헤어진다는 생각은 단 한 번도 하지 않았다. 특히 부용은 만약 반대를 하면 함께 도망쳐서 살자는 얘기까지 할 정도였다.

노적산의 입가에 씁쓸한 미소가 스쳤다.

"그때 부용이가 네 녀석과의 관계를 털어놓으면서 이렇게 얘기하더군."

"···아버지. 정말 그 사람을 사랑해요. 그가 제 삶에서 차지하는 비중··· 너무 넓고 깊어요. 하루의 반, 아니, 하루 온종일, 아니, 어떤 날은 이틀 밤 사흘

밤낮으로 그 사람 생각만 하게 돼요. 아버지, 그 사람과 결혼할 수 있도록 꼭 허락해 주세요."

"부용이가 네 녀석과의 관계를 털어놓았을 때, 너무도 간절하게 애원하는 부용이를 보며 난 느낄 수 있었다. 어떤 말로도 그 마음을 돌리게 할 수 없다는 것을. 우리 부용이는 이미 네 녀석에게 빠져 있었고, 거기서 헤쳐 나올 생각이 전혀 없다는 것을."

"그래서 반세골에게 그런 짓을 시킨 겁니까?"

노적산은 고개를 끄덕였다.

"선택은 그것뿐이었지. 네 녀석이 죽는다면… 부용이도 그땐 어쩔 수 없을 테니까."

어수선한 분위기 탓인가? 뜻밖에도 노적산은 모든 사실을 순순히 인정했다.

"하지만 돌이켜보니 나의 선택은 잘못되었다. 내 사업을 위해서 요직에 있는 사위가 필요했던 것인데… 아무런 도움도 안 되는 그런 고지식한 녀석인 줄 알았다면 차라리 그냥 자네랑 결혼 시켰을 텐데……."

노적산은 씁쓸한 미소를 지었다. 철우는 배알이 뒤틀렸다.

"그랬다면 당신의 입맛에 맞는 사윗감을 또다시 찾아볼지언정 결코 날 사위로 삼지 않았을 겁니다. 사업에 대한 당신의 탐욕은 끝이 없으니까요."

"탐욕이라? 마치 내가 갖지 말아야 할 욕심을 갖고 있다는 식으로 말하는군."

"그렇소. 모든 화의 근원은 당신의 집착과 탐욕이오."

"목적을 이루기 위해 편법을 쓰고, 뇌물도 먹이고, 때론 거짓말을 할수도 있네. 하지만 그건 비난받을 일이 아냐. 어떤 식으로든 이기는 것이 가장 중요한 가치이니까."

"역시 당신다운 생각이군. 다른 이들이 모두 희생될지라도 자신의 뜻만 성취하면 된다는 사람이 바로 당신이니까."

철우의 표정이 한층 싸늘해졌다.

"그런 이기심이 결국 당신의 생명을 단축하게 만들 것이오."

"정말 넌 여전히 어리석구나. 단지 지난날의 상처 때문에 이와 같은일을 저지르고 나를 협박하다니……."

"……."

"흐흐, 쥐와 박쥐 떼를 이용하여 이곳에 엄청난 소란을 피우고, 그틈을 이용하여 내게 복수할 생각인데… 글쎄, 과연 너의 뜻대로 될 수있을까?"

노적산은 문득 의미심장한 미소를 짓더니 이내 딱, 하는 소리가 나도록 손가락을 튕겼다.

그 순간,

휙! 휘이익!

미미한 음향과 함께 마치 유령처럼 네 명의 사내가 장내로 내려섰다. 백, 흑, 적갈색의 각기 다른 무복을 입은 사십대 중반의 사내들. 철우의 눈가에 당혹스런 빛이 스쳤다.

"서, 설마?"

노적산은 득의만면한 얼굴이었다.

"흐흐흐, 자네도 위명은 들어서 알고 있을 게야. 삼 년 전 강호에 크게 위명을 떨친 바가 있었던 독종사귀가 바로 이 친구들이지."

쿵!

철우의 얼굴이 돌처럼 딱딱하게 굳었다.

第二十一章

서글픈 복수

독명사귀(毒冥四鬼)!

이들은 독과 암기술에 관한 한 대륙 최고의 문파라는 사천당문(四川 唐門)에서도 가장 가공할 무명(武名)을 떨쳤던 인물들이다.

당문은 사천성의 성도(成都)에 세력을 둔 사천제일의 무림세가다. 그러나 당문은 혈족 외에는 전혀 다른 제자들을 받지 않았던 탓에 문 하제자들이 많지 않다는 특수성이 있었다.

그로 인해 그 누구도 침범할 수 없는 혁혁한 명성과 전통을 지니고 있음에도 불구하고, 문도가 적다는 이유로 도전하는 신흥 문파가 많았 다. 당문만 꺾으면 그들이 갖고 있는 모든 명예를 자신의 것으로 만들 수 있다고 생각했기 때문이다.

불과 오 년 전, 혈해궁(血海宮)이라는 집단이 창궐하여 무서운 기세 로 세력을 확장해 나갔다. 그들은 곳곳에 지부를 형성했고, 하루가 다르게 영역을 넓혀 나갔다.

어느덧 혈해궁은 문도의 수가 이천 명에 달할 정도로 대규모의 세력을 형성했다. 그러나 사천인들은 여전히 혈해궁을 사천제일의 문파로 인정하지 않았다. 엄연히 전통의 명가인 당문이 존재하고 있었기 때문이다.

당문과의 결전은 피할 수 없었다.

더욱이 당시 당문의 문도 수는 겨우 오십여 명뿐일 정도로 가세(家勢)가 상당히 위축되어 있었다. 아무리 전통의 당문이라 할지라도 이번엔 수성이 힘들 것 같았다.

하지만 당문은 혈해궁의 습격을 막아냈다. 아니, 막은 정도가 아니라 아예 다시는 헛된 꿈을 꿀 수조차 없도록 혈해궁주와 혈해십삼장로, 그리고 최정예 무사인 구십구혈검대를 완벽하게 부숴 버렸다.

그 승리의 중심에 서 있던 인물이 바로 독명사귀였다.

그들은 가공할 독공과 상대의 사혈(死穴)에 정확히 암기를 격중시키는 신기에 가까운 암기술로 물밀 듯이 몰려드는 혈해궁의 수뇌와 최정예들을 모두 쓰러뜨렸던 것이다.

그렇듯 강호제일의 독공과 암기술을 갖고 있는 독종사귀가 노적산을 지키기 위해 나타난 것이다.

"그때 죽은 줄 알았던 네 녀석이 다시 나타나는 순간, 어쩌면 네 녀석이 반세골을 찾아낼 수 있다는 생각을 하게 되었지."

노적산은 여유있게 술잔을 들이켰다.

"또다시 네가 날 찾아올 땐 그 어떤 변명도 통하지 않으리라는 생각이 들더군. 하여 경제적으로 어려움을 겪고 있는 당문에 금전을 지원해 주고, 나를 확실하게 지켜줄 수 있는 인물들을 옆에 두게 되었지."

"……."

"물론 일 년 전 항주에서 죽었다는 소문으로 네 녀석과의 악연도 끝났다고 생각했는데… 보름 전 우리 표사들을 간단하게 때려눕힐 만한 고수가 나타났다는 얘기에 혹시 네 녀석이 아닌가 하는 생각이 들더군."

노적산은 허공에 잠시 멈춰져 있던 잔을 내려놓으며 철우를 뚫어지게 쳐다보았다. 그의 입가엔 비웃는 듯한 조소가 걸려 있었다.

"흐흐, 누구의 도움으로 쥐와 박쥐 떼를 이용했는지 모르나 너의 계획은 제법 쓸 만했다."

"……."

"하나, 너의 계획은 거기까지다. 넌 이제 이곳에서 죽고 난 계속 살아 있을 테니까."

맘껏 비웃으며 노적산은 고개를 돌렸다.

"저 친구가 바로 쥐 떼를 끌고 와서 이곳을 난장판으로 만든 장본인이라네. 일 년 전 항주에서 담중산 대인을 해친 유명인사이기도 하지. 격에 맞춰서 대우해야 할 게야."

"명심하도록 하죠."

흰색 무복의 중년인이 포권을 취하며 짧게 대답했다. 그는 철우를 향해 고개를 돌렸다.

"이거 영광이군. 혈혈단신으로 전대 고수인 천지쌍괴와 엄청난 수의 항주 관군들을 쓰러뜨린 사내를 이렇게 만날 수 있다니."

그는 미소를 지었다.

철우를 비웃던 노적산과 달리 그의 미소는 웬지 정감이 느껴졌다. 무공을 연마한 무림인으로서 제대로 된 상대를 만났다는 것에 대한 반가움인 듯싶었다.

"이곳은 너무 협소한 것 같군. 장소를 옮기는 게 어떻겠나?"

"그럽시다."

철우는 순순히 고개를 끄덕였다.

화르르륵.

"으아악… 내 다리……!"

"아악! 으아악……!"

불길은 송림을 모두 태울 것처럼 여전히 하늘 높이 숫구치고 있었다. 사람들은 점차 지쳐 갔고, 불에 덴 부상자가 속출했다. 이대로 가다간 송림 너머 표물이 보관되어 있는 창고까지 옮겨질 것이다. 세상 없어도 그전에 막아야만 했다.

"표물까지 태울 수는 없다! 조금만 더 힘내라, 조금만 더!"

치솟는 화염 속에서 대표두 궁독의 음성이 안타깝게 퍼져 나가고 있었다.

노적산은 문을 활짝 열어놓은 채 술을 들이켰다.

앞마당에서 펼쳐지는 비무를, 그리고 철우의 죽음을 자신의 눈으로 똑똑히 지켜보고 싶었던 것이다.

합공을 펼칠 것이라는 예상과 달리 독종사귀는 철우와 마주한 상태로 서 있었다.

그중 백의무복 사내가 앞으로 나섰다.

당백, 당묵, 당적, 당갈.

당씨 문중의 육촌 간으로 백의무복을 입은 당백은 이들 중에서 가장 큰형이었다.

"무정검의 전인… 그리고 항주를 발칵 뒤집어놓은 절대고수인 그대와 한번 겨뤄보고 싶었다."

당백은 천천히 손바닥을 돌려보았다. 마치 여자 손 같았다. 부드럽고 우아했다. 손가락은 가늘고 길었다. 그 손은 점차 핏기가 사라졌고 마침내 밀랍처럼 새하얗게 변했다.

'독소수……!'

철우는 상대가 무엇을 전개하려는지 직감했다.

독소수(毒素手).

천하 십대독공 중의 하나로 사천당문의 대표적인 독공이었다.

독소수는 모두 팔수(八手)가 있다.

각 수마다 모두 팔식(八式)의 변화가 있었으니, 여덟 가지가 여덟 번씩의 변화가 가능하다는 것을 생각한다면 총 육십사 식이라 할 수 있을 것이다.

독소수는 각 초식이 변화무쌍한 탓에 연마하기가 매우 어려운 무공이었다. 때문에 당문에서도 이것을 대성한 사람은 현 문주인 당천과 당백뿐이었다.

조금이라도 스치기만 하면 그 즉시 심맥이 절단당하는 가공할 위력을 지닌 독소수가 당백의 손에 의해 펼쳐지려 하고 있었다.

"철수황의 무정천풍검법이 천하의 절기라고 들었네. 하지만 우리 당문의 독소수도 그에 못지않을 걸세."

당백은 철우의 눈을 똑바로 응시하고 있었다.

"그럼 내가 먼저 시작하겠네."

말과 함께 당백은 손을 움직였다.

파아앗!

당백의 밀랍 같은 소수가 빛살과 같은 속도로 철우의 목덜미를 노리며 쏘아왔다. 마치 피와 죽음을 갈구하는 악마의 손짓 같았다.

하지만 상대는 철우였다.

철우는 신형을 옆으로 슬쩍 움직이는가 싶더니 어느새 움켜쥔 투박한 철검으로 당백의 심장을 향해 달려들었다.

"호오, 과연 소문대로군. 이렇게 빠르다니……."

당백은 철우의 번개 같은 대응에 감탄했다. 그는 두 걸음 정도 뒤로 물러서더니 벼락처럼 쌍수를 뒤집었다가 떨쳐 냈다.

분가루처럼 새하얀 경기가 뭉게구름처럼 피어나는가 싶더니 이내 폭포수처럼 철우를 덮어갔다.

철우는 가공할 변화를 일으키며 무섭게 압박해 드는 경기를 직시하며 철검을 앞으로 쭈욱 밀었다.

정말 어처구니없을 정도로 단순했다. 이제 검술을 배우기 시작한 초심자도 쉽게 따라 할 수 있는 지극히 평범한 일검이었다.

하나, 그럼에도 불구하고 당백의 얼굴은 급변했다. 검끝에서 발출되는 검기가 경기를 가르며 자신을 짓누르는 것을 느꼈기 때문이다. 그 압력은 점차 격렬해졌고, 이대로 있다가는 심장이 관통될 것 같았다.

당백은 기합을 토하며 다급하게 허공으로 솟구쳤다. 동시에 쌍수를 함께 모으며 독소수를 시전했다.

콰아아아!

모아진 쌍수에서 발출된 경기는 마치 하늘에서 떨어지는 운석처럼 광포한 기세로 짓쳐들었다. 무엇이든 스치기만 해도 산산조각이 날 것 같았다.

철우는 철검을 으스러져라 움켜쥐었다.

"타아앗!"

그와 동시에 천둥 같은 외침을 토하며 광포한 기세로 돌진하는 운석을 수직으로 내려쳤다.

콰콰콰콰!

놀랍게도 그 거대한 운석이 마치 선을 그어놓는 듯 두 개로 쩍 갈라지는 것이 아닌가!

"커어억!"

당백은 비명과 함께 허공에 피를 뿌리며 사정없이 뒤로 곤두박질쳤다.

"……!"

방 안에 앉아 느긋하게 술잔을 기울이며 비무를 구경하던 노적산의 눈이 휘둥그레졌다.

그러나 놀람은 비단 노적산만이 아니었다. 총관인 권암과 나머지 삼인인 당추, 당홍, 당묵도 마찬가지였다. 아니, 그들의 경우는 그 놀람이 더욱 컸다. 천하십대독공 중의 하나이자 당문 최고의 독공인 독소수가 이처럼 허망하게 와해되다니…….

이들은 눈으로 직접 목격했음에도 불구하고 도저히 믿어지지가 않았다.

당백은 차가운 바닥에 누워 철우를 올려다보았다.

"끄으으… 역시 대단하군… 독소수를 이처럼 초라하게 전락시키다니……. 쿨럭! 무인으로서… 자네와 같은 인물과… 일전을 벌였다는 사실에… 후회는 없다……."

그의 입에서는 시커먼 선혈이 꾸역꾸역 흘러나왔다. 그런 상태에서 말을 한다는 것은 더욱 힘든 일일 것이다. 하지만 당백은 그럼에도 불구하고 계속 말을 이어나가고 있었다.

"하나… 당문의 암기는 강하다……. 더욱이 두 사람 이상이 펼치는 합공은… 무정검이 살아 돌아온다 해도… 막아낼 수가 없을 것이다……. 쿨럭쿨럭!"

아무리 절정의 고수라 할지라도 꾸역꾸역 새어 나오는 선혈을 토하며 말을 한다는 것은 상당히 고통스러운 듯 연신 힘겨운 기침을 토했다.

"쿨럭… 먼저 가서… 기다리겠다……."

마침내 당백은 희미한 미소를 지으며 고개를 떨궜다.

비록 금전적인 문제 때문에 노적산의 호위 무사가 되긴 했으나 당백은 자존심이 강한 무인이었다.

무정검의 전인으로, 항주를 시산혈해로 만든 장본인으로, 이미 쩌렁하게 무명을 떨친 철우를 상대하는 일이라면 당연히 합공이 유리했을 것이다. 그러나 그는 정상적인 일전을 겨루고자 했고, 결국 패함으로서 삶을 마치게 됐어도 결코 억울해하지 않았다. 철우는 자신보다 강했고, 그렇기 때문에 자신의 죽음을 충분히 인정할 수 있었던 것이다.

하지만 형제들은 당백의 생각과 달랐다. 아니, 다를 수밖에 없었다. 정정당당한 비무라 할지라도 어쨌든 철우는 그들의 큰형을 죽인 원수가 되었기 때문이다.

노적산으로부터 상당한 금전적 혜택을 받고 있는 입장만으로도 이들은 철우를 처치해야만 했다. 그런데 당백까지 쓰러뜨렸으니 철우에 대한 그들의 살기(殺氣)는 더욱 증폭되었다.

남은 삼 인의 신형이 흩어졌다. 철우를 중간에 두고 세 방향으로 포진했다.

그들은 천천히 장갑을 끼었다. 장갑의 끝은 쇠로 되어 있었고, 물건을 잡아도 미끄러짐이 없도록 오톨도톨했다. 그 이유는 아마도 맹독이 발라진 암기를 집어내고 출수하기 위함일 것이다.

흑색 무복을 입고 있는 당묵이 입을 열었다.

"당문의 명예를 위해서라도 네놈을 결코 용서치 않겠다."

듣는 이로 하여금 절로 부르르 몸을 떨게 만들 것 같은 냉혹함과 비정함이 실린 음성. 그와 동시에 각자 허리춤에서 불룩한 암기 주머니를 뽑아 들었다.

그것이 시작이었다. 혈해문과의 격전에서 결정적인 승리를 가져올 수 있도록 만든 이들의 암기합격술이 드디어 펼쳐진 것이다.

슈슈슉! 쐐쐐쐐!

세 방향에서 수십 개의 암기가 우박처럼 쏟아져 나왔다.

천하제일의 암기술을 보유하고 있는 당문에서도 가장 뛰어난 인물들답게 이들의 합공은 속도나 위력 면에서 확실히 독보적이었다.

철우의 얼굴이 굳어졌다. 좌측이든 우측이든 도저히 피할 공간이 없었다. 철우의 신형이 허공으로 솟구쳤다. 그곳이 피할 수 있는 유일한 공간이었다.

하나 그 순간,

기다렸다는 듯 갈색 무복을 입은 당갈이 양손을 휘둘렀다. 비황석이 쏟아져 나왔다.

비황석(飛蝗石).

메뚜기 같은 곤충의 부리를 본뜬 암기로 당문삼대암기 중 하나였다.

파파파파!

예상이라도 하고 있었다는 듯 공세를 퍼붓는 당갈.

그리고 피할 공간을 주지 않고 빗살처럼 짓쳐드는 비황석.

제아무리 철우라 할지라도 이번 당갈의 공격을 피한다는 것은 불가능할 듯 보였다.

그런데 정녕 믿을 수 없는 일이 바로 눈앞에서 펼쳐졌다.

스슥… 슥.

이미 도약한 철우의 신형은 마치 계단을 오르듯 허공을 밟으며 더 높이 올라갔다.

"허헉! 미, 미종비천술?"

당갈은 물론 당묵과 당적의 눈이 모두 화등잔처럼 커졌다.

미종비천술!

그랬다. 보법과 경신술을 한꺼번에 펼칠 수 있는 절세의 기학이자 무림사에 가장 현묘한 경공이며, 심후한 공력이 있어야만 운용이 가능한 신법이다. 때문에 지난날 당대 최고의 검신이라 불리던 철우의 부친조차 내공의 부족으로 차마 펼치지 못했다고 한다.

한데 그와 같은 초절정의 상승기공으로 당씨 삼 형제의 천라지망과도 같은 암기들을 피해내고 있었으니 어찌 당황하지 않을 수 있을 텐가?

하지만 당묵, 당적, 당갈은 역시 산전수전 다 겪은 관록의 무인들이었다. 그들은 당혹감을 떨치며 더욱 강맹한 기세로 암기를 퍼부어댔다.

쐐애애액.

세 줄기 뇌전 같은 섬광이 번뜩였다.

그것은 철우의 상체와 몸통, 그리고 하체를 노리며 짓쳐들었다. 인체의 상중하를 동시에 노리는 이 공격만큼은 피할 수 없을 것 같았다.

어느샌가 수십 개의 독침들이 철우의 눈앞까지 날아들었다.

쓰으으.

그때였다. 철우의 몸이 안개처럼 꺼지는가 싶더니 수면과 닿을 듯 날아가는 갈매기처럼 지면 위를 빠른 속도로 미끄러지듯 날아가고 있었다. 뒤이어, 먹이를 채고 오르는 갈매기처럼 철우의 신형이 솟아올랐다.

파츠츠츠츳!

세 줄기의 묵광이 녹슨 철검을 떠나 유성처럼 공간을 내찢었다. 당묵, 당적, 당갈은 미처 놀랄 틈도 없었다. 일제히 갖고 있는 암기들을 모두 뿌리며 뒤로 도망치듯 날아갔다.

까까까깡!

철우가 쏟아지는 수많은 암기를 쳐내자 치떨리는 금속성과 함께 시퍼런 불꽃이 허공을 가득 뒤덮었다.

"헉! 이, 이런……."

삼 인의 암기고수는 뒤로 도망치듯 떠오른 상태에서 자신들의 암기가 무용지물이 되는 모습에 놀람을 금치 못했다.

그리고 그들은 또 보았다.

번쩍!

시꺼먼 번갯불이 자신들의 몸을 환상처럼 뒤덮어오는 것을.

미처 어찌해 볼 생각도 하기 전에 그들은 가슴이 뜨끔 하는 느낌과 함께 사신의 육신이 무척 가벼워진 걸 느꼈다.

어지럽게 떠오른 여섯 개의 팔과 여섯 개의 다리.

어둠 속을 수놓은 선연한 피보라.

"크악!"

"으아아악!"

폐부를 도려내는 듯한 비명이 터져 나온 것은 그 다음 순간이었다.

쿵! 털썩!

팔과 다리, 그리고 가슴에 구멍이 뚫린 몸통이 순서대로 바닥에 떨어졌다. 당묵, 당적, 당갈은 정말 눈 깜짝할 사이에 사지가 잘리고 심장을 관통당한 모습으로 삶을 마감했다. 하지만 차가운 바닥에 쓰러진 그들은 한결같이 자신의 죽음을 믿지 못하겠다는 듯 눈을 동그랗게 뜨고 있었다.

'이, 이럴 수가!'

노적산의 안색은 순식간에 밀랍처럼 창백해졌다.

독종사귀가 누구이던가? 천여 명의 혈해문도들의 대규모 공격을 제압한 암기의 제왕들이 아니던가?

'빌어먹을! 바보 같은 당백 녀석이 힘을 합쳐 합공으로 싸우지 않고 쓸데없이 정식 비무를 벌이는 바람에⋯⋯.'

독종사귀의 패인은 당백의 호승심 때문이라고 노적산은 생각했다. 그만큼 독종사귀에 대한 신뢰는 절대적이었고, 그래서 당시 그를 말리고 그냥 합공하라고 명령을 내리지 못한 것을 아쉬워했다.

철우가 그동안 어떤 과정을 통해 공력을 증진시켰고 어느 정도의 성취를 이뤘는지 노적산은 알 길이 없다. 그리고 철우가 펼치는 무공이 과거와 어떤 차이가 있는지 그는 전혀 판별할 만한 눈을 갖고 있지 못했다. 때문에 노적산으로선 당백으로 인해 생긴 공백을 아쉬워하며, 그것이 결정적인 패인이라고 생각했다.

"어서 피하십시오!"

어찌할 바를 모르고 당황하는 순간, 다급한 음성이 노적산의 귓전을 울렸다. 권암이었다.

"놈은 제가 막아볼 테니 국주께선 어서 비밀 통로로 도주하십시오."

"아, 알았네. 그럼 자네만 믿겠네."

노적산은 서둘러 몸을 일으켰다. 그리고는 벽면에 가로로 걸려 있는 기다란 액자에 손을 얹었다. 액자는 산수화였는데, 그의 손이 화가의 낙관이 있는 곳에 닿자 각종 귀한 도자기로 채워져 있던 한쪽 벽면이 육중한 굉음을 내며 양쪽으로 갈라졌다. 노적산은 뒤도 돌아보지 않고 그 안으로 뛰어들었다.

그그긍… 쾅!

벽이 닫히며 본래의 모습으로 돌아왔다. 권암은 그제야 몸을 돌렸다. 어느새 철우는 대청 앞에 우뚝 서 있었다. 모든 것을 지켜본 듯했다.

"과연 그자가 도주할 수 있을 것 같소?"

"너무 자신의 능력을 과신하는군. 네가 아무리 강하다고 할지라도 이 권 모가 국주님이 도주할 수 있도록 시간을 지연시키지도 못할 것 같은가!"

권암은 똑바로 쏘아보며 씹어뱉듯 말했다. 철우는 그의 말이 결코 허세가 아니라는 것을 누구보다도 잘 알고 있다. 철우가 금룡표국에 몸을 담고 있었던 시절, 많은 사람들이 그에게 이런 질문을 던진 적이 있었다.

"수사님, 만약 총관님과 비무를 한다면 승부가 어떻게 될까요? 젊은 사람들은 당연히 수사님이 승리할 것이라고 하는 반면, 나이 든 표사들은 총관님

이 이길 거라고 말하거든요. 수사님 생각은 어떠신지 좀 알고 싶네요. 헤헤!'

그런 얘기가 나올 정도로 강한 인물이 바로 권암이었다.

뇌정탈명(雷霆奪命).

한때 강호를 호령했던 권암의 별호였다.

그가 시전하는 뇌정장법은 모두 세 가지의 절초로 되어 있었다. 그러나 권암은 사십팔 년을 살아오면서 단 한 초식만 사용했고, 그 이상은 전개한 적이 없었다. 그리고 그때마다 상대의 목숨을 뺏었다.

그는 이십대 후반까지 주무대로 활동하던 요동과 산동성 일대에선 쉽게 적수를 찾아볼 수 없을 만큼 강했다.

그리고 십 년 전에는 금룡표국과의 경쟁에서 패배한 일류표국의 국주가 수라마영(修羅魔影)이라는 자객에게 자신의 남은 재산을 바치며 노적산의 목을 청부한 적이 있었다.

수라마영은 총 구십구 회 중 단 한 번도 실수가 없었던 하남제일의 살수였다.

그랬던 그가 권암의 뇌정장 한 방에 너무도 험한 몰골로 끝장나고 말았다. 장력에 격중된 부위는 얼굴이었는데, 어찌나 제멋대로 짓뭉개졌는지 수라마영의 얼굴은 잘 다져진 푸줏간의 고깃덩이리처럼 돼버렸다고 했다.

노적산이 그를 자신의 최측근으로 삼은 것은 충성심 이외에도 이러한 최극강의 무공을 소유하고 있었기 때문이다.

권암의 시선은 계속 철우의 얼굴에 꽂혀 있었다.

"뇌정장법을 연공한 이후 단 한 번도 일 초식 이상 펼쳐 본 적이 없었다. 그러나……."

"……."

"오늘만큼은 시간을 벌기 위해서라도, 아니, 승리를 위해서라도 마지막 초식까지 사용하겠다."

권암은 아랫입술을 피가 베이도록 짓깨물었다. 그와 동시에 그의 우수에서 강력한 장력이 격출되었다.

철우는 나풀거리는 나비처럼 뒤로 날아가며 권암의 장력을 피했다. 권암과 같은 절정고수와 격전을 벌이기에는 공간이 너무도 좁았기 때문이다.

권암은 철우가 뒤로 피할 것을 마치 예상이라도 하고 있었다는 듯 더욱 강맹한 장력을 퍼부어댔다.

뇌정장법은 초식과 위력 면에 있어서 공히 천하의 무수한 장법원류 중 최정상을 점하고 있었다. 초식마다 변화가 극심했고, 일단 출수하면 반드시 상대의 생명을 뺏을 정도로 그 위력은 실로 가공했다.

콰아아아……

시뻘건 불기둥이 짓쳐들었다. 이것은 삼초식으로 된 탈명장법 중에서 권암이 주로 펼쳤던 뇌정열염(雷霆熱焰)이었다.

확실히 더 이상의 장법을 펼칠 이유가 없을 만했다. 도저히 피할 수 없을 정도로 속도는 빗살 같았고, 위력은 너무도 엄청났다.

하지만 철우는 이미 이름 모를 동굴에서 고루마인을 통해 수많은 격전을 치렀던 몸이었다. 고루들이 펼치는 장풍과 족풍, 지풍 등을 수없이 얻어터지면서 피하는 법을 터득한 상태였다.

철우가 몸을 슬쩍 움직이며 장력을 피했다. 장력은 그를 스치며 거대한 아름드리 나무를 격타했다.

콰앙!

거대한 나무가 시커멓게 타 들어가면서 박살이 났다.

"과연."

권암은 감탄을 했다. 그 어느 누구도 피하지 못한 자신의 장풍이지만 철우라면 피할 수 있을 것이라 생각했다. 그러나 예상을 했음에도 불구하고 막상 너무도 쉽게 피하는 모습을 보자 불같은 투지가 솟아올랐다.

위위웡!

그의 양손이 요란한 소음을 일으키며 허공에서 교차됐다. 양손은 붉게 타오르고 있었고, 장심에서는 질풍노도와 같은 장력이 쏟아졌다.

두 줄기의 가공할 기운이 허공에서 하나로 합쳐지며 철우의 정면으로 날아갔다.

이번에는 피하지 않았다. 철우는 우뚝 서 있다가 이글거리는 용암덩어리가 자신을 향해 짓쳐들자 철검을 일(一) 자로 신속하게 그었다.

쩌어억!

그토록 엄청난 열기를 동반한 화염덩어리가 너무도 허망하게 반으로 갈라지며 엉뚱한 곳을 격중시켰다.

"헉!"

권암은 자신도 모르게 당혹성을 토했다.

처음으로 시전한 제이초식 뇌정탄두(雷霆彈頭)였다. 속도와 위력에서 탈명열염과 비교할 수 없을 만한 장풍이었기에 이번만큼 상대에게 큰 충격을 줄 것이라고 예상했다. 하지만 그 예상은 너무도 허망하게 깨졌다.

"저, 정말 대단하구나! 뇌정탄두를 단 일검으로 파해시키다니……."

권암의 눈은 놀람과 감탄으로 어지럽게 뒤엉켰다.

그러면서 그는 생각했다.

비록 자신의 절기인 뇌정장법이 초라한 모습으로 전락했지만, 그동안 노적산은 비밀 통로를 통해 충분히 도망쳤으리라고.

그렇다면 자신과 철우 사이에 남은 것은 마지막 한 초식뿐이 아니겠는가!

권암의 눈빛이 시퍼렇게 불타올랐다.

이젠 마지막 단 한 번의 승부다.

'내가 펼칠 수 있는 무공은 뇌정장법 중에서도 최후의 초식인 뇌정폭천(雷霆爆天)뿐.'

권암에게 있어 뇌정폭천은 회심의 절기였다. 그것을 익히기 위해서 그는 오랜 시간 동안 실로 엄청난 노력을 기울였다. 하지만 그는 대성을 이루지는 못했다.

스스로 육성 정도밖에 이르지 못한 미완성의 무공이라고 여겼지만, 그 정도만으로도 그것은 뇌정열염과 뇌정탄두를 합한 것 이상의 위력이 있었다.

하지만 미완성이라 해도 가장 강한 위력을 지닌 뇌정폭천은커녕 뇌정탄두조차 펼쳐 볼 상대가 없었다. 때문에 그는 굳이 써먹지도 못할 무공을 겨우 육성 정도 얻기 위해 너무 힘들게 익힌 게 아닌가 하는 허무감에 사로잡힌 적도 있었다.

그런데 드디어 자신의 최후 절기를 펼칠 만한 상대를 만났다.

자신이 지켜야 할 주군을 위해서라도 반드시 꺾어야만 할 지난날 그의 부하였던 철우.

권암은 양손을 앞으로 쭈욱 내밀었다. 그리고 깍지를 끼었다. 깍지를 낀 그의 손은 마치 솥뚜껑을 연상케 할 정도로 크게 확대되었다.

합쳐진 양손의 중심에서 하나의 원이 떠오르는가 싶더니 여러 개의 모양이 나타나기 시작했다. 원은 가장 작은 붉은색에서부터 가장 큰 보라색까지 모두 일곱 개가 되었다.

"철우! 이것으로 승부를 매듭짓자."

권암의 눈에서 소름 끼치도록 시퍼런 안광이 뻗쳐 나오는 것과 동시에 내뻗은 그의 쌍장에서도 엄청난 장력이 터져 나오기 시작했다.

츄아아앙……!

각기 다른 색과 크기를 가진 일곱 개의 원형이 철우를 향해 날아들었다.

빨, 주, 노, 초, 파, 남, 보.

일곱 색깔을 띤 원형의 강기들로 인해 어둠 속에선 때아닌 무지개가 난무했다.

철우는 싸늘한 시선으로 공간을 현란하게 물들이고 있는 원형 강기들의 움직임을 바라보았다.

스치기만 해도 몸의 일부가 부서지게 될 것이다.

하지만 공간을 온통 물들이며 덮쳐드는 강기들을 피한다는 건 불가능했다. 천하제일의 신법인 미종비천술로도 이번만큼은 곤란했다.

철우는 단호한 표정을 지으며 철검을 앞으로 뻗으며 공력을 모았다.

'일곱 개의 강기가 장심에서 동시에 뻗어나올 수는 없다. 가장 작은 붉은 원형강기 이외엔 모두 환영이다.'

번쩍!

철검 끝에서 묵광이 발출됐다. 묵광은 주위를 온통 물들이고 있는 무지개를 뚫고 광포한 속도로 쏘아갔다. 묵광은 퍼져 나오는 여섯 개의 허상을 깨며 전진하더니, 마침내 가장 작은 붉은색의 강막을 붕괴시

커 버렸다.

콰콰콰콰… 쾅!

폭발치는 듯한 굉음이 터져 나오며 화끈한 열기가 사방으로 확산되었다.

"으아악!"

그와 동시에 처절한 비명이 터지며 권암의 신형은 한없이 곤두박질쳤다.

울컥… 울컥…….

바닥에 누운 권암은 검붉은 핏덩이를 토했다. 치명적인 내상을 입은 듯, 내장의 일부분들이 선혈과 함께 쏟아져 나왔다.

"끄으으… 정말… 몇 년 사이에 엄청난 진전을 이뤘군…… 예전엔 결코… 이 정도는 아니었는데……."

권암은 힘들게 음성을 뱉었다. 비록 패했지만 자신보다 훨씬 강한 상대를 만나 정당한 일전을 겨룬 것인만큼 아쉽거나 안타까운 느낌은 없었다.

철우는 무심한 표정으로 입을 열었다.

"예전 같았다면 아마도 총관님의 제삼초식에 당했을 겁니다."

"역시… 그사이에 기연을 얻은 모양이구나……."

"그렇습니다."

철우는 고개를 끄덕였다. 하지만 그것만으로는 충분하지 못한 듯 권암은 다시 물었다.

"한데… 가장 작은 붉은 원형강기를 노린 것은 무슨 이유 때문이었나?"

"나머지는 허상이었기 때문입니다."

"그것을 어, 어찌……."

"외람된 말이지만 예전에 총관님보다도 더 강맹한 장풍과 지풍, 심지어는 족풍까지 갖고 있는 괴물들을 만났습니다. 반년 동안 그들이 퍼붓는 무공에 속절없이 당했는데, 그때 깨달은 것이 있었습니다."

"……."

"아무리 공력이 통천가공할지라도 육신에서 발출되는 강기는 하나뿐이라는 것을."

"……."

권암은 어떤 말도 하지 못했다. 그저 한동안 철우를 응시하더니 어느 한순간 허탈한 표정으로 웃음을 토했다.

"큭큭큭… 바보가 따로 없군. 난 그것도 모르고… 어째서 일곱 개의 강기가 동시에 격출되지 않는지… 그것을 이해할 수 없었거든……."

그랬다.

그런 이유 때문에 권암은 뇌정폭천을 완벽하게 연성을 했음에도 불구하고 미완성의 무공이라고 여겼던 것이다.

"고맙다… 철우……."

권암은 희미하게 미소를 지었다. 어느덧 그의 눈동자는 초점을 잃고 있었다.

"이, 이젠 웃으며… 떠날 수 있을 것… 같… 다……."

스르륵!

그 말을 끝으로 권암의 고개는 옆으로 꺾이고 말았다.

"……."

철우는 무거운 시선으로 권암의 시신을 내려다보았다. 비록 생사를 건 일전을 치렀지만 그는 한때 철우가 가장 존경했던 선배였다.

'표국의 총관만 아니었던들, 당신은 더욱 빛나는 삶을 살았을 겁니다. 저승에서만큼은 그림자 인생이 아닌 당신만의 삶을 영위하십시오.'

철우는 씁쓸한 표정으로 권암의 명복을 빌어주었다.

그 순간, 미미한 음향과 함께 한 마리의 새처럼 그의 옆에 내려서는 검은 무복의 인물이 있었다.

"오라버니."

영령이었다.

"어떻게 됐느냐?"

"달려들던 표사가 쓰러지면 다른 표사들이 덤비고 했는데, 불길이 더욱 번져 나가니까 더 이상 덤벼드는 놈들이 없지 뭐예요."

영령은 특유의 밝은 표정으로 대답했다.

"여전히 진화를 못하고 있는 모양이구나."

"호호. 송림을 다 태우고 지금은 표사들의 숙소를 시뻘겋게 만들고 있거든요. 그러니 저한테 어찌 신경을 쓰겠어요? 한 사람이라도 더 힘을 모아 불을 진압해야죠."

그녀는 낄낄거리고는 주변을 둘러보았다. 그녀의 눈썹이 일순 묘하게 꿈틀거렸다.

"그 인간은 어딨죠? 어찌 없는 것 같은데."

"스스로 알아서 되돌아올 것이다."

철우는 무덤덤하게 대답했다.

그때였다.

그그그긍······.

노적산의 침소에서 육중한 굉음이 울렸다. 굳게 닫혀 있던 비밀 통로의 문이 느닷없이 열린 것이다.

"으아아아―!"

그와 동시에 누군가가 엄청난 비명을 토하며 뛰쳐나왔다. 다름 아닌 노적산이었다.

미친 듯이 달려나오는 노적산의 모습은 마치 실성한 사람 같았다. 그의 눈은 공포로 가득 찼고 입은 연신 비명을 지르느라 크게 벌려져 있었다.

그럴 만도 했다.

마치 벌 떼처럼 노적산의 뒤를 엄청난 쥐 떼가 쫓아왔다. 뿐만 아니라 이미 머리와 옷, 그리고 버선발에까지 많은 쥐가 달라붙어 있었다.

찍! 찌익! 찍찍!

"으아아아! 나, 나 좀… 살려줘!"

노적산은 마당으로 뛰쳐나오며 철우와 영령을 향해 애원했다. 자신이 철우를 피해 비밀 통로로 도망쳤다는 사실조차 잊은 듯했다.

수많은 쥐 떼가 자신에게 달려든다는 것은 누구에게나 무섭고 두려운 일일 것이다. 하물며 쥐라면 가장 끔찍하게 여기는 노적산에게 이와 같은 일이 생겼으니…….

털썩.

노적산은 힘이 부치는 듯 그만 쓰러지고 말았다. 그러자 쫓아오던 쥐 떼가 새까맣게 그를 덮었다.

"으아아! 사, 살려줘… 제, 제발!"

노적산은 땅에 머리를 처박은 상태로 절규를 터뜨렸다. 가만히 내버려 두면 쥐 떼에게 모두 뜯어 먹힐 판이었다.

삐이이익…….

그 순간, 괴이한 음향이 울려 퍼졌다. 그러자 노적산에게 엉겨붙어 있던 쥐 떼가 멈칫거리며 일제히 음향이 터진 곳을 쳐다보았다.

그곳은 노적산과 쥐 떼가 달려나온 침소였다. 침소의 활짝 열려져 있는 비밀 통로에서 한 사내가 천천히 나타났다.

작은 키에 젓가락을 연상시킬 정도로 깡마른 체형, 그리고 팔 하나가 없는 듯 한쪽 소매가 덜렁거리는 삼십대의 사내. 바로 화서생이었다.

화서생이 다시 한 번 입술을 묘하게 비틀며 괴이한 음향을 발했다. 그러자 노적산의 몸에 달라붙어 있던 쥐들이 일제히 어둠 속으로 사라져 버렸다.

화서생은 철우의 옆에 섰다. 철우는 그의 어깨에 손을 얹으며 말했다.

"수고했다."

"별말씀을. 형님께 늘 받기만 했는데, 이렇게라도 보탬이 될 수 있는 기회가 생겼다는 게 저는 한없이 즐거울 따름입니다."

화서생은 하나뿐인 손으로 머리를 긁적이며 어색한 미소를 지었다.

노적산의 도주가 성공할 수 있도록 권암은 철우와 격전을 벌이며 충분히 시간을 끌었다. 하지만 노적산은 예상치 못한 쥐 떼로 인해 기겁하며 되돌아 나왔다.

침소에 비밀 통로가 있다는 사실은 노적산과 그의 최측근인 권암 이외엔 그 누구도 모르는 일이었다.

때문에 노적산의 도주는 성공했어야 마땅하지만, 안타깝게도 그는 재수가 없어도 너무 없었다.

아무리 비밀 통로라 할지라도 쥐들에게까지 어찌 그게 비밀이 되겠는가? 쥐와 대화가 가능한 화서생은 이미 오래전부터 그 사실을 알고 있었다. 하여 거사가 시작되면 그는 그곳에서 대기하고 있기로 철우와 사전에 얘기가 된 상태였던 것이다.

쥐 떼가 사라진 지 한참이 되도록 계속 엎어진 모습으로 부들부들 떨기만 하던 노적산은 천천히 고개를 들었다.

"으으… 사, 살려줘… 제발……."

그의 얼굴은 여전히 충격에서 벗어나지 못한 듯 얼이 빠져 있었다. 한때 천하를 호령하던 거인의 모습은 눈곱만치도 찾아볼 수가 없었다.

"사, 살려줘, 철우… 내가 잘못했어……."

노적산은 사시나무처럼 몸을 떨며 본능적으로 삶을 구걸하고 있었지만, 이미 그의 얼굴엔 죽음의 그림자가 길게 드리워져 있었다. 그냥 내버려 둔다 해도 목숨을 보존할 수 없는 상태였다.

머리에서부터 발끝까지 쥐들이 뜯어먹은 상흔이 너무도 컸다. 양쪽 귀는 반도 남아 있지 않았고, 한쪽 다리는 뼈가 허옇게 드러나 있었다.

철우의 마음은 무겁게 내려앉았다.

철우를 철저하게 배신하고 기만했던 노적산이다. 하여 자신이 당한 만큼 돌려주기 위해 이와 같은 일을 꾸민 철우였다. 그러나 눈앞까지 죽음이 다가왔는데도 삶을 구걸하는 노적산의 처절한 모습을 보자 만감이 교차했다.

자신의 등 뒤에 비수를 꽂았지만, 돌이켜보면 그와 공유하고 있는 즐거운 기억도 분명히 있었다.

명절날 어디에도 갈 곳이 없던 철우를 불러 술을 받아주었고, 두 번 연속 산적들의 기습을 받고도 무사히 표행을 완수한 제칠조가 귀환하는 날, 직접 버선발로 뛰어나와 철우를 환대해 주었던 노적산…….

철우는 천천히 검을 뽑아 들었다.

이제 복수는 끝났다. 더 이상 그를 초라하게 만들지 말고 편하게 보내주고 싶었다.

"으으… 아, 안 돼… 사, 살려줘……."

하지만 이미 죽음이 목 끝까지 차 올라왔건만, 노적산은 숨을 헐떡이면서도 애원을 했다.

"철우… 넌… 나를… 죽이면… 안 돼……."

노적산의 두 눈은 이미 초점을 잃었다. 하지만 그럼에도 불구하고 그의 두 손은 삶의 끈을 어떡하든 잡아보려는 듯 허공을 허우적거렸다.

"난… 나는… 의천이의… 외조부……."

그것이 마지막이었다.

미처 말을 끝내지도 못하고 노적산은 눈을 하얗게 까뒤집었다.

쿵…….

육중한 음향과 함께 낙양제일의 거목이 쓰러졌다.

최후의 모습은 그가 보낸 삶의 역정과는 달리 너무도 끔찍하고 초라했다.

"……."

철우는 착잡한 표정으로 허공을 응시했다.

불을 진화하지 못한 듯, 밤하늘은 여전히 붉게 타오르고 있었다.

*   *   *

낙양괴변!

강호인들은 그날의 사건을 낙양괴변이라 칭했다.

낙양 최대의 표국이자 하남성 제일표국인 금룡표국이 엄청난 화재에 휩싸이고, 성공의 대명사로 불리던 국주 노적산의 목숨까지 빼앗은 원흉이 쥐와 박쥐 떼였다는 얘기가 퍼지자 사람들은 괴변이라고 얘기했다.

　하지만 시간이 지나며 소문은 다시 번졌다.

　그 모든 것을 획책한 장본인은 다름 아닌 한때 표국의 수석표사였으며 지난날 항주에서 경천동지할 사건을 저질렀던 철우라는 사실이 살아남은 사람들에 의해 새롭게 밝혀졌다.

　철우!

　강호인들은 그 이름에 경악했다.

　제국의 이인자였던 담중산과 그를 지키려고 했던 수많은 가신과 항주의 관병들을 해쳤던 그 이름이 아닌가!

　그가 살아 있음에 황당했고, 그가 살아서 노적산을 해치고 금룡표국까지 몰락시켰다는 것에 경악했다.

　하지만 정녕 의외인 것은⋯

　한때 현상금이 황금 천 냥에 올랐던 철우가 여전히 살아 있고, 또다시 엄청난 사건을 저질렀음에도 불구하고 그에 대한 현상금은 엄청나게 폭락했다는 사실이었다.

　은자 삼십 냥.

　일반 보편적인 살인범들에 해당하는 액수였다.

　어째서 의당 더 높아져야만 할 현상금이 이처럼 폭락한 것일까?

　담소충이 죽었을 땐 담중산의 비위를 맞추고 싶어하는 많은 사람들이 자진해서 현상금을 높였고, 그 결과 황금 천 냥이라는 전무후무한 현상금까지 걸렸다.

이후 죽은 줄 알았던 철우가 강북인 낙양에 또다시 나타나서 엄청난 일을 저질렀으니 그 현상금은 높아져야 마땅할 것이다. 그러나 안타깝게도 현상금을 내거는 사람은 아무도 없었다.

정승집 개가 죽으면 초상집은 문상객들로 문전성시를 이루지만, 막상 정승이 죽으면 파리만 날리는 법.

천하의 담중산과 노적산은 이미 죽었다.

아무리 한때 그들의 그늘이 필요했고 그들에게 눈도장을 찍기 위해 온갖 아양을 떨었지만 죽은 사람은 소용이 없는 것 아닌가!

그들이 살아 있을 땐 필요에 의해 잘 보이고 싶었겠지만, 다른 사람도 아닌 이해 당사자가 죽고 없는데 굳이 뭣하러 손해 볼 짓을 하겠는가?

현상금 은 삼십 냥.

낙양성주의 이름으로 건 현상금 은(銀) 삼십 냥이 바로 세상 인심의 현주소였다.

*   *   *

눈물.

수정 같은 여인의 눈물이 하염없이 흘러내렸다.

한때는 원망도 많이 했지만, 어쨌든 자신을 낳아주고 키워준 아버지였다.

흐느끼는 부용의 어깨 위로 사내의 손이 얹어졌다. 능진걸이었다.

"장인어르신은 누구보다도 강한 분이었소. 때문에 이처럼 허망하게 떠나실 줄은 정말이지 꿈에도 생각하지 못했소."

능진걸은 슬퍼하는 아내를 어떻게 위로해야 할지 마땅한 말이 생각나지 않았다. 그리고 단 한 번도 노적산의 청탁을 받아주지 않았던 것이 문득 미안하게 느껴졌다.

능진걸의 음성은 침통했다.

"이렇게 될 줄 알았다면……."

"그렇지 않아요… 당신에게는 당신의 길이 있어요. 아버지 때문에 당신의 소신을 꺾었다면 오히려 제가 감당할 수 없었을 거예요."

부용은 고개를 저었다. 능진걸은 섭섭할 수 있음에도 불구하고 여전히 너그럽게 이해해 주는 아내의 마음이 그저 고마울 따름이었다.

"미안하오. 그리고 고맙소. 비록 장인께는 부족함이 많은 사위였지만 이것 하나만큼은 약속하겠소."

"……."

"철우! 그자를 무슨 일이 있어도 꼭 잡도록 하겠소. 가능하다면 그것도 내 손으로."

능진걸은 마지막 말에 확실한 억양을 주며 부용의 손을 꼬옥 잡았다.

"……."

부용은 대답하지 않았다. 가슴은 터질 듯하고, 머리는 실타래가 뒤엉킨 것처럼 어지러웠다.

철우!

한때 애정과 그리움의 대상이었던 사내. 그리고 담중산의 저택을 폭파시키면서도 자신의 남편만큼은 살리려 했던 바로 그 사내…….

그랬던 그가 자신의 부친을 해친 장본인이었으니 어찌 마음이 복잡하지 않겠는가?

한동안 묵묵히 닫혀 있던 그녀의 입술이 열렸다.

"예… 그렇게 해주세요, 꼭 당신 손으로……."

第二十二章

사도세가(司徒世家)

비검문(飛劍門).

중원 최대의 무도(武都)인 무창성 내에 위치한 검술 문파였다. 중원 십대검문으로 꼽혔으며, 그곳 출신의 제자라면 대륙 어딜 가더라도 목에 힘을 줘도 괜찮을 만한 전통의 명가였다.

비천신검(飛天神劍) 좌승백(左丞伯).

비검문의 제십팔대 문주인 그는 쉽게 흥분하는 다혈질의 성격이긴 했지만 남자다운 매력이 넘치는 인물이었다.

전형적인 무림인답게 그는 강자를 미치도록 좋아하되 약자는 철저히 경멸했다. 비록 적이라고 해도 진정한 고수라면 그는 기꺼이 정을 주었고, 그런 고수를 멋지게 쓰러뜨리는 것을 삶의 보람으로 여겼다.

때문에 그는 늘 무공 증진을 위해 많은 시간을 보냈고, 마침내 비검문 최고의 절학 중 하나인 혼원일기검법(混元一氣劍法)을 연성했다.

보다 차원이 높은 무공을 연성함으로써 자신의 검술에 한층 더 자신감을 갖게 된 좌승백. 그는 강자와의 비무를 통해 자신과 비검문의 명성을 높이고 싶은 욕심을 갖게 되었다.

그처럼 자신감이 팽배할 즈음에 손님 하나가 그를 찾아왔다.

손님은 어린 시절 그와 함께 무술을 배웠던 인물이었다.

십여 년간 미친 듯이 검술 연마를 했으나, 훨씬 늦게 입문한 후배들보다도 뒤처지게 되자 눈물을 흘리며 해검문을 뛰쳐나갔던 인물이 이십 년 만에 나타난 것이다.

"쯧쯧, 이곳의 홍주(紅酒)는 확실히 맛이 떨어지는군요. 향은커녕 뒷맛도 전혀 없고."

이십 년 만에 나타난 사제는 많이 변해 있었다. 무공 연마는 포기한 듯 축 처진 이중턱에 아랫배는 볼록 튀어나와 있었다. 그러나 그에게 있어 가장 큰 변화는 검은 천 조각으로 안대를 했던 지난날과는 달리 지금은 번쩍거리는 금빛 안대를 하고 있다는 것이었다.

"장육(醬肉) 맛도 엉망이네요. 요리를 이따위로밖에 못하는 숙수(熟手)라면 당장 바꾸셔야겠습니다. 이거야 원, 어디 질겨서 먹겠습니까?"

좌승백은 너무도 오랜만에 나타난 사제였던지라 반갑게 맞이해 주었다. 하지만 술상을 앞에 놓고 시종일관 거들먹거리며 목에 힘을 주는 사제의 모습이 자꾸 눈에 거슬렸다.

"그나저나… 역시 예상대로 사형께서 비검문의 문주가 되셨군요."

"……."

"하긴… 전임 문주님의 하나뿐인 아들이니 아무리 재주가 없어도 그 자리는 당연히 사형 몫이겠죠."

좌승백은 미간을 깊게 찌푸리며 사제를 쏘아보았다.

"지금 뭐라고 했나? 뭐? 아무리 재주가 없어도?"

"하하, 솔직히 그렇지 않습니까?"

사제는 히죽거리며 말을 계속 이어나갔다.

"제가 이곳에서 검술을 연마할 때만 해도 하도 전임 문주께서 사형의 자질을 칭찬하기에 대단히 뛰어난 줄 알았습니다만, 정작 강호로 나가 보니 사형 정도의 무공을 갖고 있는 사람들은 정말 수도 없이 널려 있더라구요."

"네놈이 나오는 대로 지껄이는 것을 보니 죽으려고 작정을 한 모양이구나!"

좌승백의 눈빛이 시퍼렇게 타올랐다. 사십구 년을 살아오면서 단 한 번도 들어본 적이 없는 모욕이었다.

"일례로 제가 모시고 있는 분만 해도 사형의 무공으로는 고개도 들 수 없을걸요?"

그러나 좌승백의 분노에도 불구하고 사제는 전혀 개의치 않았다. 아니, 오히려 더욱 상대의 자존심을 자극시켰다.

"만약 그분의 공격을 삼 초만 버티신다면 제가 평생 사형의 발바닥이라도 핥아드리죠. 어때요? 한판 겨뤄보시겠습니까? 자신없으면 관두셔도 상관없구요. 하하."

"빠득… 좋다. 날을 잡아라. 대신 각오는 해둬야 할 게다."

좌승백의 눈에선 시퍼런 불꽃이 이글거렸다. 그렇지 않아도 다혈질인 그였거늘, 이처럼 모욕적인 소리를 들으니 더 이상 생각하고 말고 할 게 없었다. 그의 목적은 이제 단 하나뿐이었다.

"내가 그놈을 쓰러뜨리는 것과 동시에 네놈의 골통을 부숴서 돼지 사료로 쓸 생각이니까."

"사형 성격은 여전히 화끈하시네요. 알겠습니다. 그분이 지면 기꺼이 돼지 밥이 되겠습니다. 하하하."

하나뿐인 외눈을 반짝거리며 낭랑하게 웃음을 터뜨리는 싸가지없는 사제.

그는 다름 아닌 흑골파의 두목이던 서문아제였다.

칠 일 후.

드넓은 비검문의 연무장엔 때아닌 많은 사람들로 가득 찼다. 모두가 좌승백과 무명 검객의 비무를 보기 위함이었다.

좌승백과 같은 절정의 고수들은 격이 떨어지는 상대와 절대 비무를 벌이지 않는다. 승리해도 자신의 체면에 흠이 생기기 때문이다.

하여 이번 일전은 매우 이례적인 일이었고, 고수들의 비무 보기를 밥 먹기보다 좋아하는 무창 사람들로서는 결코 놓치고 싶지 않은 구경거리가 되었다.

좌승백으로선 이겨봐야 서문아제의 머리통 박살 내는 것 이외엔 아무런 소득이 없었다. 그렇기에 오늘의 비무가 세상에 알려지는 것을 원치 않았다. 그러나 사람들은 어떻게 알았는지 수없이 운집해 있었다.

좌승백은 자신의 명예가 실추되는 것을 최소화하기 위해선 최대한 빨리 상대를 박살 내야만 한다고 생각했다. 그리고 이와 같은 상황을 만든 서문아제를 꼭 돼지 밥으로 만들겠노라고 다시 한 번 이를 갈며 다짐했다.

세인들의 관심 속에 마침내 비무가 시작됐다.

좌승백은 단 일초에 상대를 쓰러뜨리겠다는 계산으로 새로 연성한 혼원일기검법을 자신있게 시전했다.

하지만 그의 자신감은 한순간에 무너졌다. 상대의 단 일검에 혼원일기검법은 여지없이 박살났고, 그는 피를 토하며 쓰러지고 만 것이다.

좌승백은 자신의 패배를 믿을 수 없다는 표정으로 상대를 바라보았다. 그는 처음으로 상대가 철립을 쓰고 있다는 것을 알았다. 그만큼 상대를 경시하던 좌승백이었다.

"대, 대체 당신은… 누구……."

좌승백은 끝까지 말을 잇지 못하고 그만 차가운 바닥에 머리를 묻고 말았다.

이날 비무를 관전한 구경꾼들에 의해 철립인에 관한 무명(武名)은 무섭게 퍼져 나갔고, 사람들은 일검에 좌승백과 같은 절정고수의 생과 사가 바뀌었다는 이유로 그를 생사검이라 부르기 시작했다.

좌승백을 단 일초에 쓰러뜨린 신흥 강자, 생사검!

이와 같은 소문이 뭉게구름처럼 퍼져 나가자 굳이 생사검이 비무를 청하기도 전에 이곳저곳에서 무수히 많은 상대들이 나타나기 시작했다.

생사검은 도전자들을 기꺼이 다 받아주었다.

금강벽괴(金剛僻怪), 붕천수(崩天手), 황산마도(荒山魔刀), 평지풍파객(平地風波客), 응조신박(鷹爪神搏) 등…….

무창성 내에서 모두가 쟁쟁한 명성을 갖고 있는 고수들이었다. 이들은 좌승백을 이긴 생사검을 꺾음으로써 그 영명을 자신의 것으로 만들고 싶어했으나, 모두 생사검의 녹슨 철검을 단 일초도 견디지 못하고 쓰러지고 말았다.

생사검에게 무릎을 꿇은 사람들은 비단 그들만이 아니었다.

강호제일의 창술대가로 추앙받던 묵혼마창(默魂魔槍),

무당파 사대고수 중 일인이라 불리우던 청학자(靑鶴子),

여색(女色) 때문에 소림으로부터 파문을 당하긴 했으나 무공에 관한 자질만큼은 소림사 개파 이래 다섯 손가락 안에 들 정도라고 일컬어지던 환락무불(歡樂武佛) 등…

가히 천하제일을 논하던 초절정의 고수들이 생사검의 오초지적도 되지 못한 채 꼬꾸라지고 말았다.

불과 반년 만에 천하무림의 중심인 무창에서 가장 유명한 이름이 된 생사검은 더 이상 상대가 나타나지 않자 문파를 창립했다.

사도세가(司徒世家).

생사검은 일반 무림문파와는 달리 무림세가를 세웠다. 때문에 사람들은 이름과 얼굴이 모두 신비에 가려진 그가 '사도' 라는 복성을 쓰는 인물일 것이라고 짐작했다.

아무튼 무적의 검객인 생사검이 무림세가를 창립하자 무도 무창은 열풍에 휘말렸다. 남녀노소를 막론하고 수많은 사람들이 그의 절기를 배우기 위해 무창으로, 그리고 사도세가로 모여든 것이다.

*　　　　*　　　　*

무창성 교외에 있는 어느 장원.

반경은 백 장이 넘는 듯했고 담의 높이 또한 삼 장에 육박했다. 오래 전부터 이곳엔 장원이 자리잡고 있긴 했으나 이 정도의 규모는 아니었다. 이렇게 거대한 성과 같은 모습으로 새롭게 탄생한 것은 불과 몇 개월 전이었다.

사도세가.

웅장한 장원의 현판에는 이렇게 적혀 있었다.

본시 이곳은 무창제일의 부호인 전왕탑(錢王塔)의 별장이었다. 전왕탑은 무창뿐만 아니라 호북성, 호남성, 강서성의 곡창 지대를 관장하고 있는 무곡성(武穀城)의 성주로, 그의 비위를 건드리면 굶어죽을 수밖에 없다는 얘기가 나올 정도로 영향력이 지대한 사람이었다.

그런 그의 별장이 사도세가로 변신을 하게 된 이유는, 무술 도시인 무창에 새로운 절대강자로 등장한 생사검이 문파를 창립하기 위해 마땅한 장소를 찾고 있다는 소문을 듣고 전왕탑이 이곳을 그에게 헌납했기 때문이다.

그의 배려는 그뿐만이 아니었다. 사도세가에 식량 지원은 물론이고, 구름처럼 늘어나는 제자들을 위해 내당 건물을 올리고 주변 땅들을 매입하여 더욱 넓혀주었다.

막강한 후원자로 인해 사도세가는 하루하루가 다르게 변모하고 있었다.

"타앗!"

"하아아앗!"

사도세가의 넓은 연무장에서는 수많은 사람들이 한겨울의 추위 속에서도 열심히 무공을 연마하고 있었다. 목검을 들고 기초검법을 반복하며 수련하고 있었는데, 어찌나 열심인지 그들의 몸 위로는 열기가 아지랑이처럼 피어오르고 있었다.

그때 수련하는 제자들을 바라보고 있는 두 명의 인물이 있었다. 그들이 있는 곳은 사도세가 내에서 가장 높은 건물인 삼층 누각이었다.

철우와 영령, 바로 이들이었다.

"오라버니, 불과 창립 반년 만에 이렇게 많은 제자들이 모여들다니… 마치 꿈만 같아요."

연무장에서 비지땀을 흘리며 수련하는 제자들을 내려다보는 영령의 얼굴엔 연신 미소가 번졌다.

"모두가 생사검으로 위명을 떨쳐 주신 오라버니 덕분이에요."

생사검.

수많은 무적고수들을 꺾고 당대 제일인으로 우뚝 선 생사검은 다름 아닌 철우였다.

담중산과 노적산이라는 당대의 거물들을 해친 철우로서는 얼굴을 드러내거나 이전처럼 죽립을 쓰고 다닐 수가 없었다. 하여 죽립 대신 얇은 면철로 된 철립을 쓰고 비무를 하게 된 것이었다.

"첫 비무가 문제였는데, 낙양에서 네가 데리고 온 그 친구 덕분에 영명을 떨칠 수 있는 최고의 첫 상대를 만날 수 있었다."

철우의 얘기처럼 비검문의 좌승백이라는 거물이 무명의 검객과 일전을 겨룰 수 있게끔 분위기를 만든 서문아제가 있었기에 빠른 시간에 영명을 얻을 수 있었던 것이다.

"너의 성격상 서문탁인가 하는 바람둥이를 혼낼 때 그 친구까지 당연히 어디 하나 불구로 만들 줄 알았는데, 훗날을 생각해서 자신의 수족으로 만들어놓다니… 한 문파를 이끌어갈 수장으로서 능력이 충분한 것 같구나."

철우는 미소를 지으며 영령의 자질을 칭찬했다.

"오랜만에 오라버니 칭찬을 들으니 이거, 기분이 새로운데요. 앞으로도 자주 칭찬해 주세요. 호호!"

영령은 밝게 웃었다.

철우의 시선이 다시 연무장으로 옮겨졌다.

"전엽(錢燁)이의 발전이 생각보다 빠른 것 같구나."

그는 연무장 성인들의 틈에서 함께 수련을 하고 있는 어린 소년의 모습을 보며 입을 열었다.

전엽.

열세 살의 어린 소년으로 다름 아닌 사도세가의 후원자인 전왕탑의 외동아들이었다.

"호호, 당연하죠. 전엽이는 사도세가의 제자 일호이자 흑혈천의 비기인 태음진기(太陰眞氣)와 건공무상결(乾空無常訣)로 신체를 바꿔주기도 한 저의 진정한 수제자잖아요."

영령은 빙긋 미소를 지었다.

전엽이 사도세가의 첫 번째 제자가 될 수 있었던 것은 그의 부친 전왕탑 때문이었다.

여느 부모들과 마찬가지로 전왕탑 역시 하나뿐인 아들을 강하게 키우고 싶어했다. 하지만 가업을 계승해야 할 전엽은 너무도 허약했다.

몸에 좋다는 것들은 모두 먹여보고 강한 사내를 만들기 위해 무술 스승들을 두고 지도를 받게 했지만 크게 나아지지가 않았다. 시간이 흐를수록 전왕탑의 초조함은 더해갔다. 이러다가는 그는 물론 그의 선조들이 힘들게 이룩한 무곡성이 아들 대에서 무너질 것 같았다. 그 때문에 그는 밤에 잠도 제대로 이루지 못할 정도가 되었다.

그러던 중 그의 눈과 귀를 단숨에 사로잡은 인물이 등장했다. 무림의 새로운 강자이자 무적고수로 떠오른 생사검이었다.

수많은 절정고수들을 쓰러뜨린 생사검이라면 자신의 아들을 강한 사내로 만들 수 있을 것 같았다. 하여 생사검에게 자신의 아들을 부탁했고, 그의 후원자를 자청하게 되었던 것이다.

그동안 전엽을 가르쳤던 다른 스승들과 달리 영령의 교육은 가혹할 정도로 혹독했다. 다른 스승들은 무창제일 거부의 아들이기 때문에, 또 아직 어리고 남보다 약한 체질이라는 이유로 마치 온실 속의 화초를 기르듯 지도했다.

하지만 영령은 그렇게 하질 않았다. 봐줄 것 다 봐주고 이해할 것 다 이해해 주며 가르쳐서는 절대 자신의 한계를 벗어날 수 없다는 게 그녀의 생각이었다. 그녀는 흑혈천에서 살수를 육성할 때 하던 것처럼 한계까지 밀어 넣는 방식으로 전엽을 지도했다.

전엽이 훈련을 견디지 못한 채 거품을 물고 실신하거나 혼절하면 태음진기를 그의 체내에 주입시켰다. 그리하여 겨우 정신이 회복되면 본인 스스로 건공무상결을 운용토록 하였다.

삶과 죽음의 경계를 하루에도 수차례씩 오가는 극단적인 수련을 통해 그는 마침내 체질을 바꿀 수 있게 되었고, 그런 고비를 넘긴 경험은 더할 나위 없이 훌륭한 자산이 되어 남보다 월등히 빠른 진전을 이루게 만들었던 것이다.

"네가 그 아이에게 쏟은 정성과 열정을 지켜보면서 난 느꼈다. 넌 사도세가를 멋지게 성장시킬 것이라고 말이야."

"암요, 당연하죠. 어떻게 창립한 사도세가인데… 남궁세가나 하북 팽가 못지않은 무림명가로 성장시킬 거예요."

"그래, 넌 충분히 그렇게 할 수 있을 거야. 그런데……."

철우는 잠시 말을 멈추며 영령을 빤히 응시했다. 영령은 의아한 표정을 지었다.

"왜요?"

"언제까지 남장을 할 셈이냐? 이젠 본래의 모습으로 돌아가는 게 좋지 않을까?"

"호호, 난 또 뭐라고."

영령은 까르르 웃고는 다시 말을 이었다.

"처음엔 덜떨어진 사내자식들이 지껄이는 험한 소리가 듣기 싫어서 남장을 했는데 이젠 본래의 모습으로 돌아가면 왠지 어색할 것 같아서 자꾸 망설이게 되네요. 나중에 이 옷차림에 싫증이 나거나, 아니면 맘에 드는 사내가 나타나면 그때 바꾸도록 하죠, 뭐."

"시집갈 생각은 있나 보군."

"당연하죠. 저도 여잔데."

영령은 입술을 삐쭉이며 눈을 흘겼다.

그때였다.

"가주님."

금빛 안대에 키가 작고 머리가 큰 사십대 인물이 들어섰다. 서문아제였다.

"무슨 일인가, 내당호법."

영령은 의아한 표정으로 쳐다보았다.

내당호법. 서문아제가 쓴 감투였다.

한때는 낙양에서 흑골파라는 삼류건달의 두목이었지만, 철우가 전통의 명가인 비검문의 문주와 비무를 할 수 있도록 결정적인 역할을 하고, 영령과 철우에 대한 충성심까지 갖춘 터라 사도세가의 내당호법이란 보직에 임명했다.

쓰고 매운 세상사를 경험한 인물일수록 강자를 두려워하면서 추앙하는 법. 서문아제는 철우와 영령의 지시라면 절대적인 복종을 했고 충실하게 이행했다. 하여 영령은 과거를 불문하고 그를 내당호법에 임명했던 것이다.

서문아제는 지극히 공손한 표정으로 입을 열었다.

"전 성주님께서 오셨습니다."

전 성주란 다름 아닌 무곡성의 성주인 전왕탑이었다.

영령은 반색하며 말했다.

"오, 그래? 어서 안으로 모셔라."

"……!"

영령과 철우의 눈이 동시에 크게 확대되었다. 그들은 놀란 얼굴로 눈앞의 사내를 바라보았다.

눈보다 더 흰 백의. 반백의 머리는 뒤로 단정하게 빗어 넘겼고 불그스레한 얼굴에 짧은 수염이 보기 좋게 자란 청수한 인상의 오십대 인물, 무창 최고의 부호인 무곡성의 성주가 바로 이자였다.

"성주님, 그게 정말입니까?"

흥분을 감추지 못한 듯, 영령의 음성은 다소 격앙되었다.

무곡성주 전왕탑은 미소를 지었다. 그리고는 품속에서 돌돌 말려 있는 두꺼운 양피지를 꺼냈다.

"하하, 그렇소. 사도세가는 호북성주가 인정하는 정식 무림문파임을 인허받았소. 이것이 바로 그것이오."

그는 양피지를 영령에게 건네주었다.

받아 드는 영령의 손이 미미하게 떨렸다. 천천히 떨리는 손으로 양피지를 펼쳤다. 자신도 모르게 호흡이 멈춰졌다.

있었다.

사도세가를 정식 무림문파로 인허한다는 내용의 글과 호북성주의 이름, 그리고 선명하게 찍혀진 도장이.

문득 부친 사도혼의 얼굴이 떠올랐다.

모두가 인정하는 당당한 무림문파를 세우기 위해 무슨 일이든 했으나, 미처 그 뜻을 이루지 못하고 눈을 감고 말았던 부친 사도혼.

'아버지……'

다른 이들 앞에서 차마 눈물을 보일 수 없는 듯 영령은 허공을 올려다보았다.

사도혼은 양피지에서뿐만 아니라 허공에서도 흐뭇하게 웃고 있었다.

＊　　　　＊　　　　＊

모처럼 눈이 내리고 있었다.

사도세가의 어린 제자들은 연무장으로 뛰쳐나와 눈사람을 만들거나 서로 편을 나눠 눈싸움을 하고 있었다. 올 겨울은 유난히 눈이 귀했다. 첫눈은 내린 것 같지도 않게 내렸고, 이번이 두 번째 눈이었는데 세상을 하얗게 덮을 정도로 꽤 많은 눈이 쏟아졌다. 무술을 가르치는 교관들도 쌓이는 흰눈에 기분이 좋은 듯 제자들과 어울려 함께 즐거운 시간을 보내고 있었다.

그런데 연무장의 가장 깊숙한 구석에서는 또래의 다른 친구들이 놀든 말든 목검을 들고 혼자서 씨름하고 있는 소년이 있었다.

"후우……"

소년은 한바탕 검무를 펼치고는 잠시 호흡을 골랐다.

넓고 반듯한 이마에는 땀방울이 송골송골 맺혀 있었고, 콧날은 깎아 빚은 듯 우뚝 솟아 있는 십삼 세가량의 미소년. 그는 바로 전왕탑의 아들인 전엽이었다.

전엽은 두 발을 어깨 넓이로 벌린 후, 우수로 쥐고 있던 목검을 비스듬히 얼굴 앞으로 두며 좌수의 손바닥으로 검등을 눌렀다. 가주인 영령에게서 직접 배운 비혼혜성류(飛魂彗星流)였다.

파파파팟!

순간적으로 전엽의 발이 빠르게 움직이기 시작했다. 그와 동시에 그의 우수에 쥐어져 있던 목검이 허공을 현란하게 갈랐다. 손을 뻗쳐 검신과 팔이 일직선이 되게 하는가 싶더니, 어느새 선풍처럼 소용돌이를 치며 반원을 그렸다.

손과 발의 움직임은 일치했고, 호흡도 일정했다. 거기까지는 참으로 자연스런 움직임이었으나, 문제는 늘 그 다음이었다.

영령이 지도해 준 것과는 달리 여기서부터는 자신의 손과 발이 일치하질 못했고, 호흡과 움직임 또한 부조화를 이루는 느낌이 강했기 때문이다.

'왜 그러지? 도대체 뭐가 잘못된 걸까?

생각으로는 충분히 펼칠 수 있을 것 같은데도 몸이 자연스럽게 반응하지 못하는 것이 답답하기만 했다.

'아무래도 나의 자질이 부족하기 때문은 아닌지…….'

전엽은 똑바로 배워놓고도 몸이 따르지 못하는 이유가 자질 부족이라는 생각까지 들었다.

"너무 손과 발의 움직임에 신경이 곤두서 있으니 검로가 제 길을 찾지 못하고 엉뚱한 쪽으로 나아갈 수밖에……."

나직한 음성과 함께 회색 장포를 펄럭이며 한 사내가 나타났다. 그러자 전엽의 눈은 화등잔만하게 커졌다. 전엽은 속히 포권을 하며 사내의 앞에서 극진한 예를 갖췄다.

"태, 태상님……."

어쩌나 당황했는지 제대로 말조차 나오질 않았다.

태상(太上).

사도세가의 태상으로 불리는 그는 강호제일의 강자이자 무를 익히는 모든 이들의 우상과도 같은 존재인 생사검 철우였기 때문이다.

"손과 발의 움직임을 따라 검을 이동시키려다 보니 몸이 자연스럽게 반응하지 못하는 법. 그냥 검을 따라 손과 발을 자연스럽게 움직이게 되면 거칠면서도 물이 흐르는 듯한 검초를 펼치게 될 것이다."

"……!"

철우의 나직한 음성에 전엽의 눈썹이 크게 꿈틀거렸다.

'검을 따라 움직이라고?'

그와 동시에 선들의 유희가 환영처럼 머릿속에 떠올랐다. 선은 검로였다.

"다시 한 번 펼쳐 보거라."

"알겠습니다."

전엽은 짧게 대답하고는 철우의 앞에서 비혼혜성류를 펼쳐 보이기 시작했다.

철우는 팔짱을 끼고 그의 움직임을 지켜보았다. 그러나 비혼혜성류는 흑혈천의 독문검법이었기에, 사실 철우가 그 변화를 정확히 알 만한 입장이 아니었다.

그러나 산의 정상에 서 있는 사람은 그 정상보다 낮은 곳의 경치를 한눈에 내려다볼 수 있는 법. 검법의 변화는 정확히 모를지라도 철우가 전엽이 펼치는 비혼혜성류의 오류를 잡아줄 수 있는 건, 그가 최정상의 절대고수였기 때문이다.

팟! 파아아!

목검은 흩날리는 눈발과 조화를 이루며 허공에 멋진 선들을 만들어냈다. 때론 불처럼 격렬했고, 때론 물과 같이 부드러웠다. 어느덧 전엽이 늘 벽에 부딪쳤던 육결까지 진행됐다.

전엽은 손과 발의 움직임 따위는 더 이상 생각하지 않았다. 머리 속에서 움직이는 선을 똑같이 행할 수 있도록 시선을 검끝에 고정시킨 채 검무를 펼쳐 나갔다.

한동안 자신을 절망토록 만들었던 그 벽은 너무도 쉽게 무너지고, 전엽의 목검은 이후로도 격하면서도 자연스럽게 계속 펼쳐졌다.

마침내 검무는 끝이 나고 목검은 밑으로 향했다.

전엽의 눈은 놀람과 흥분으로 크게 불거졌다.

"태, 태상님, 지금 제가 제대로 펼친 게… 맞습니까?"

"네 생각은 어떠냐?"

"기의 흐름이 단 한 번도 거슬린 적이 없었고… 검로의 흐름과 호흡이 일치한 것으로 보아, 제대로 펼친 게 아닌가 합니다."

철우는 빙긋 미소를 지었다.

"그렇다. 자연스럽다는 것은 곧 완벽함을 의미한다. 넌 완벽하게 검초를 재현했다."

"태, 태상님!"

전엽은 어찌나 감격했는지 미처 입을 다물지 못했다. 수없는 시행착오 속에서도 전혀 발견하지 못한 난제가 이렇게 쉽게 고쳐졌다는 것이 믿어지지가 않았다.

"무공을 자신의 것으로 만들기 위해선 수많은 훈련과 수많은 시행착오를 반복해야만 가능한 법. 네가 쉽게 깨닫게 된 것은 그런 과정이 있었기 때문이다."

"……."

"무공에 왕도는 없다. 연마하고 또 연마해라. 그래서 많은 시행착오를 겪다 보면 깨닫는 것 또한 많을 것이다."

말과 함께 철우는 손을 내밀었다.

"목검을 이리 건네라."

전엽은 철우가 어째서 목검을 달라는 것인지 영문을 알 수 없었지만 감히 물어볼 수조차 없는 입장이었다. 그는 공손히 목검을 건네주었다.

"기회는 단 한 번뿐이다. 최대한 천천히 움직여 볼 테니 잘 보도록 해라."

철우의 움직임은 바람에 흔들리는 버드나무처럼 너무도 유연했다. 그러다가 때론 엄청난 기세로 밀려드는 해일처럼 광포하기도 했다.

전혀 공력을 싣지 않은 상태임에도 불구하고.

그것도 자신의 육안으로 움직임을 볼 수 있도록 매우 천천히 펼쳐나가고 있는 검식임에도 불구하고 이렇듯 격렬한 느낌을 받을 수 있다는 것에 전엽은 놀람을 금치 못했다.

이윽고 철우는 목검을 내렸다.

"선의 움직임을 보았느냐?"

"예."

"어떤 점을 느꼈느냐?"

"그, 글쎄요. 다른 건 모르겠고… 태상님과 검술이 참으로 멋진 조화를 이루고 있다는 느낌을 받았습니다."

전엽은 어린 소년답게 머리를 긁적이며 조심스럽게 대답했다. 철우는 미소를 지었다.

"그래, 잘 보았다. 바로 그것이다."

"예?"

전엽은 눈을 휘둥그렇게 떴다.

"방금 펼친 검술은 내가 많은 무인들과 비무를 벌일 때 간간이 사용했던 무정고월(無情孤月)이라는 검식이다."

무정고월.

그것은 십삼 초로 이루어진 무정천풍검법의 제이식이었다.

전엽은 천하의 고수들을 상대로 사용했던 철우의 여러 검식 중 하나가 자신의 눈앞에서 펼쳐졌다는 자체만으로 벅찬 감동을 느꼈다.

철우는 목검을 다시 전엽에게 건네며 말했다.

"천하의 수많은 무공 중에 분명 이보다 더 뛰어난 검법이 있을 것이고, 나에게 패한 상대들 중에서도 분명 그와 같은 검술을 갖고 있는 인물이 있었을 것이다."

"……."

"그럼에도 승리할 수 있었던 것은 내게 보다 심후한 내공이 있다는 이유도 있었겠지만, 더욱 중요한 것은 좀 더 일신의 무공을 잘 소화해냈기 때문이라고 할 수 있다."

"허면 뛰어난 무공을 배운다는 것과 뛰어난 고수가 된다는 것은 서로 별개의 일이란 말씀이신가요?"

"물론이다. 절학을 익힌다고 해서 반드시 절정고수가 되는 것은 아니니까."

전엽은 잠시 머릿속이 혼란스러웠다. 여지껏 그는 절학을 익혀야만 절정고수가 될 수 있다고 생각했기 때문이다.

"너에게 보여준 무정고월이란 검식은 내가 연마하고 있는 검법 중에서 가장 변화는 적지만, 몸과 검이 하나가 되지 않고선 절대 연마할 수 없는 검식이기도 하다."

"……."

"어때? 익혀보겠느냐?"

"하, 한번 도전해 보겠습니다."

"전엽! 내가 네게 검법을 보여준 것은 가주가 아끼는 수제자이기 때문이다. 그건 가주의 수제자로서 할 대답이 아니다."

단호하면서도 차가운 철우의 음성에 전엽은 몸이 얼어붙는 것 같았다. 이제까지 단 한 번도 이와 같은 철우의 모습을 본 기억이 없기 때문에 그 느낌은 더했다.

철우는 싸늘하게 전엽의 눈을 응시하며 다시 말을 이었다.

"이 세상에 해본다는 건 없다. 하거나 하지 않거나 둘 중의 하나일 뿐이다."

"……."

"자기 확신이 없다면 아예 연마할 생각 따윈 하지 마라."

"아, 아닙니다. 하겠습니다. 꼭 연마하고야 말겠습니다."

전엽은 입술을 깨물며 대답했다. 음성에는 확고한 그의 결심을 나타내듯 힘이 실려 있었다.

철우는 무심한 어조로 말을 이어나갔다.

"확신은 잠재의식을 깨우게 된다. 설령 반복된 훈련이 힘들고 괴로

울지라도, 그리고 깨우침이 좀 늦어질지라도 늘 할 수 있다는 생각을 잊지 말고 무공을 연마토록 해라. 그러면 네가 원하는 바를 얻게 될 것이다. 알겠느냐?"

"예, 명심하겠습니다!"

철우는 미소를 지으며 전엽의 어깨를 다독였다. 그는 지금껏 어느 누구에게도 무공을 가르치지 않았다. 이유는 자신이 익힌 무정천풍검법은 익히기가 결코 쉽지 않았기 때문이다.

검과 하나가 되기 위해 수없는 반복 훈련을 해야 했고, 발전이 없을 때 느끼는 절망감이 어떤 것인지 그는 너무도 잘 알고 있었다.

그래서 어느 누구에게도 무정천풍검법만큼은 전수하지 않으려 했지만, 무공에 대한 전엽의 열정을 지켜보다 보니 생각이 변하게 되었다.

가장 애착을 느낀다는 영령을 위해서라도, 그리고 사도세가의 앞날을 위해서라도 전엽은 보다 강해질 필요가 있었다.

전엽은 훗날 무곡성의 성주가 될 것이다.

돈이 모이는 곳엔 온갖 사람들이 꼬이는 법. 무림인과 무림문파 역시 어떤 식으로든 무곡성과 관계를 맺고자 할 것이다.

때문에 전엽이 강해야만 부하들에게 흔들리지 않을 것이며, 자신을 강한 사내로 환골탈태시킨 사도세가와의 인연을 더욱 굳게 이어나갈 것이다.

철우는 문득 고개를 들어 하늘을 보았다. 눈발은 대지를 새하얗게 덮어갔고, 젊은 제자들은 여전히 연무장에서 즐겁게 뛰어놀고 있었다.

그런데 주변의 분위기와 달리 철우의 얼굴은 너무도 무겁기만 했다.

"……!"

영령의 얼굴이 딱딱하게 굳었다.

갑자기 머릿속이 하얗게 빈 듯 아무런 생각도 나지 않았다. 크게 붉어진 눈으로 눈앞에서 술잔을 기울이고 있는 철우를 멍하니 바라볼 뿐이었다.

"오, 오라버니… 지, 지금 뭐, 뭐라고 하셨죠?"

상당한 충격을 받은 듯 그녀의 음성은 크게 떨리고 있었다.

"이, 이제 그만 떠나시겠다고 했나요?"

"그래."

철우는 고개를 끄덕였다.

"왜… 갑자기 그런 생각을……?"

"사도 천주의 뜻을 이룬 만큼 이제 그만 떠나야지. 언제까지 함께 있을 수도 없는 일이니까."

"우린 오누이예요. 우리가 함께 있지 못할 이유는 없어요."

"오누이도 때가 되면 서로 각자의 길을 가게 되는 법이다."

"하지만 그래도 난 싫어요. 오라버니와 헤어지기 싫단 말예요."

"왜 그래? 어린애처럼."

"아무래도 상관 없어요. 그러니 떠나지 마세요, 오라버니."

철우는 대답 대신 술잔을 기울였다. 입술을 훔치며 잠시 영령의 얼굴을 바라보고는 천천히 입을 열었다.

"만났다 헤어지고 헤어졌다가 다시 만나는 게 우리네 삶이다. 서로 건강하다면 나중에 다시 만날 날이 있을 테니 너무 서운하게 생각지 마라."

영령의 눈가에 이슬이 맺혔다.

"오라버니… 정말 꼭 떠나셔야만 하겠어요? 제가 이렇게 만류하는

데도?"

철우의 마음도 착잡했다. 그는 다시 잔에 술을 따랐다.

"…미안하다."

"……."

영령은 더 이상 붙잡지 않았다. 그저 허탈한 모습으로 술을 마실 뿐이었다. 한동안 두 사람은 아무런 말도 없이 각자 조용히 술잔을 들이켰다.

탁!

이윽고 영령은 연속해서 들이키던 술잔을 내려놓았다.

"오라버니가 보고 싶으면… 그땐 어떡하죠?"

"……."

"오라버니가 정말 미치도록 보고 싶은데도 제 곁에 없으면… 그때전 어떡해야 하나요?"

마침내 영령의 눈에서 참고 참았던 눈물이 흘러내렸다.

"……."

그러나 철우는 어떤 대답도 하지 못했다. 이곳을 떠나면 그 역시 영령이 무척 그리울 것이라는 걸 잘 알고 있었다.

이 년.

살아온 세월에 비한다면 짧은 시간이다. 하지만 이들이 함께 공유했던 시간은 결코 쉽게 잊혀질 수 없는 것이었기에…….

第二十三章
새북적혈련(塞北赤血聯)

담중산 사후 중원의 실세는 만중왕이 되었다.

처음에는 담중산을 추종하는 세력들이 만중왕의 득세에 대항할 것처럼 예상됐으나, 뜻밖에도 그 힘의 균형은 너무 쉽게 무너졌다.

양지를 지향하는 인물들에겐 햇빛을 쫓는 더듬이가 있다. 한번 햇빛이 주는 따스함에 길들여지면 그 더듬이는 더욱 발달되고, 어떻게 하면 계속 양지 생활을 할 수 있는지 그 비결까지도 터득하게 마련이다.

담중산의 천거로 감투를 쓰고 요직을 맡게 된 인물들 역시 힘의 추가 만중왕에게 기울기 시작하자 서로 앞을 다투어 그의 그늘 아래로 들어가게 됐던 것이다.

유약한 황제보다도 더 막강한 실권을 막후에서 행사하고 있는 만중왕.

바야흐로 그가 마음만 먹으면 얼마든지 대륙의 새로운 주인이 될 수 있을 것이라는 우려의 목소리가 조심스럽게 나돌기 시작했다.

*   *   *

달마저 구름에 가려진 밤.

먹물 같은 어둠이 삼라만상을 파도처럼 뒤덮고 있었다. 그러나 아직도 잠을 이루지 못한 사람이 있는 듯, 불빛이 흘러나오고 있는 곳이 있었다.

쪼르륵.

잔에 술을 따랐다.

사내는 가득 담긴 술잔을 벌컥 들이켰다. 사내는 항주성주 능진걸이었다.

술이 놓여진 탁자를 사이에 두고 또 하나의 인물이 앉아 있었다. 길고 멋진 흰수염이 인상적인 육십대의 노인, 바로 백당춘이었다. 취기로 불콰한 능진걸과는 달리 그는 단 한 잔도 마시지 않은 듯 평소와 다름없었다.

문득, 의자에 깊숙이 앉은 능진걸이 길게 한숨을 내쉬었다.

"휴… 항주에서의 마지막 밤이군요."

"……."

"그래서인지 잠이 안 옵니다. 내일 아침 일찍 출발해야 함에도 불구하고……."

"내키지 않으신 모양이군요."

백당춘은 능진걸을 똑바로 보며 입을 떼었다.

"내킬 리가 없지요. 너무도 일방적이며 파격적으로 이루어진 자리 이동이니까요."

능진걸은 고개를 끄덕인 후 다시 말을 이었다.

"항주성주에서 느닷없이 황궁의 도감책(都監策) 영반(領班)이라니… 이런 파격적인 인사는 세상에 없지요."

그랬다.

능진걸은 도감책의 영반으로 임명받고 이제 황도인 북경으로 떠나게 된 것이다.

도감책이란 황실에 대한 모반이나 역모를 감시하며, 고위 관리들의 비리를 사정(査正)하는 일을 주임무로 하고 있는 황궁 내의 막강한 조직이었다. 그리고 구성원 또한 모두 대과 출신의 우수한 인재들이었으며 최고 책임자를 영반이라 했다.

종오품인 지방 성주에서 종삼품으로 영전하는 그 자체만으로도 놀라운 일이다. 하물며 종삼품에서도 황궁 내 막강한 요직인 도감책의 영반으로의 영전이었으니, 관직에 있는 모든 이들이 거품을 물 정도로 엄청난 파격이었다.

이와 같은 파격이 일어날 수 있었던 것은 당연히 만중왕 때문이다. 그가 공석이 된 도감책의 영반으로 능진걸을 적극 추천했다. 문무백관들은 전례없는 인사에 당황했지만, 그렇다고 반대할 수는 없었다. 이미 거의 모든 실권을 만중왕의 추종자들이 장악하고 있었으므로.

하지만 능진걸은 그런 파격이 쉽게 받아들여지지 않았다.

그는 늘 상식과 원칙을 중시하는 인물이었고, 그런 것들이 제대로 지켜지지 않고 부정과 편법이 판을 치게 되면 결국 나라의 기강이 무너진다는 게 그의 소신이었다. 게다가 그는 만중왕의 지나친 월권(越

權)도 마땅치가 않았다.

"엄연히 폐하가 계시건만 황궁의 인사 조치까지 깊이 관여하다 니……."

"……."

"측근들을 요직에 앉혀놓고, 대체 언제까지 권력행사를 하려는 것인 지……."

처음으로 백당춘은 술잔을 기울였다. 천천히 잔을 내려놓으며 그는 조심스럽게 입을 열었다.

"죄송스런 말씀입니다만, 전 그분의 생각을 짐작하지 못하겠습니다."

능진걸은 의아한 표정을 지었다.

"뻔한 것을 짐작 못하시다니? 백 사범님답지 않게 무슨 말씀이신지 요?"

"도감책의 영반이라면 문무백관들의 비리를 사정하고 황궁의 움직 임을 한눈에 살펴볼 수 있는 그야말로 엄청난 요직입니다."

"……."

"그런 요직 중의 요직을 어째서 성주님에게 맡겼을까요? 그런 자리 일수록 충성심이 강한 자신의 최측근을 앉혀야 마땅하지 않을까요?"

"대, 대체 무슨 말씀을……?"

능진걸은 여전히 이해가 가지 않는 표정이었다. 백당춘의 얼굴도 곤 혹스럽긴 마찬가지였다.

"성주님은 담 대인의 편법은 물론, 장인어르신의 청탁도 외면하실 만큼 강직한 분입니다. 때문에 아무리 성주님을 추천한 만중왕의 청탁 이나 부정도 결코 용납하지 않으실 겁니다."

"……."

"그렇듯 자칫 자신에게도 해가 될 수 있는 강직한 성주님을, 어째서 많은 문무백관들의 눈치를 모두 무시하며 굳이 그 자리에 앉힌 것인지… 전 정말 그분의 생각이 무엇인지 궁금할 따름입니다."

"……!"

능진걸의 안색이 변했다. 만중왕의 월권과 납득할 수 없는 파격에 대한 불쾌함 때문에 미처 생각하지 못했던 부분이었다.

문득 칠 일 전 만중왕이 찾아와서 자신에게 했던 얘기가 떠올랐다.

"하하! 파격이면 좀 어떤가? 결국 나라와 백성이 잘되자고 하는 짓인데. 자넨 틀림없이 잘해낼 수 있을 거야. 도감책의 영반은 대가 센 인간이 적임이거든."

능진걸이 비상식적인 인사 조치라며 불편한 마음을 표시하자 만중왕은 껄껄거리며 그렇게 얘기했다. 별다른 조건이나 지시는 전혀 없이.

벌컥!

능진걸은 또다시 술잔을 들이켰다. 그리고 두 눈을 지그시 감고 생각에 잠겼다.

'나를 어떤 식으로 이용하려는 건지… 그의 진정한 속내는 무엇인가?'

깊은 상념에 잠긴 능진걸의 얼굴은 달빛 하나 없는 이 밤만큼이나 어두웠다.

*   *   *

휘이이이잉…….

광활한 벌판 위로 무섭게 눈보라가 휘몰아치고 있었다,

건곤일색(乾坤一色).

온통 흰색으로 변해 버린 세상은 어디가 하늘이고 땅인지조차 구분하기 힘들 정도였다.

콰두두두…….

눈보라를 헤치며 달려오는 일 기의 인마(人馬)가 보였다. 말은 북방의 명마로 알려진 오추마였다. 마상에는 두꺼운 가죽옷을 입은 오십대 초반의 중년인이었는데, 말을 모는 그의 얼굴은 무섭게 굳어 있었다.

꽤 먼 거리를 쉬지 않고 달려온 듯, 오추마는 연신 하얀 입김을 뿜어냈다.

'그렇게 엄청난 음모가 진행되고 있을 줄이야… 어서 이 사실을 모두에게 알려야 한다.'

중년인은 비장한 표정으로 더욱 힘차게 말을 몰았다.

한데 바로 그때였다.

"타아앗!"

날카로운 기합 소리와 함께 눈이 수북이 쌓인 지면에서 세 줄기 백색 인영이 솟아오르는 것이 아닌가! 그들은 모습을 드러내기가 무섭게 마상의 사내를 덮쳤다.

"헉!"

예상치 못한 기습에 중년인의 안색은 급변했다. 그는 허공으로 급히 신형을 옮기며 자신을 향해 파고드는 도기를 피해냈다.

콰콰콰콱!

가공할 파공성과 함께 설원으로 피가 튀었다. 그와 동시에 처절한 말 울음소리가 퍼져 나갔다.

중년인의 신형이 떨어져 내렸다. 어느새 그의 우수에는 시퍼런 광휘를 뿌리는 장창(長槍)이 쥐어져 있었다.

그는 싸늘한 눈으로 사방을 둘러보았다.

오추마는 이미 전신이 세 토막이 난 상태로 쓰러졌고, 흘러나오는 피가 흰 설원을 붉게 물들이고 있었다. 그리고 기습했던 세 명의 백의인은 병풍처럼 자신을 에워싼 모습으로 우뚝 서 있었다.

입고 있는 백의뿐만 아니라 머리에도 백색의 영웅건을 썼고, 은색의 장창까지 똑같이 쥔 사십대 초반의 인물들이었다. 게다가 그들은 살결까지도 중원인보다는 좀 더 하얗게 보였다.

'으… 놈들이 이렇게 빨리 따라붙을 줄이야…….'

중년인은 삼 인의 정체를 알고 있는 듯 극도로 당황하고 있었다. 어느 틈엔가 그의 가슴에는 두 줄기 핏자국이 그어져 있었다. 치명적이지는 않지만 꽤 깊은 상처였다.

문득 삼 인의 인물 중 약간 마른 체구에 눈이 하나뿐인 애꾸눈의 사내가 음산한 미소를 흘렸다. 하나뿐인 눈은 살모사의 그것처럼 예리하게 찢어져 있었고 핏기가 없는 입술은 잿빛에 가까웠다.

"흐흐흐… 천수신검(千手神劍) 동방휘(東方輝)… 과연 소문대로 대단하구나. 우리 삼 인의 기습에도 목숨을 보존하다니…….."

천수신검 동방휘.

십오 년 전, 광풍쌍마(狂風雙魔)라는 괴인들이 나타나 평화로운 복건성을 혈풍의 도가니로 몰아넣은 적이 있었다. 운남성뿐만 아니라 인근의 광동성과 운남성 사람들까지 광풍쌍마라는 이름만 들어도 공포에 사로잡혔다.

그러던 어느 날 그들은 복건제일의 객점인 청풍객점(淸風客店)에 나타났다. 그들의 별호인 광풍쌍마의 풍(風)과 청풍객점의 풍(風)이 같다는 게 방문 이유였다.

자신들이 허락한 적이 없는데 왜 멋대로 별호의 일부를 차용했냐며 광풍쌍마답게 불문곡직하고 곧바로 도끼질을 시작해 댔다. 그들의 정신 나간 도끼질에 객점 주인을 비롯한 오십여 명의 생명이 그야말로 파리 목숨과 다름없게 됐을 때, 우연히 그 자리에서 식사를 하고 있던 무명검객이 나서서 광풍쌍마를 상대했다.

모두가 광풍쌍마의 잔인한 손속에 무명검객 동방휘가 형체도 알아볼 수 없는 모습으로 최후를 맞이하게 될 것이라 생각했다. 하나 놀랍게도 사람들의 예상은 빗나가고 말았다. 단 십 초 만에 천하의 대마두인 광풍쌍마가 동방휘의 차가운 검 아래 쓰러지고 말았던 것이다.

이후 동방휘는 천수신검이란 별호로 강호를 쩌렁하게 울리게 되었다.

그러나 그에 대한 소문은 그것뿐이었다. 그는 더 이상 강호에 나타나지 않았고, 그 어떤 고수와도 대결하지 않았다.

십오 년 전 단 한 번의 비무로 천하에 이름을 쩌렁하게 떨치고 사라진 천수신검 동방휘, 그가 바로 이자였다니…….

"하나 그대는 죽는다. 결코 우리 관외삼귀(關外三鬼)를 피해 도망칠 수는 없을 테니까."

애꾸눈은 다시 한 번 음산한 괴소를 흘렸다.

관외삼귀!

동방휘와 달리 그들은 전혀 강호에 알려지지 않은 이름이었다.

하나 위명으로 비교할 수조차 없는 상대임에도 불구하고 동방휘의 안색은 무겁게 굳어 있었다.

"물론 알고 있다. 그 가공할 무리들 틈에서도 무공 서열 이십위 안에 꼽히는 절정고수들이 바로 너희들이니까."

"역시 많은 것을 알고 있군. 그래서 결코 그대를 살려둘 수가 없다."

애꾸눈의 자신에 찬 모습에 동방휘는 입술을 지그시 깨물었다.

"누가 저승으로 가게 될지는 부딪쳐 보면 알겠지."

다음 순간, 동방휘의 우수에 쥐어져 있는 신룡검(神龍劍)이 무서운 속도로 허공을 갈랐다.

파츠츠츠츳!

가공할 파공성과 함께 공간이 온통 신룡검에서 퍼져 나오는 백색 검광으로 뒤덮였다.

관외삼귀는 안색을 굳히며 일제히 합공을 펼치기 시작했다.

승천삼절창술(昇天三絶槍術).

이들이 펼치는 합공의 정수라 할 수 있는 창술이 공간을 가르며 전개되었다.

챙! 차차차창!

병기들이 부딪치는 요란한 소리와 함께 푸른 불꽃이 사방으로 튀었다.

동방휘는 지난날 광풍쌍마를 십 초 만에 쓰러뜨렸던 뇌광십팔검식(雷光十八劍式)을 전개했다. 그러나 그는 자신의 검이 상대가 펼치는 창막(槍幕)에 부딪쳐 더 이상 전진하지 못하고 있다는 것을 느꼈다.

동방휘가 당혹스러워하던 바로 그 찰나였다.

"이야아앗!"

우렁찬 고함과 더불어 두 줄기 광망이 동방휘의 요혈을 노리며 번개

같이 덮쳐 왔다. 애꾸눈을 뺀 두 명의 공세였다.

"헉!"

동방휘의 입에선 짧은 신음이 터져 나왔다. 그는 황급히 신룡검을 전개하며 자신의 신형 둘레에 두꺼운 검막을 형성시켰다.

깡! 카카캉!

창끝에서 뻗어나온 두 줄기 광망은 동방휘가 전개한 검막에 부딪치며 그대로 튕겨 나갔다. 과연 희대의 살인마였던 광풍쌍마를 쓰러뜨린 절정고수다운 솜씨였다.

하나 안타깝게도 그의 수비는 완벽하지 못했다. 예측치 못한 상대의 공세로 빈틈을 보이고 만 것이다.

그 순간 애꾸의 하나뿐인 눈이 번뜩였다.

"가랏!"

차가운 외침과 함께 애꾸눈은 장창을 팽이처럼 회전시키며 매섭게 파고들었다. 끔찍스러울 만큼 섬뜩한 광망이 먹이를 발견한 독사처럼 동방휘의 미간을 향해 파고들었다.

동방휘의 얼굴엔 절망의 빛이 어렸다.

빈틈을 집요하게 추궁하며 짓쳐드는 애꾸눈의 장창. 동방휘는 모든 공력을 끌어올리며 최후의 저항을 했다.

까까까깡!

날카로운 금속성이 퍼지며 독사처럼 파고드는 애꾸눈의 창기(槍氣)를 토막 내버렸다고 생각하는 순간,

패애액!

섬광처럼 동방휘의 심장을 파고드는 또 하나의 빛이 있었다.

동방휘로선 애꾸눈의 그 공세를 미처 예상하지 못했다. 아니, 예상

할 수 없었다.

분명 애꾸눈의 창은 미간을 노렸고, 동방휘는 모든 공력을 다해 그 공세를 차단했다. 그런데… 정작 숨겨진 최후의 한 수는 장창이 아닌 다름 아닌 투명한 유리검이었고, 노리고 있는 곳 또한 미간이 아닌 동방휘의 심장이었다.

쩌쩡.

제대로 검막을 형성하지 못한 그의 신룡검이 검파(劍把:손잡이)만 남겨둔 채 산산이 부서져 버렸다. 그리고 섬뜩한 파육음과 함께 단말마의 비명이 터져 나왔다.

"크아아악!"

동시에 훤하게 뚫린 그의 가슴에서는 피화살이 솟았다.

천하의 광풍쌍마도 십 초 만에 쓰러뜨렸던 동방휘가 이번에는 전혀 강호에 이름조차 알려진 바가 없는 무명인들에게 당하는 순간이었다.

동방휘는 몹시도 흔들거리는 눈으로 애꾸를 응시했다.

"살인멸구로… 비밀을 감추고 싶겠지만… 새북… 새북적혈련(塞北赤血聯)… 결코 네놈들의… 뜻은 이루어지지… 않을 것이다, 절대로……."

말과 함께 그의 입에선 선혈이 뿜어져 나왔다. 그것을 끝으로 그의 몸도 앞으로 꼬꾸라지고 말았다.

쿵.

한데 지금 동방휘는 무엇이라 했는가? 정녕 새북적혈련이라 한 것인가?

새북적혈련.

이것은 백로족(白露族)을 비롯한 중원 북방의 소수 민족들이 연합 결성한 단체였다. 하나 중원인들에게는 공포와 전율의 이름이기도 했다.

척박한 동토가 삶의 터전인 북방인들에겐 기름진 중원 땅은 늘 동경의 대상이었다. 그렇지만 소수 민족의 힘으로 풍요로운 중원 땅을 자신들의 터전으로 만든다는 것은 불가능한 일. 하여 소수 민족들은 필요에 의해 연합을 했고, 마침내 지난 백 년 전 대대적인 중원 침략을 감행했다.

단 두 달 만에 광활한 신강성과 청해성이 무릎을 꿇더니, 중원의 십만군병을 굴복시키며 사천성마저 접수해 버렸다.

대륙을 피로 물들이며 몰려드는 새북적혈련의 기세는 그야말로 파죽지세였고, 중원군은 속수무책으로 당하기만 했다.

길마다 피가 흘러 강이 되고, 시체가 산을 이루었다.

수없이 많은 중원의 사상자, 그리고 전쟁 미망인과 고아들이 속출했다.

보다 못해 소림을 비롯한 구대문파와 전통의 무림명가들뿐만 아니라 사파인들과 녹림의 비적들까지 한마음 한뜻이 되어 들고일어났다.

단 한 번의 후퇴도 용납치 않고 계속 동진(東進)을 하던 새북적혈련은 호남성 천석평(千石坪)에서 결국 황군과 전 중원무림인들과 격전을 벌였다.

훗날 천석평 대회전으로 불리게 되는 백일전쟁이 바로 그것이었다.

일진일퇴를 거듭하며 피로 물들어 버린 광활한 천석평원.

하나 시간이 흐르면서 단합된 중원의 힘이 우위를 점하기 시작했고, 마침내 중원은 새북적혈련의 장수들을 척살하고 그들의 대종사인 적문노극(狄門魯克)에게까지 치명상을 입혔다.

힘의 균형이 무너지고 일방적인 열세에 처하자 새북적혈련은 자신들이 짓밟고 온 그 길을 따라 다시 북방으로 도망쳐야 했다. 눈물의 패주(敗走)였다.

관과 무림, 그리고 정파와 사파, 녹림이 모두 합세하여 새북적혈련을 몰아낸 지 어느덧 백 년. 하지만 중원인들에게 그 이름은 영원히 잊을 수 없는 공포와 분노의 대명사였다.

그렇듯 전율스런 새북적혈련의 이름이 이곳에서 거론이 되다니… 그것만으로도 충분히 놀라운 일이라 할 수 있을 것이다.

애꾸는 피를 흘리며 엎어져 있는 동방휘의 시신을 내려다보며 씁쓸한 표정을 지었다.

"동방휘… 굳이 그대의 목숨까지 빼앗고 싶진 않았다. 그러나 우리에겐 네가 갖지 못한 깊은 한이 있다. 그것 때문에라도 너를 제거해야만 했다."

그는 나직이 뇌까리고는 동료들을 향해 고개를 돌렸다.

"가자! 대종사께서 기다리고 계실 것이다."

그 말과 함께 관외삼귀의 신형은 설원에서 사라져 버렸다.

휘이잉……

그들이 사라진 지 일각(一刻) 후,

여전히 휘날리는 눈발 사이로 천천히 나타나는 사람이 있었다.

허름한 마의를 펄럭이며 죽립을 눌러쓴 사내.

그는 다름 아닌 철우였다.

'올겨울은 눈이 참 귀하다고 생각했더니만 그게 아닌가 보군. 사흘 건너 한 번씩 눈이라니……'

문득 철우의 뇌리에 영령이 떠올랐다.

사도혼의 유언대로 정식 문파를 세우고 든든한 후원자까지 나타났지만, 정상적인 궤도에 올랐다고 하기엔 여전히 부족함이 많은 사도세가였다.

일단 신입 제자들을 가르칠 수 있는 교관들이 부족했다.

게다가 가주인 영령에겐 몇 가지 검술과 섭술(攝術)을 빼면 제자들을 가르칠 만한 게 전혀 없었다. 그녀가 알고 있는 무공은 추적, 은둔, 역용, 잠입, 독살, 교살 등… 거의 대부분이 흑혈천과 같은 살수 집단에서나 사용하는 무공들뿐이었다.

앞으로 남궁세가나 하북팽가와 같은 전통의 명가를 꿈꾸는 입장에서 그와 같은 사술을 가르칠 수는 없는 일이었다.

하여 철우는 사도세가 창립 초반에 모여든 제자들 중에서 기본이 갖춰져 있는 열 명의 인물을 선별했다. 선별된 십 인의 교관들 중엔 일류급 무사들도 있었다. 그들은 이미 실력을 갖추고 있음에도 새로운 절대고수인 생사검의 검술을 전수받고 싶은 열망으로 사도세가에 입문한 인물들이었다.

철우는 어린 시절 자신이 겪은 수련 과정의 일부를 공개했다. 많은 부분이 인간 한계를 수시로 오가는 극한적인 것이었기에 누구나 수련 가능한 것만을 공개했던 것이다.

하여 철우가 어린 시절 익혔던 수련과 흑혈천의 살수 훈련 중 쓸 만한 일부가 사도세가의 기초 교육 과정이 되었다. 또 철우와 영령이 전개할 수 있는 검법들이 중간 과정이 되었으며, 무정천풍검법이 최고 고급 과정이라는 기본 틀을 만들었다. 그러나 아직까지 어느 누구도 무정천풍검법에는 도전하지 못하고 있었다.

무정천풍검법을 연마하기 위해선 일단 검과 몸이 일체가 되어야 하는데, 그것은 결코 아무나 할 수 있는 게 아니었기 때문이다.

하지만 훗날 밑에서 치고 올라오는 제자들을 영령이 가르칠 수 있도록 무정천풍검법의 구결과 초식 간의 변화와 차이, 연관성에 대한 모든 부분을 그녀에게 전수해 주었다.

어린 시절부터 흑혈천의 간략하고 사이한 무공에 길들여져 있는 영령은 그것을 흉내 낼 수는 있을지언정 완벽하게 연성하진 못할 것이다. 하지만 구결과 변화 등을 이해하고 가르친다면 언젠가는 무정천풍검법을 대성하는 제자가 사도세가에서 나올 수 있을 것이라고 철우는 생각했다.

'후훗! 가주의 체면 때문에라도 무정천풍검법을 연성하기 위해 끙끙거리고 있을 영령의 모습이 눈에 선하군.'

철우는 그녀를 떠올리며 빙긋 미소를 지었다.

한데 그 순간, 미소 짓던 철우의 얼굴이 갑자기 굳어졌다. 그의 시야에 눈 덮여 있는 한 구의 시체가 들어온 것이다. 동방휘였다.

철우는 쓰러져 있는 동방휘의 옆으로 재빨리 다가갔다. 동방휘는 가슴과 등판이 관통된 끔찍한 검상을 입은 모습이었다. 그리고 손잡이만 남은 검을 굳게 움켜쥐고 있었다.

'단순한 검상이 아니다. 검강(劍罡)이 아니고선 도저히 이와 같은 상흔을 낼 수가 없다.'

동방휘의 상흔을 살펴보던 철우는 크게 당황했다. 강호에서 검강을 격출할 만한 고수는 흔치 않았기 때문이다.

철우는 검상을 통해 상대의 수법을 좀 더 알아보고 싶은 호기심이 일었다. 하여 시신의 앞쪽 상흔을 살펴보기 위해 동방휘의 몸을 돌리려는 순간 느꼈다. 끊어질 듯 미세하게 들리는 동방휘의 숨소리를.

"이, 이보시오."

철우는 황급히 신형을 돌려 앉히며 그를 부축했다. 그러나 동방휘는 숨만 끊어지지 않았을 뿐, 이미 죽음의 그림자가 깊게 드리워져 있었다.

"으으… 내, 냉모(冷母)……."

'냉모?'

철우는 흠칫했다.

냉모라는 여인은 묘월군주의 시녀이자 절정의 무공을 감추고 있던 바로 그녀가 아닌가!

"미, 미안… 하다… 냉모……."

밑도 끝도 없이 미안하다는 그 말과 함께 동방휘의 고개는 밑으로 꺾어지고 말았다. 동시에 그토록 굳게 쥐고 있었던 신룡검의 검파도 바닥에 떨어졌다.

철우는 눈 위에 그의 시신을 눕혔다. 그리고 그가 떨어뜨린 검파를 내려다보았다.

삶이 끝나는 순간까지 움켜잡고 있었지만, 미안하다는 말과 함께 손에서 놓은 검파.

그리 대단하게 보이는 것은 아니었지만, 냉모라는 여인과 눈앞에서 죽어간 사내에겐 매우 의미있는 신물일 것 같은 예감이 들었다.

*   *   *

만중왕의 눈이 화등잔만하게 커졌다.

"뭐? 시, 싫다고?"

"예, 싫어요."

천하의 만중왕을 상대로 눈을 똑바로 뜨고 대답하는 사람은 이십대 초반의 여인이었다.

묘월군주 주화란.

만중왕이 가장 아끼는 막내이자 금릉제일미라 불리는 바로 그녀였다.

이들은 부녀지간에 오붓하게 차를 마시다가 갑자기 언성을 높이고 있었다.

"싫다니? 단우영(丹羽塋)이 누군지나 알고 싫다는 거냐?"

"굳이 알고 싶지도 않아요."

"이 녀석아, 열여섯 때 대과에 장원급제하고, 스물다섯 젊은 나이에 하북성 우참의(右參議)가 된 중원제일의 수재가 바로 단우영이라고. 게다가 단승학 어사대부(御史大夫)가 그의 부친이다. 본인의 능력은 물론 가문까지 완벽한 그런 남편감은 강호에 다시없다. 무조건 결혼해라. 알겠느냐?"

만중왕이 애지중지하는 동안 이미 스물을 훌쩍 넘긴 주화란이었다. 때문에 만중왕은 사랑하는 딸을 보내는 것은 아쉽지만, 더 이상 지체할 수가 없었다. 하여 그동안 추리고 추린 사윗감 후보들 중에서 가장 완벽한 청년을 주화란과 혼례시키기로 작정한 것이다.

하지만 그의 예상과 달리 주화란은 완강하게 거부하고 있었다.

"그래도 싫어요. 전 제가 사랑하는 사람과 결혼할 거예요."

"사랑? 암, 물론 사랑하는 사람과 결혼하는 게 최선이겠지만 아쉽게도 너에겐 그런 사람이 없지 않으냐? 그러니 결혼 후에 열심히 사랑해라. 단우영은 모든 면에서 네가 충분히 사랑할 수 있는 그런 사내니까."

"아빠, 그렇지 않아요. 전 사랑하는 사람이 있어요."

"……?"

주화란의 반발을 대수롭지 않게 받아들이며 자신의 얘기만 강조하던 만중왕의 말문이 갑자기 막혀 버렸다. 이제까지 사내를 사귈 만한 기회나 여건이 단 한 번도 없었던 그녀에게 이미 사랑하는 남자가 있다는데 어찌 황당하지 않겠는가?

"이미… 남자가 있다고? 네가?"

"예, 있어요. 그것도 너무도 멋진 분이에요. 아빠도 그분을 보면 틀림없이 마음에 드실 거예요."

주화란은 환하게 미소를 지으며 대답했다. 평소 막내딸의 웃는 얼굴만 보면 모든 고민과 피로가 사라진다던 만중왕이었지만, 이 순간만큼은 별로 달갑지 않은 듯했다.

"그럴 만한 기회가 없었을 텐데… 언제 사귀었느냐? 그리고 뭐 하는 자식이냐?"

"어머? 사위가 될 사람에게 자식이 뭐예요?"

주화란은 짐짓 불쾌하다는 식으로 눈을 흘겼다. 하나 만중왕은 전혀 개의치 않았다.

"사위가 될지 뭐가 될지는 들어보고 결정할 테니까, 일단 뭐 하는 녀석인지나 얘기해라."

그는 속이 타는지 빈 찻잔에 뜨거운 차를 가득 따르고는 냉수처럼 벌컥 들이켰다.

"무림인이에요, 그것도 엄청난 무공을 가진."

"뭐? 무, 무림인?"

뎅그렁.

느닷없이 찻잔이 깨졌다. 일순 돌처럼 굳은 만중왕이 그만 찻잔을 떨어뜨린 것이다.

하지만 만중왕의 충격에도 불구하고 주화란은 아련한 눈으로 영령의 얼굴을 떠올리고 있었다.

"언제?"

"작년에 정주의 오라버니를 만나러 가는 길에 우연히 만났어요."

"몇 번이나?"

"몇 번이랄 건 없죠. 그때 딱 한 번이었으니까. 하지만 정말 전 한눈에 반해 버렸어요. 남자가 그렇게 멋있고 아름다울 수 있다는 건 처음 알았거든요."

"됐다. 난 또 무슨 대단히 깊은 사이라도 되는 줄 알고 걱정했더니만……"

그제야 만중왕의 경직된 얼굴이 펴졌다. 그는 은은한 미소를 지으며 주화란의 손을 잡아주었다.

"사내자식이 인물 좋아봐야 할 짓이라곤 바람피는 것밖에 없다. 더욱이 빽하면 누가 센지 따지기 위해 허구한 날 목숨 내놓고 칼질이나 하는 게 무림인이다. 그런 놈을 남편으로 맞이해 봐야 과부밖에 더 되겠느냐?"

"그, 그렇지만 그분의 무공은 엄청 뛰어났어요. 실제로 흉기를 든 흉악한 무리들을 간단히 처치하는 것도 보았구요."

"제아무리 상할지라도 그놈보나 너 강한 상내를 만나면 결국 죽을 수밖에 없어. 그러니 쓸데없는 생각 말고 아비가 정한 상대와 결혼할 준비나 해라. 혼례일은 삼월 보름이다."

이미 혼례일까지 다 잡은 상태라니, 너무도 일방적인 만중왕의 처사에 주화란은 그만 발끈하고 말았다.

"아빠, 전 그럴 수 없어요. 전 진짜로 그 사람을 사랑해요."

"됐다. 이미 그쪽과도 다 끝낸 얘기니까 그만 돌아가서 쉬도록 해라."

만중왕은 더 이상 대화를 나누고 싶지 않은 듯 손을 내저었으나 주화란의 반발은 생각보다 강했다.

"전 절대 그분이 아닌 다른 남자와는 결혼하지 않을 거예요. 단 몇 년을 살아도, 아니, 단 하루를 살아도 제가 사랑하는 사람과 함께 살고 싶어요. 그러니 저의 결혼에 대해서 제발 재고를……."

하지만 그녀의 반발은 더 이상 이어지지 못했다.

"닥쳐!"

격앙된 노성과 함께 만중왕의 손이 허공을 갈랐다.

짝!

주화란의 고개가 옆으로 돌아갔다. 우윳빛 볼에 선명한 손자국이 생겨났다.

"아, 아빠……?"

주화란은 눈은 크게 붉어졌다. 자신이 누군가로부터 손찌검당할 수 있다는 생각은 단 한 번도 해본 적이 없을 정도로 이십이 년 동안 금지옥엽처럼 자라온 그녀였다.

그랬던 그녀가 세차게 뺨을 얻어맞았다. 그것도 다른 사람이 아닌 자신을 가장 아껴주었던 부친 만중왕에게. 때문에 그 충격은 더욱 클 수밖에 없었다.

주화란의 눈에선 눈물이 하염없이 흘러내렸다.

"아빠가 제 뺨을……."

그녀는 무어라고 말을 하려다가 충격과 슬픔을 더 이상 감당할 수 없는 듯 크게 오열을 토하며 방을 뛰쳐나갔다.

"아무리 철이 없어도 유분수지, 일 년 전에 지나가다가 우연히 만난 사내놈과 결혼을 하겠다니… 그것도 무림인이라니……."

만중왕은 어처구니가 없다는 표정이었다. 만중왕에게 주화란은 세상에서 가장 사랑스런 존재였다.

그렇듯 소중한 딸이 결혼으로 인해 불행해진다면 그의 마음이 어떠하겠는가? 철없는 그녀의 생각을 돌릴 수만 있다면 손찌검이 아니라 그보다 더 과격한 행동도 할 수 있을 것 같았다.

잠시 후 뛰쳐나간 주화란의 발소리가 아득해질 때 그는 길게 한숨을 내쉬며 입을 열었다.

"총관, 거기 있는가?"

그러자 대기하고 있었다는 듯 오십대의 장년인 한 명이 공손한 태도로 들어섰다.

"부르셨습니까?"

"지금 즉시 냉모를 들라 해라."

"알겠습니다, 전하."

그는 깊이 허리를 숙이고는 조심스럽게 물러났다.

第二十四章

유쾌한 소식. 그러나…….

*해*가 바뀐 지도 어느덧 열흘이나 지났다.

원단(元旦)의 들뜬 분위기도 어느덧 가라앉고 사람들은 일상으로 돌아갔다.

"아, 아니?"

크게 놀라는 사내의 음성이 짙은 유황 냄새가 코를 지르는 석실을 울렸다.

초진양.

한때 항주제일의 기녀였던 묘설하를 맹목적으로 사랑했고, 그녀의 무덤이 있는 송산에서 남은 삶을 보내겠다고 했던 그의 얼굴은 더할 수 없을 만큼 환하게 밝아졌다.

훤칠한 키에 마의장삼을 입고 있는 사내. 그토록 보고 싶었던 철우가 그의 앞에 나타난 것이었다.

"혀, 형님?"

"그동안 잘 있었겠지?"

철우는 빙긋 미소를 지었다.

"소, 소문대로… 정말 살아 계셨군요."

초진양의 음성은 극도의 흥분으로 떨리고 있었다.

그럴 수밖에 없었다. 아무리 낙양의 금룡표국에 불을 지르고 노적산까지 해쳤다는 소문이 퍼졌지만, 그보다 이전에 담 대인의 저택 폭발 때 죽은 것으로 소문난 철우가 아니었던가? 때문에 초진양에겐 마치 죽었던 형제가 살아 돌아온 것처럼 지금의 기분은 말로 형언할 수 없을 정도였다.

문득 초진양은 야속하다는 표정을 지었다.

"형님, 도대체 그동안 어디에 계셨습니까? 그리고 왜 이제야 오셨습니까? 제가 그동안 얼마나 형님을 보고 싶어했는지 아십니까?"

"이 친구야. 한 가지씩 물어봐야지, 그렇게 숨도 안 쉬고 계속 쏟아부으면 어디 제대로 대답을 할 수 있겠나?"

철우는 가볍게 타박을 하며 말을 이었다.

"그건 그렇고, 들어올 때 보니까 반반이가 안 보이던데?"

"그 녀석, 아마 술에 취해 어딘가에서 자고 있을 겁니다."

"뭐? 술에 취해서 잔다고? 그것도 이 벌건 대낮에?"

"말도 마십시오. 담 대인의 저택에서 형님이 사망했다는 소문 이후부터 아주 제대로 술꾼이 됐다니까요. 이젠 술 없이는 하루도 가만있질 못해요."

초진양은 진저리를 쳤다.

"아예 술을 안 주면 되잖나? 자기 능력으로 술을 구할 수 없을 테니

말이야."

"에휴… 누군들 그 생각을 안 했겠습니까? 그렇지만 주지 않으면 온 갖 술주정을 부리는데 어쩌겠습니까?"

초진양은 하소연하듯 길게 한숨을 내쉬고는 다시 말을 이어나갔다.

"형님, 이곳으로 들어오실 때 진입로 좌측의 솔밭이 폐허처럼 폭삭 뭉개진 모습 보셨습니까?"

"봤네."

"그거 반반이의 짓입니다."

"……?"

"술 달라고 아우성치길래 못 들은 척했더니만 폭약을 갖고 나가서 그 꼴로 만들어 버렸다니까요. 내참, 그 정도로 고약하고 과격하게 주 정을 하는데 어떻게 술을 안 주고 배기겠습니까?"

"꿍……."

철우의 얼굴이 휴지 조각처럼 구겨졌다. 반반이의 심통이 고약하다 는 것은 진즉에 알고 있었지만 폭약까지 내던지며 광란할 정도로 과격 할 줄은 미처 몰랐다.

그런 골칫덩어리를 이 년이 넘도록 맡겼으니, 철우로서는 입이 열 개라도 할 말이 없는 처지였다.

철우는 헛기침을 토하며 가볍게 인상을 썼다. 난처한 상황을 타개하 기 위해선 분위기를 바꾸는 게 최선이었다.

"흠흠! 반반이가 주정을 좀 했기로서니 먼 길을 달려온 이 형을 계속 이렇게 세워둘 셈인가?"

텅!

움막으로 자리를 옮긴 초진양은 탁자 위에 큼직한 술독을 올려놓았다.

"형님이 살아 계시다는 소문을 들었을 때, 언젠가 이곳을 찾으실 형님과 함께 마시려고 제가 직접 담근 와송주(瓦松酒)입니다."

"와송주라고?"

"하하, 평소 틈틈이 와송을 채취해 두었거든요. 형님 소식을 들었던 날 밤에 담갔으니 어느덧 사백 일이 넘었네요."

와송이란 기왓장에서 자라는 솔이었다. 효능이 매우 뛰어난 약재이지만, 구하고 싶어도 쉽게 구할 수 없는 매우 희귀한 솔이었다.

오로지 철우에게 대접하기 위해 그처럼 귀한 와송을 술로 담근 후 기다리고 있었던 초진양.

철우는 이토록 자신을 기다리고 있었던 그에게 좀 더 빨리 찾아오지 않은 게 너무도 미안할 뿐이었다.

초진양은 독 안에 든 술을 조롱박으로 뜬 후, 철우의 술잔에 따라주었다.

"자, 한 잔 받으십쇼."

"음… 확실히 향부터가 다르군."

잔을 들자 부드러운 솔 향기가 철우의 코끝을 자극했다.

"형님, 반반이가 나타나기 전에 어서 드십쇼. 그 녀석이 나타나면 와송주가 남아나지 않을 겁니다."

말이 씨가 된 것일까?

우려하는 초진양의 말이 끝나기가 무섭게 반반이 나타났다.

어디서 자다가 일어났는지는 모르지만 반반은 기지개를 켜고 늘어지게 하품을 하며 천천히 걸어나왔다. 여전히 취기가 남은 듯 흔들거리며 다가오던 반반의 코가 갑자기 크게 벌렁거렸다.

초진양의 얼굴이 휴지처럼 구겨졌다.

'윽! 저, 저놈이 벌써 술 냄새를 맡았군.'

몇 차례 코를 벌렁거리던 반반의 눈빛이 돌연 반짝거렸다. 취기에 젖어 있던 흐리멍텅하던 눈이 마치 먹이를 발견한 독수리처럼 변하는가 싶더니 술독을 향해 번개같이 날아들었다.

반반은 술독에 걸터앉았다. 주변 사람들 따위는 전혀 아랑곳하지 않는 듯 당당하게 조롱박으로 술을 떠마시기 시작했다.

끼으으……

철우는 마신 후 매우 흡족한 표정으로 느긋하게 트림하는 반반의 모습에 어이가 없었다.

'얼씨구? 술트림까지? 정말 영락없는 술꾼이 다 됐군.'

나타나기 무섭게 쉬지 않고 연속적으로 술을 떠마시던 반반이 인상을 긁으며 초진양을 노려보았다.

끼옷! 끼끼옷!

마치 이렇게 좋은 술을 왜 아직껏 자신에게 주지 않았냐고 항의하는 것 같았다.

그동안 초진양이 구해온 술은 강호에서 가장 독하고 흔하며 값이 싼 화주(火酒)였다. 매일같이 술타령을 하는 반반에게 좋은 술을 사줬다가는 밥도 제대로 못 먹을 형편이 됐을 테니, 그건 당연한 선택이다. 하지만 반반은 그게 무척 섭섭했다는 듯, 삿대질을 하며 꽥꽥거렸다.

"이놈아! 지금 네 앞에 누가 앉아 있는지 한 번 쳐다보기나 하고 주정해라!"

초진양도 흥분한 반반 못지않은 목청으로 소리를 쳤다. 그러자 반반은 의아한 표정으로 철우를 바라보았다.

"……?"

반반은 멀뚱하게 눈을 뜨고는 고개를 갸웃거렸다. 어디서 본 듯한데 기억이 나지 않는 듯.

철우는 어이가 없었다. 담중산의 저택으로 쳐들어가기 위해 잠시 초진양에게 맡겼을 때만 해도 안 떨어지겠다며 울고불고 난리를 치던 반반이었다. 그랬던 반반이가 자신을 쉽게 기억하지 못하고 눈만 끔뻑거리는 게 섭섭하면서도 괘씸했다.

"이 녀석이 매일같이 술만 처먹었다더니 모든 게 엉망이 된 모양이군. 기억까지 이 지경이라니……."

철우는 버럭 화를 내며 술잔을 들었다.

콱!

순간 반반이 그의 손목을 굳게 잡았다. 반반은 뚫어지게 철우를 쳐다보더니, 눈을 동그랗게 뜨며 철우의 얼굴과 어깨를 만져 보았다. 마치 무엇인가를 좀 더 확실하게 확인하려는 듯.

끼끼…….

목이 메이는 듯한 소리와 함께 반반의 커다란 눈에 이슬이 스치는가 싶더니 어느새 눈물이 글썽거렸다.

아무리 이 년이라는 세월이 흘렀다고 한들 담소충에 의해 죽을 뻔한 자신을 살려주었고, 처음으로 술이란 것을 마시게 해주었으며, 입으로는 구박을 하면서도 자식처럼 아껴주었던 자신의 주인을 어찌 잊을 수가 있겠는가?

반반은 철우의 품에 폴싹 안겼다. 그리고는 그의 목을 끌어안으며 어린아이처럼 서럽게 울어대기 시작했다.

끼와아앙!

왜 이제야 왔냐며 그를 원망하듯.

"이 년 동안 열심히 술을 대줬건만 나한텐 한 번도 안긴 적이 없었는데… 쳇! 이래서 남의 자식 키워봐야 소용없다니까."

초진양은 섭섭한 듯 구시렁거렸다.

철우는 다시는 안 떨어지려는 듯 자신을 꽉 붙잡고 있는 반반의 등을 쓰다듬었다. 그리고는 반반의 귀에 뭔가 수군거렸다.

반반은 기겁하며 철우로부터 떨어지고는 신속히 술독 위에 올라갔다.

초진양은 의아한 표정으로 물었다.

"형님, 뭐라고 했기에 저 녀석이 갑자기 돌변했죠?"

"끌어안고 있는 동안 네가 술을 다 먹을지도 모른다고 했다."

철우는 빙긋 웃으며 대답했다. 초진양은 기가 막히다는 듯 입을 쩍 벌렸다.

"어쩐지……."

어느덧 서산 너머로 해는 기울어가고 술자리도 무르익었다.

그 많은 술을 혼자 독식하려고 했던 반반은 어느덧 취해 잠이 들었고, 철우와 초진양 역시 불쾌한 얼굴들이었다.

"소문 들으셨죠?"

"소문이라니? 무슨 소문?"

"항주성주가 얼마 전에 바뀌었습니다."

"……!"

술잔을 들던 철우의 손이 허공에서 멈칫했다. 철우는 무거운 표정으로 입을 열었다.

"무슨 이유로?"

"능진걸 성주가 황실 고위직으로 영전을 했답니다. 아마 도감책의 영반이라고 들은 것 같은데……."

"도감책?"

"예, 황궁 관리들을 내사하는 요직 중의 요직이죠. 강직한 능 성주가 딱 어울리는 자리로 옮긴 건 정말 잘된 일인데… 대신 그런 인재가 항주를 떠난 건 매우 서운한 일이죠."

"……."

"능 성주가 항주를 떠나는 날 많은 성민들이 관도로 몰려나와서 배웅했죠. 너무 아쉬워서 그런지 남녀노소 할 것 없이 정말 많이들 울더라고요."

능진걸이 거론되자 철우의 얼굴은 한없이 어두워졌다.

부용…….

철우는 한때 생명보다도 소중히 여기던 부용의 부친 노적산을 살해했다. 아무리 노적산이 먼저 철우를 기만하고 몹쓸 짓을 했다고 할지라도 그녀에게는 하나뿐인 부친이다.

부친의 살해 소식을 들은 그녀의 마음은 어떠했을까?

그리고 그 장본인이 다름 아닌 철우라는 것을 알았을 때 그녀는 무슨 생각을 했을까?

이제 그녀에게 있어 자신은 영원히 용서 못할 원한의 대상이 됐을 것이고, 그건 어쩔 수 없는 필연적인 일이라고 생각하면서도 그는 불현듯 그런 상념에 잠기곤 했다.

벌컥.

철우는 씁쓸한 표정으로 술잔을 들이켰다. 취기 탓인지 눈물을 글썽이며 원망하는 부용의 얼굴이 쉽게 지워지지 않았다.

"아차차… 형님."

문득, 초진양이 자신의 머리를 쥐어박았다. 꽤 많은 얘기를 나누었음에도 불구하고 미처 하지 못한 얘기가 떠오른 것이다.

"그러고 보니 예나님에 대한 얘기를 안 했군요."

"예나?"

철우의 눈썹이 가볍게 꿈틀거렸다.

초진양의 입에서 그녀의 이름이 나온다는 건 정말 뜻밖이었다.

"그녀는… 여전히 잘 지내고 있겠지?"

"예나님, 혼인했어요."

"혼인……?"

철우는 놀랐다. 그리고 기뻤다.

"기녀라면 솔직히 다 거기서 거기죠. 아무리 제까짓 것들이 깨끗한 척을 해봐야 결국 목적은 하나죠. 돈."

"그 잘난 돈 때문에 사내들 앞에서 술을 따르고, 웃음을 팔고, 저고리를 벗는 것이죠. 그러다가 재수가 좋으면 돈 많고 순진한 사람을 만나 팔자를 고치는 거고. 나같이 지지리도 복이 없으면 모아놓은 돈도 없이 그냥 나이만 처먹다가 더 저급한 곳으로 추락하는 게 바로 우리네 신세고 팔자죠."

술만 취하면 신세 타령을 늘어놓던 그녀였다.

박복한 자신의 팔자를 탓하고, 더럽게 썩어가는 자신의 신세를 한탄하면서도 철우의 목에 걸린 황금 천 냥의 현상금에 유일하게 눈이 멀지 않았던 여인.

철우에게 그녀의 혼인은 더할 나위 없이 반가운 희소식이었다.

반색하는 철우의 표정에 소식을 전해주는 초진양의 기분도 덩달아 즐거워졌다.

"형님이 살아 계시다는 소문이 난 지 얼마 후였으니까 대략 일 년 전쯤 됐을 거예요. 혼인한다며 나중에 형님을 뵈면 꼭 소식 전해주라고 했어요."

"상대는 어떤 사내인가?"

"항주 시전에서 어물전으로 기반 잡은 사람인데, 혼인 후엔 항주가 아닌 강소성 곡강현에 가서 신접살림을 할 거라고 하더군요."

"어물전에서 장사하는 사람이라면 이곳에 단골들이 많을 텐데 왜 굳이 다른 곳으로……?"

"아무래도 그녀의 입장을 생각하다 보니 남자가 그렇게 제안했다고 하더군요. 이곳보다는 예나님의 얼굴을 아는 이들이 없을 만한 곳에 가서 생활을 하고 싶다고."

"……."

"하여 곡강현으로 옮겨 둘이 힘을 모아 어물전을 시작할 생각이라며 형님을 만나면 꼭 한 번 들러달라는 얘기 전해달라고 했어요. 가슴이 메일 정도로 아껴주는 자신의 낭군을 꼭 형님께 소개시켜 주고 싶다며."

철우는 미소를 지으며 고개를 끄덕였다.

상인들에게 점포는 삶의 터전이다. 더욱이 기반까지 다져 놓은 그런 곳이라면 더욱 애착이 갈 것이고.

그럼에도 불구하고 그 사내는 시전에서 쌓아온 자신의 모든 기득권을 포기하고 예나와 함께 다른 곳으로 옮겨 다시 시작하기로 했다고 한다.

철우는 예나에 대한 그 사내의 사랑이 어느 정도인지 충분히 짐작할수 있을 것 같았고, 그녀가 이번에는 제대로 된 남자를 만났다고 생각했다.

벌컥.

철우는 흐뭇한 표정으로 술잔을 들이켰다. 은은한 와송의 향기가 전신으로 기분 좋게 퍼져 나가는 것을 느끼며 철우는 생각했다.

행복하게 살고 있을 그 부부의 모습을 꼭 한 번 봐야겠다고.

*   *   *

황도 북경(北京).

황실에 대한 모반이나 역모를 감시하며 고위 관리들의 비리를 사정하는 감찰기관인 도감책.

황실 최고의 요직답게 그곳의 구성원들은 대과에 우수한 성적으로 급제를 한 수재들이었고, 일하는 태도 또한 진취적이었다. 그들은 신임 영반에게 수많은 정보와 현황들 중 핵심적인 것들을 간략하게 보고하였고, 능진걸은 덕분에 예정보다 빠르게 업무에 적응해 나갈 수 있었다.

그런데 그곳엔 수재들로 구성된 도감책의 요원들답지 않은 인물이 딱 한 명 존재했다. 도감책 서열 이위인 부영반이 그러했는데, 그는 바로 금감석이었다.

부영반 금감석.

지난날 도찰교위로서 항주성주인 능진걸에게 직무정지 명령을 내렸던 바로 그 인물이었다.

그는 한때 출세를 위해 담중산의 충견이 되었던 적이 있었다. 그러나 담중산이 죽고 권력의 추가 만중왕 쪽으로 넘어가자 그의 그늘로 들어갔다. 그 결과 도찰교위에서 도감책의 부영반으로 직분이 상승했다.

금감석은 업무 보고를 하기 위해 능진걸의 집무실을 찾았다. 그러나 정작 그는 업무보다는 능진걸의 기분을 맞추는 일에 좀 더 많은 시간을 할애했다.

"영반님, 자제 분이 무술에 천부적인 재주를 갖고 있다면서요? 정말 부럽습니다. 저희 아들은 재주가 곰인지 도무지 발전이 없지 뭡니까? 그렇다고 머리가 좋은 것도 아니고."

한때 금감석은 능진걸을 발가락의 때만도 못하게 여겼다. 게다가 어떡하든 비리에 연루시켜서 그를 뇌옥에 넣을 생각만 했다. 하지만 지금은 바뀌었다. 그것도 너무도 철저하게.

'어차피 대세는 만중왕이다. 만중왕이 파격적으로 밀어주는데 내가 무슨 재주로 이 인간과 경쟁을 하겠나? 차라리 이 인간 기분을 맞춰주는 게 올바른 선택이지.'

웬만한 사람이라면 이와 같은 역전된 상황에 배알이 뒤틀릴 만도 했지만, 그는 과거 따위 전혀 머리에 두지 않고 능진걸의 부하로서 순순히 적응해 나갔다.

"영반님, 미요루(美妖樓)에 가보셨습니까? 웬만한 인간들은 엄두조차 낼 수 없을 정도로 고급스런 곳으로 기녀들의 얼굴과 몸매가 정말 예술이죠. 안 가보셨으면 오늘 저녁에 제가 모시겠습니다."

"어째서 이십사아문(二十四衙門)에 대한 예산이 계속 증가하고 있는 거죠?"

금감석의 얘기를 귓전으로 들으며 서류를 검토하던 능진걸이 의아한 표정으로 입을 열었다. 그러나 금감석은 제대로 얘기를 못 들은 듯 눈을 크게 떴다.

"예?"

"이곳에 대한 예산이 계속 증가하고 있는 이유가 뭐냐는 겁니다."

능진걸이 손가락으로 서류의 한 부분을 짚으며 재차 말하자 금감석은 자신의 이마를 가볍게 쳤다.

"아, 이십사아문 말씀이군요."

이십사아문이란 십이감(十二監), 사사(四司), 팔국(八局)으로 이루어진 환관들의 집단을 통칭하는 말이었다. 부서별로 다소 차이는 있었지만, 궁중의 각종 사무를 관장하는 일이 환관들의 주된 역할이었다.

"하하… 영반님, 아직 잘 모르시는 것 같은데 예산을 정하는 건 저희들 권한이 아닙니다."

"물론이오. 하나 예산이 제대로 집행되고 있는지를 감사하는 건 바로 우리 도감책의 역할이라고 알고 있소."

"그럼 설마… 십이감에서 집행하지도 않을 예산을 요구하기라도 했다는 말씀이신지……?"

"당연히 그만한 이유가 있으니까 신청했겠죠. 어떻게 집행되었는지 한번 살펴보십시오."

"알겠습니다."

"그럼 그만 나가서 일 보십시오."

능진걸의 시선은 다시 서류로 옮겨졌다. 하지만 금감석은 물러나지 않고 계속 멀뚱히 서 있었다.

능진걸은 고개를 들었다.

"하실 말씀이 남았습니까?"

"오늘 저녁 미요루에 가시겠다는 대답을 아직… 오늘 귀한 분을 모시고 가겠다고 미리 얘기를 해뒀거든요."

금감석은 머리를 긁적였다. 능진걸은 어이가 없는 듯 그의 얼굴을 빤히 응시했다.

"웬만한 사람은 엄두조차 낼 수 없을 정도로 비싼 곳이라면서요?"

"하하하, 그러니까 제가 영반님을 특별히 모시겠다는 것 아닙니까?"

"부영반님, 지금 내사(內査)받고 싶으신 겁니까?"

"예?"

"우리들 녹봉이 얼마나 된다고 그렇게 비싼 곳에서 술을 마신단 말입니까?"

"그, 그건……."

일순 금감석은 할 말을 잃었다.

'이런 답답한 인간 같으니라고. 그냥 가기만 하면 귀한 황궁의 고위 관리가 오셨다며 그쪽에서 알아서 최고로 대접해 주는데 내가 미쳤다고 돈을 내냐?'

이런 식으로 강하게 반발하고 싶었지만, 능진걸의 의도를 파악한 이상 그것은 마음뿐이었다.

"아, 죄송합니다. 영반님과 이런 식으로 다시 만나게 된 것이 너무 즐겁고 기쁜 나머지 제가 좀 분수를 망각했네요. 앞으로 조심하도록 하겠습니다."

"그만 돌아가보십시오."

"예, 그럼 이만……."

금감석은 사뭇 송구스럽게 허리를 굽히고는 조심스럽게 집무실 밖으로 물러났다.

"끙."

나오기가 무섭게 그는 답답한 신음을 토했다.

'나의 미래가 저 인간에게 달렸는데, 저토록 융통성없이 꽉 막혀 있으니 무슨 재주로 잘 보인담?'

웬만하면 화가 날 법도 했지만 그는 결코 그렇지 않았다. 그의 뇌리엔 어떡하든 능진걸에게 잘 보여야만 한다는 그 한 가지 생각뿐이었으므로.

*　　　*　　　*

주화란의 의지와는 상관없이 혼례에 관한 모든 것들은 착오없이 진행되고 있었다. 여전히 영령에 대한 모습이 깊이 각인되어 있는 주화란으로선 부친 만중왕이 너무도 원망스러웠다.

"어떻게 아빠가 나한테 이럴 수가 있지?"

영령은 시종인 냉모를 앞에 두고 눈물을 글썽거리고 있었다. 수많은 사람들이 있는 왕부였으나, 그녀가 편하게 하소연을 털어놓을 수 있는 상대는 냉모뿐이었다.

"냉모도 알잖아? 내가 좋아하는 사람은 그분뿐이라는 걸."

냉모는 씁쓸한 얼굴로 대답했다.

"죄송한 말씀입니다만 그자는 아가씨의 배후자가 될 만한 사람이 아닙니다."

"……?"

주화란의 눈이 휘둥그레졌다.

"아니라니? 어째서?"

"아가씨와는 달리 그자는 아가씨에게 전혀 관심조차 없었습니다. 그리고 그때 함께 있던 죽립인까지도 그 사람은 여자에게 관심없는 사람이라고 했고요."

"그건 상관없어. 몇 번 더 만나서 얘기하면 틀림없이 나를 좋아하게 될 테니까."

주화란은 생긋 웃으며 자신있게 대답했다. 냉모는 쓴 미소를 머금고 그녀의 얼굴을 빤히 바라보았다.

"아가씨, 세상사는… 특히 남녀 문제는 자신의 생각처럼 쉬운 게 아닙니다. 자신은 미치도록 좋아하는데 정작 상대는 나의 감정조차 알아주지 않을 때 그 기분은 정말… 견딜 수 없을 정도로 비참하죠."

자조하듯 쓸쓸히 음성을 발하던 냉모의 눈가에 불현듯 이슬이 고였다.

주화란은 당황하며 그녀의 얼굴을 빤히 바라보았다.

"냉모?"

냉모는 고개를 돌리며 주화란의 시선을 외면했다.

"전 아가씨가 남자 때문에 힘들어하는 모습을 보고 싶지 않습니다. 그냥 전하께서 선택하신 그분과 혼례를 치르십시오. 전하께선 꽤 오랫동안 그분을 지켜보신 후에 결정하신 거니까요. 그럼 전 이만……."

그 말을 끝으로 냉모는 자리에서 물러났다.

주화란은 멍한 표정을 지었다. 십여 년간 함께 생활하면서 냉모는 단 한 번도 흐트러진 모습을 보인 적이 없었다. 오죽 차갑고 냉정했으면 사람들이 냉모(冷母)라고 했겠는가?

그랬던 그녀가 눈물을 보였다. 그리 심각할 것도 없는 남자 얘기를 하면서.

그렇기에 분명 냉모의 눈가에 고인 눈물을 보았음에도 불구하고 주화란은 자신의 착각일 거라는 생각을 했다.

"아닐 거야. 분명 내가 잘못 본 걸 거야. 냉모가 어떤 사람인데……."

*   *   *

쒸이이잉…….

차가운 삭풍이 몰아치는 정월의 오후.

절강성에서 강소성으로 넘어가는 관도 위로 마의장삼을 펄럭이는 한 죽립인의 모습이 보였다. 그의 한쪽 어깨엔 작고 눈처럼 흰 원숭이가 걸터앉아 있었다.

철우와 반반이었다.

이들은 초진양과 함께 칠 일이란 시간을 보낸 후 아쉬운 이별을 했다.

초진양과도 깊게 정이 든 반반은 함께 다니자고 떼를 썼지만, 그는 여전히 묘설하의 무덤이 있는 그곳을 떠날 생각이 없었다.

"형님과 함께 세상 구경을 하고 싶지만, 그렇게 되면 설하가 너무 외로울 거예요. 매일 아침마다 그녀의 무덤 앞에 앉아 대화 나누는 재미도 없을 테고. 하하! 물론 저만의 대화겠지만."

"무창에 새로 창립한 사도세가에서 감투를 쓰고 계시다고 했죠? 나중에 형님과 반반이가 진짜 미치도록 보고 싶으면 그쪽으로 한번 찾아갈 테니, 그때 우리 다시 술잔 부딪치며 많은 얘기 나누도록 하자고요."

"이건 뇌정발탄(雷霆發彈)이라고… 언젠가 형님께 건네준 그 폭탄보다 작지만 더 폭발력이 강하게 개발한 겁니다. 붓 속에 넣을 수 있을 만큼 작으니까 훗날 요긴하게 사용하십시오. 그리고 또 이 얇은 속옷은 석린화의(赤鱗火衣)라는 것으로 불과 화약 폭발 때 몸을 보호하는 겁니다. 형님은 몇 차례씩 강호를 쩌렁하게 만든 유명인사(?)인지라 늘 위험에 노출되어 있습니다. 사시사철 꼭 입고 다니도록 하십시오. 저는 형님을 절대 잃고 싶지 않으니까요. 아셨죠? 하하."

'같이 죽자며 덤벼들던 녀석과 이렇듯 각별한 정을 나누게 될 줄이야……'

철우는 문득 초진양과의 첫 만남을 떠올리며 미소를 지었다.

그때였다.

끼옷! 끼옷!

철우의 어깨에 앉아 있던 반반이 갑자기 어딘가를 향해 손짓하며 소리를 질렀다. 이 추운 겨울날 관도변에 한 사내가 쓰러져 있었던 것이다. 그것도 옷이 엉망으로 찢겨져 나간 상태로.

대략 사십대 후반으로 보이는 그는 옷뿐만 아니라 누군가에게 심하게 얻어맞은 듯 이곳저곳 깨지고 피로 범벅되어 있었다.

"이봐요."

"으으……"

"댁이 어딥니까? 정신 차리고 말 좀 해보십시오."

"으으… 나, 나쁜… 새끼……"

그의 입에선 간헐적인 신음과 함께 뜻 모를 소리가 흘러나왔다.

가만히 집 안에만 앉아 있어도 추운 겨울, 이대로 내버려 둔다면 이 자는 분명 동사하게 될 것이다.

철우는 일단 사내를 어깨에 걸머멨다. 그리고는 추위를 피할 만한 곳을 찾아서 걸음을 재촉했다. 앞장서서 달리던 반반이 또 어딘가를 보며 손짓했다. 다행히 멀지 않은 곳에 작고 허름한 객잔 하나가 있었다.

끼이익!

닫혀 있는 객점 문을 열자 마치 아사 직전의 사람 뼈가 돌아가는 것 같은 듣기 거북한 소리가 들렸다. 실내에 들어왔건만 바깥과 별로 다를 게 없을 정도로 객잔은 썰렁했다.

"아무도 없습니까?"

철우는 아무도 없는 공간을 향해 소리쳤다. 그러자 작은 쪽방 문이 열리며 한 여인이 모습을 드러냈다.

"식사하실……."

여인은 말을 하다가 멈칫하며 눈을 크게 떴다.

"여보!"

그녀는 신도 신지 않은 채 달려나오더니 철우의 어깨에 걸쳐져 있는 사내를 향해 소리쳤다.

사내는 쪽방 안으로 옮겨졌다.

여인은 사내의 얼굴에 묻은 피를 정성스럽게 닦아주었고, 얼어붙은 몸을 녹일 수 있도록 두꺼운 이불을 덮어주었다.

여인은 사내에 대한 응급 치료를 모두 끝낸 후에야 비로소 철우를 향해 고개를 돌렸다.

"이 사람은 제 남편이에요. 이렇게 데리고 와주셔서 너무 고맙습니다."

"……."

그녀는 두 손을 모으고 깊게 허리를 숙이며 인사했다. 하지만 철우의 대답은 없었다. 그는 여인이 방문을 열고 나타난 이후 아직껏 단 한마디의 말도 하지 않고 있었다.

"이쪽으로 앉으세요. 저희 남편을 구해주셨지만 보시다시피 형편이 좀 그렇네요. 대신 한 끼 더운밥으로……."

여인은 탁자에 자리를 마련해 주다 말고 흠칫했다. 한쪽에서 빤히 자신을 쳐다보고 있는 흰 원숭이를 발견한 것이다.

"너, 너는……?"

여인이 당황스러워하자 반반은 히죽거리며 고개를 끄덕였다.

끼끽! 끽!

여인은 철우를 향해 급히 고개를 돌렸다.

"서, 설마……?"

대답 대신 철우는 천천히 죽립을 벗었다.

쿵!

여인의 눈이 더할 바 없이 크게 확대되었다. 놀람과 흥분으로 얼굴에는 가는 경련마저 스치고 있었다.

"처, 철우님……!"

간신히 탄성 같은 한마디를 토해낸 그녀의 얼굴은 한없는 격동과 감동으로 물들었고, 격정을 주체하지 못하는 듯 온몸을 부르르 떨기까지 했다.

철우는 가볍게 미소를 지었다.

“오랜만이오, 예나.”

예나!

그랬다. 여인은 다름 아닌 예나였다.

“철우님에게 제가 행복하게 사는 모습을 꼭 보여드리고 싶었는
데…….”

“…….”

“사람의 팔자라는 게 정해져 있나 봐요. 나 같은 여자에게는 불행이
숙명인지 행복해진다는 것이 너무 어렵고 힘이 드네요.”

그녀는 넋두리하듯 힘없이 뇌까리고는 술을 마셨다. 철우도 함께 잔
을 들이켰다.

“어쩌다 이렇게 된 거요? 성실하고 좋은 사람을 만나 곡강현으로 옮
겼다고 들었거늘…….”

“사람이야 정말 나무랄 데 없이 좋은 사람이죠. 저 같은 여자에게는
과분할 정도로…….”

“그런데 왜……?”

“훗! 말씀드렸잖아요, 제 팔자가 더럽다고.”

예나는 실소를 토하며 말을 이었다.

“남편이 저렇게 된 것은 모두 제 팔자가 더럽기 때문이에요. 나같이
박복한 여자를 만나는 바람에 덩달아서 남편의 팔자도 꼬인 거예요, 분
명히…….”

“세상에 그런 얘기가 어딨소? 좀 더 자세히 얘기해 보시오. 차마 말
못할 비밀이 아니라면.”

“정말 궁금하신가요?”

"물론이오. 당신이 내게 행복하게 살아가는 모습을 보여주고 싶었던 것처럼, 나 역시 당신의 그러한 모습을 보고 싶었던 사람이오."

예나는 철우의 얼굴을 빤히 응시했다.

"여전히 당신은 변한 게 없군요. 예전에 그랬던 것처럼 지금도 당신은 제가 의지하고 싶을 만큼 제 마음을 편하게 해주네요."

"나 역시 예나에게 많은 것을 의지했었소. 그 당시의 내겐 당신이 유일한 말벗이었으니까."

"고마워요. 절 그렇게 생각해 주셨다니……."

예나는 미소를 짓고는 다시 술을 마셨다. 그리고는 입술을 훔치며 고개를 끄덕였다.

"그래요, 얘기하죠. 예전에 제가 철우님 앞에서 신세 타령을 했듯 그렇게……. 그렇지 않아도 하소연하고 싶은 사람이 필요하던 참이었으니까요."

맹공공(孟孔空).

예나의 남편 이름이다. 나이는 마흔일곱으로 예나보다는 열일곱 살이나 연상이었다.

그는 고아로 태어나 일곱 살 때부터 어물전에서 일을 했다. 평생을 남의 집 점원으로 일을 하다가 나이 마흔 가까이 되어서야 겨우 독립할 정도로 비교적 주변머리가 없는 인물이었다.

하지만 시전에서 가장 먼저 문을 열고, 가장 늦게 문을 닫는 타고난 근면과 성실로 큰 부자는 아니더라도 먹고사는 데엔 문제가 없을 정도로 돈을 모았다. 하지만 그러다 보니 마흔다섯이 되도록 혼인을 하지 못했는데, 어느 날 어물전 옆 점포에서 육방(六房)을 운영하는 동료 상인에게 반강제로 이끌려 대왕루에 가게 되었다. 그때 만난 기녀가 바로 예나였다.

당시 예나는 서른을 바라보는 나이로, 단골들까지도 그녀를 외면하고 다른 여자를 찾을 만큼 기녀로서의 매력을 점차 잃어가던 시기였다.

하지만 맹공공은 그런 예나에게 첫눈에 푹 빠졌다. 그날 이후부터 그는 하루가 멀다 하고 예나를 찾더니, 한 달쯤 되던 어느 날 조심스럽게 그녀에게 청혼을 했다.

예나는 기녀로서 이미 황혼기에 들어선 자신에게도 청혼하는 사내가 있다는 게 너무도 감격스러웠다. 비록 상대의 나이가 많기는 했지만 그것은 전혀 상관이 없었다. 예나는 기꺼이 그의 청혼을 받아들였고, 맹공공은 그녀가 기루에 진 빚을 갚아주었다.

처음엔 맹공공이 수십 년간 터를 닦은 어물전에서 그들은 함께 장사를 하며 생활했다. 그런데 상인들 중에는 예나의 단골도 있었다. 그들은 이미 남의 아내가 된 예나를 간간이 야래향의 기녀처럼 쉽게 취급하곤 했다. 예나도 불편했고 맹공공도 편치 않았다. 하여 맹공공은 아무도 예나의 존재를 알지 못하는 강소성의 곡강현으로 삶의 터전을 옮겼다.

그곳에서 인생을 다시 시작하던 맹공공은 우연히 어린 시절 함께 어물전의 점원으로 일을 하던 탁두팔(卓頭八)이라는 친구를 만났다.

한데 계속 어물전에서 일한 맹공공과는 달리 탁두팔은 열여덟 때 더이상 남의 점원으로 썩을 수 없다며 그곳을 뛰쳐나갔다. 그 뒤로 연락이 두절되었는데 곡강현에서 다시 재회를 하게 된 것이다.

탁두팔은 나름대로 성공한 듯 번듯한 저택에서 살고 있었다. 게다가 곡강현의 현령을 비롯하여 많은 유지들과 깊은 유대를 갖고 있을 정도로 마당발이었다.

그는 새로운 삶의 터전을 마련하기 위해 이전한 친구 맹공공에게 보다 쉬우면서 많은 수익이 생길 수 있는 사업을 제안했다.

곡강염상전(曲江鹽商殿)이 바로 그것이었다.

소금은 성(省) 단위로 설치한 도매상인 염상전에서만 판매가 가능하도록 되어 있었다. 그 외의 장소에서 매매가 이루어지는 것을 황법으로 엄격히 규제를 하였고, 발각이 되면 가혹한 처벌이 따랐다.

하지만 아무리 엄격히 규제를 해도 각 성에서 하나의 염상전에서만 소금을 구매할 수 있기 때문에 거리가 먼 지역에서는 처벌을 알면서도 어쩔 수 없이 밀매가 성행했다. 이와 같은 구조적인 문제를 해결하기 위해 향후 성마다 몇 개의 염상전을 추가로 설치한다는 령(令)이 내려지게 되었다.

"공공아, 강소성 내에 추가로 몇 개 더 세워질 염상전에 곡강현도 포함되었거든. 내가 널 곡강염상전의 주인이 되도록 만들어주마. 그렇게만 되면 넌 그야말로 돈방석에 앉게 될 거다. 하하!"

"이곳에 염상전이 유치된다면 나 말고도 하고 싶어하는 사람이 많을 텐데……."

"이 친구야, 내가 누구냐? 곡강현 내에서 가장 인맥이 탄탄한 마당발이 아니냐. 현령과도 형님 아우 하는 사이지. 그리고 이곳 최고 부자인 문 대인을 비롯한 많은 유지들도 내 말이라면 끔뻑 죽고 말 정도라고. 그러니까 내가 친구인 널 밀어주겠다고 선언하면 그 사람들이 감히 엄두를 낼 수가 없어. 알겠냐?"

"저, 정말 그렇게 될 수 있을까?"

"물론이지. 앞으로 네 인생이 활짝 펴지게 되어 있으니까 사람들에게 먹일

약값이나 좀 마련해 봐라."

"약값이라니?"

"하하, 이 친구야. 이 세상에 뇌물 없이 되는 일이 어딨나? 더욱이 이처럼 엄청난 이권이 달린 일에. 현령부터 일단 약을 좀 먹이고, 경쟁이 될 만한 유지들도 포기하도록 술과 여자를 붙여주면서 설득해야 하지 않겠나? 안 그래?"

"어, 얼마쯤이면 될까?"

"많으면 많을수록 좋겠지. 뇌물이란 게 원래 먹일 땐 확실히 먹여야 효과가 있는 법이거든."

"……."

"이건 정말 자네에겐 둘도 없이 좋은 기회야. 생각해 보라고. 어물전을 해서 평생 얼마나 모을 수 있겠나? 더욱이 사십대 후반에 혼인을 했으니, 지금 자식을 낳아도 그 아이를 어떻게 키울 건가? 예전의 우리가 그랬던 것처럼 자네 자식에게 남의 집 점원을 시킬 수는 없지 않은가?"

"……."

"그러니 있는 재산 모두 끌어 모아서 한번 해보자고. 일단 자네에게 허가만 떨어지면 그때부턴 돈을 대주겠다고 나설 사람들이 지천일 테니까. 하하."

나이는 많았지만 맹공공은 어수룩했다. 탁두팔의 제안에 너무도 쉽게 현혹되어 결국 그동안 모은 재산을 그에게 갖다 바쳤다.

물론 예나는 불안감에 좀 더 알아보자고 했으나, 당시 맹공공은 이미 염상전에 미쳐 있었다. 그리고 탁두팔을 사기꾼으로 의심하기엔 곡강현에서 그가 알고 있는 지인들이 정말 너무도 쟁쟁했다.

하지만 마른하늘에도 날벼락은 떨어진다.

맹공공이 모든 재산을 모아서 갖다 주었지만, 정작 염상전은 곡강현이 아닌 인근의 세아현(世亞縣)으로 정해진 것이었다.

예나 부부는 졸지에 빈털터리가 되고 말았다.

하여 폐가나 다름없는 이곳까지 흘러왔고, 지나가는 길손들에게 국수라도 팔아서 연명하는 신세가 된 것이다.

"박복한 년에게 무슨 그런 행운이 오겠어요? 그이도 그렇지만 악착같이 막지 못한 내 책임도 크죠."

예나는 허탈한 음성을 토하며 또다시 술잔을 들이켰다. 말하는 동안 이미 두 병이나 비웠지만 그녀는 심신이 괴로운 듯 여전히 술을 찾고 있었다.

철우는 분노가 치밀어 올랐다.

자신을 아껴주는 남자를 만나 행복한 가정을 꾸미고 있을 것이라 생각했던 예나였다. 그런데 또다시 이와 같은 시련을 당하고 있었다니…….

철우는 끓어오르는 분노를 억지로 참으며 입을 열었다.

"이곳에 염상전이 들어서지 않은 이상 건네준 돈은 돌려받아야 마땅하잖소?"

"물론 당연히 그렇게 얘기했죠. 그런데 돈이 없대요."

"돈이 없다니?"

"현령을 비롯한 곡강의 유지들에게 이미 뇌물로 다 쓰고 한 푼도 남질 않았다고 하길래 사기로 신고하겠다고 했더니 할 수 있으면 해보라고 큰소리를 치더군요."

"그 자식이 큰소리치는 이유가 뭐요? 마당발이기 때문에?"

"그런 것도 있고… 자기 딴에는 염상전이 다른 곳에 생기리라곤 생각지 않고, 이곳으로 정해졌을 때를 대비하여 나름대로 최선을 다했는데 무슨 사기냐고 하더군요. 그리고 우리가 건네준 돈에서 자기는 한 푼도 먹지 않았다고 하고요."

"……."

"하지만 남의 상점 점원을 하면서 평생 모은 돈인데 어떻게 저희 남편이 쉽게 포기하겠어요? 하여 계속 그자를 찾아가서 돈을 내놓으라고 했죠. 그러니까 그자는 아예 건달들을 동원해 제 남편을 두들겨 팼어요."

"……."

"저렇게 피투성이가 되어 돌아온 걸 보니 아마 오늘도… 그자에게 갔다가 몰매를 맞고 왔을……."

그동안의 일을 넋두리하듯 늘어놓던 예나는 복받치는 서글픔에 울먹거렸다.

"죄송해요… 오랜만에 만난 철우님과 함께 그냥 술이나 마시고 싶었는데 청승맞은 얘기나 늘어놓다니……."

목끝까지 슬픔에 잠겨 있었지만 철우 앞에서만큼은 눈물을 참으려는 듯, 예나는 고개를 돌리고 입술까지 질끈 깨물었다.

철우는 그런 그녀의 모습에 가슴이 메었다.

'어린 시절 함께 상점 점원으로 고생하던 친구를 근 삼십 년 만에 만나 이렇게 완벽하게 사기를 치는 그런 놈도 있다니…….'

철우가 억지로 노기를 누르고 있을 때, 갑자기 예나가 헛구역질을 했다.

"우욱! 우우욱!"

철우는 자리에서 일어나 그녀를 부축했다.

"이런, 술이 과했던 모양이오. 그만 들어가서 쉬도록 해요."

"술 때문에 아니에요⋯⋯."

"⋯⋯?"

"대왕루에서 가장 술이 센 제가 겨우 술 몇 병에 이러겠⋯ 우욱⋯ 욱!"

그녀는 말을 하다 말고 또다시 헛구역질을 했다. 철우는 당혹스런 표정을 지었다.

"그럼 혹시⋯⋯?"

"예, 아기를 가졌어요⋯⋯."

"⋯⋯!"

철우의 얼굴이 딱딱하게 굳었다. 분명 기뻐해야 마땅할 일이었으나, 그보다 걱정이 앞섰다.

"세상에. 아이를 가졌다면서 이렇게 술을 마시면 어쩌자는 거요?"

등을 지고 있던 예나의 얼굴이 다시 철우에게로 옮겨졌다.

"그러면⋯ 그러면 어떡해요?"

"⋯⋯."

"뱃속의 아이에게 나쁘다는 것은 저도 알아요. 하지만 술의 힘이라도 빌리지 않으면 도저히 견딜 수가 없는데⋯⋯."

주르륵.

마침내 참고 참았던 그녀의 눈물이 폭포수처럼 쏟아지기 시작했다.

철우 역시 고통스러웠다. 그녀를 위한 그 어떤 말도 떠오르지 않았다. 태아에게 해롭다는 것을 알면서도 오죽했으면 술을 찾겠는가? 오죽했으면.

철우는 예나 부부에게 이와 같은 시련을 준 탁두팔을 절대 용납치 않겠노라고 다짐했다.

'기다리고 있거라. 남의 눈에서 피눈물을 흘리게 만든 대가가 어떤 것인지 똑똑히 가르쳐 줄 테니까.'

다음날, 철우는 깨어난 맹공공과 정식으로 인사를 나눴다. 예나의 얘기처럼 그는 참으로 착하고 아내에 대한 사랑이 깊은 사람이었다.

하지만 그는 아직까지도 예나가 임신 중이라는 것을 모르고 있었다. 부부 사이가 각별함에도 불구하고, 무슨 이유로 예나가 그 사실을 가장 기뻐할 남편에게 알리지 않았는지 철우는 궁금했지만 더 이상 묻지 않았다.

第二十五章

사기대국(詐欺對局)

탁두팔은 애초부터 성실과는 거리가 먼 인간이었다.

열여덟 살에 어물전을 뛰쳐나간 것도 빠르고 쉽게 돈을 벌고 싶은 욕심 때문이었다. 그러다 보니 노름을 좋아하게 되고 남 등치는 일이 자신의 적성이라고 생각했다.

젊을 땐 어설픈 솜씨로 사기를 치다가 수없이 뇌옥에 들락거렸다. 하지만 한번 뇌옥을 갔다 올 때마다 그의 사기술은 발전했다. 뇌옥 안에서 산전수전에 공중전, 지상전까지 다 겪은 죄수들을 통해 법(法)을 공부하고, 그들의 기술을 자연스럽게 습득했다.

그렇게 여러 차례 뇌옥을 왔다 갔다 하더니, 탁두팔은 황실 예부(禮部)의 관리 못지않은 해박한 법 지식을 갖게 되었다. 하여 이젠 느긋하게 즐기면서 사기 칠 수 있는 경지에 이르렀다고 스스로 자평했다.

세상 사람들은 힘깨나 쓰는 인물과 친분 두텁게 지내는 것을 보게 되면 쉽게 믿어주는 습성이 있었다. 때문에 탁두팔은 자신의 사기를 빛나게 하기 위해서라도 권세가들과의 교분이 절대적으로 필요했다.

그럴 때 그 수단이 된 게 바로 바둑이었다.

삶의 여유가 있는 권세가나 유지들 치고 바둑 둘 줄 모르는 사람은 거의 없었다. 수담(手談)을 통해 교분을 쌓고, 세상 돌아가는 얘기도 나누는 게 그들의 삶이었다.

탁두팔은 운이 좋게도 세 번째 뇌옥 생활 때 바둑을 배웠고, 그 후로 자기 인생에 바둑이 꼭 필요하다는 계산하에 쌍코피를 흘릴 정도로 열심히 공부했다.

타고난 재주에 비장한 노력까지 겸하니 그의 실력은 장족의 발전을 하였고, 웬만한 고수들을 두세 점 잡아줄 정도의 국수급 고수가 되었다.

탁두팔이 현령을 비롯한 곡강현의 실력자들과 두터운 유대를 맺을 수 있었던 건, 수담을 나누고 때론 지도도 해줄 수 있을 정도로 실력이 좋았기 때문이었다.

운향다관(雲香茶館).

곡강현 중심부 대로변에 위치한 유명한 찻집이었다.

현 내에 특별한 명소가 없는 터라 사람들이 자주 이용하는 곳이 되었는데, 오늘은 평소와는 비교할 수 없을 정도로 많은 사람들이 다관을 찾아들었다.

그 이유는 우석선생(宇石先生)이 잠시 들렀다가 차를 마시고 있는 탁두팔을 발견하고는 즉석에서 대국을 제안했다는 얘기가 퍼져 나갔기 때문이다.

우석선생은 곡강제일의 현자이자 양명학의 거두로서 많은 사람들이 존경하는 그런 인물이었다. 특히 그는 바둑 애기가(愛棋家)로 유명했는데, 그런 우석선생이 곡강제일의 바둑 고수인 탁두팔과 아직껏 수담을 나누지 않았으니 어찌 욕심이 나질 않겠는가? 하여 즉석 대국을 제안했고, 유명인과의 교분이 사기의 밑천이라고 여기는 탁두팔로서는 횡재로 여기고 대국을 수락했다.

곡강제일의 현자와 곡강제일의 국수가 대국을 벌인다니 어찌 사람들이 모이지 않을 텐가? 그로 인해 운항다관은 차를 마시는 손님 대신 바둑 관람객들로 가득하게 된 것이었다.

딱… 딱……

주변의 상황을 무시한 채 우석선생과 탁두팔은 일언반구도 없이 바둑에 열중하고 있었다. 기평(碁枰:바둑판) 위는 이미 흑백의 돌로 가득 메워져 있는 것이 바야흐로 대국은 막판에 들어선 듯했다.

우석선생은 바둑판을 들여다보며 깊은 생각에 잠겨 있었다. 쉽게 착점하지 못하고 손가락 사이에 끼워진 기석(棋石:바둑알)을 만지작거리는 그의 모습에서 판세가 불리하다는 것을 짐작할 수 있었다.

반면 탁두팔은 곡강현의 국수답게 매우 느긋한 얼굴이었다.

이윽고 우석선생은 신중하게 검은 기석을 기평에 놓았다. 장고 끝에 회심의 한 수임을 의미하듯 판 위에 올려지는 소리 또한 묵직했다.

순간 탁두팔은 미소를 지으며 마치 예상이라도 하고 있다는 듯 주저 없이 우하변에 흰 기석을 놓았다.

"헉!"

우석선생의 입에서 경악성이 새어 나왔다. 그리고 그의 안색엔 절망의 빛이 번졌다.

"그, 그런 수가 있었다니……."

전혀 생각지 못한 역습이었다는 듯, 그는 곤혹스런 표정으로 나직이 중얼거렸다.

"대마불사라고는 하지만… 정작 그 돌이 놓여지고 보니 도저히 두 집을 낼 수가 없군. 설령 산다고 해도 집이 많이 부족하고… 허허, 더 이상 둬볼 데가 없구먼."

우석선생은 공허롭게 웃고는 조용히 돌을 거두었다. 탁두팔의 완벽한 승리였다.

구경꾼들은 돌 칠십 개가 넘는 엄청난 중앙 대마를 간단하게 노획하는 탁두팔의 솜씨에 입을 쩍 벌리며 감탄했다.

우석선생 역시 감탄 어린 눈빛으로 탁두팔을 바라보았다.

"정말 탁 진사의 기예는 대단하오. 이 정도 솜씨라니… 어째서 국수라고 하는지 이제야 알 것 같소. 정말 오늘 귀한 한 수를 배웠소."

탁 진사, 곡강 사람들은 탁두팔을 그렇게 불렀다. 탁두팔 스스로가 한때 요동성에서 나랏일을 했었다고 얘기했기 때문이다. 물론 그것 역시 허풍이었다. 요동에서 사기를 치다가 뇌옥에 갇힌 일은 있었을 뿐.

탁두팔은 빙그레 미소 지었다. 이렇게 수담을 통해 또 하나의 유력 인사인 우석선생과 교분을 트게 되었으니 어찌 흐뭇하지 않겠는가? 우석선생의 이름을 팔면 사기치는 데 그만큼 신뢰도가 높아질 테니까 말이다.

"하하, 과찬의 말씀이십니다. 선생님께서 양보해 주신 덕분입니다."

우석선생은 고개를 저었다.

"무슨 말씀을. 한번 수담을 나눠보니 탁 진사께선 판을 주도하는 힘과 깊은 수 읽기에서 나 같은 사람과는 차원이 달랐소. 정말 대단하오. 앞으로 이따금씩 만나 내게 한 수 지도해 주시오."

바둑을 좋아하는 애기가들이 그러하듯, 우석선생 역시 기예를 높이고 싶은 욕심에 고수인 탁두팔과 지속적인 인연을 맺고 싶어했다.

탁두팔로선 입이 찢어질 듯 기뻤으나 사기꾼 특유의 겸손한 얼굴로 입을 열었다.

"평소 제가 가장 존경하는 우석선생님께서 그렇게 말씀하시니… 부족한 능력이지만 선생님의 기력이 발전하는 데 조금이라도 힘이 될 수 있다면 그렇게 하겠습니다."

"오… 고맙소, 탁 진사."

우석선생은 무척 기쁜 듯 탁두팔의 손을 잡았다. 곡강제일의 현자가 자신의 손까지 덥석 잡을 정도로 기뻐하자 탁두팔의 기분은 한층 배가 되었다.

"사실 전 바둑을 천월신기(天月神碁) 도위평(都偉坪)으로부터 사사를 받았습니다."

"그, 그게 사실이오?"

우석선생을 비롯한 중인들의 입에서 동시에 탄성이 흘러나왔다.

천월신기 도위평. 그는 한때 강호제일의 국수(國手)라 불리던 바둑의 일인자였기 때문이다.

"사부님께선 제가 일곱 살 때 평생에 단 하나뿐인 제자로 받아주시고, 저를 극진히 아껴주셨죠. 그분의 하늘 같은 은혜를 생각해서라도 저는 그분의 기풍을 세상에 널리 알리는 게 도리라 생각합니다."

탁두팔은 눈물을 글썽이며 입을 열었으나, 이 역시 터무니없는 얘기였다. 그는 일곱 살 때부터 맹공공과 함께 어물전의 점원으로 일을 했기 때문이다.

전혀 근거도 없는 얘기를 꺼내놓고 눈물까지 글썽거리는 그의 연기력이 그저 탁월할 따름이었다.

하지만 그것이 연기인지 허풍인지 알 길이 없는 우석선생은 고개를 끄덕이며 다시 한 번 감탄을 했다.

"어, 어쩐지 기력이 출중하시더라니⋯ 그만한 이유가 있었구려."

"예. 모든 게 저를 혹독하게 교육시켰던 사부님의 은혜일 뿐이죠."

탁두팔이 눈물을 훔치며 우석선생의 말에 맞장구를 칠 때였다.

"내가 보기엔 천월신기의 기풍이 아니라 뇌옥의 노름꾼들에게 배운 야바위 바둑 같은 느낌이구려."

느닷없이 울적한 분위기를 박살내는 음성이 탁두팔의 고막을 파고들었다.

'윽! 어, 어떤 새끼가⋯⋯?

탁두팔의 얼굴이 엉망으로 구겨졌다. 그를 비롯한 많은 사람들의 시선이 소리의 주인공을 향해 옮겨졌다.

"지금⋯ 헛소리를 지껄인 사람이 바로 당신이오?"

탁두팔은 죽립인을 향해 물었다.

죽립인은 철우였다. 철우는 주저없이 대답했다.

"그렇소."

"감히 무슨 근거로 그와 같은 망발을 내뱉는 거요. 사부님께 배운 호방한 나의 기풍을 사기꾼들의 야바위 바둑이라니⋯ 만약 정확하게 그 근거를 밝히지 못한다면 난 당신을 절대 용납치 않겠소."

그는 불같이 이글거리는 눈으로 철우를 쏘아보았다. 하지만 철우의 대답은 뜻밖으로 간단했다.

"근거는 없소."

"뭣이라?"

"그냥 느낌일 뿐이오."

"이… 이 사람이 지금 나랑 장난하자는 거야 뭐야?"

탁두팔은 더 이상 참지 못하고 그만 자리에서 벌떡 일어나며 노성을 질렀다. 하지만 철우는 여전히 태연했다.

"정말 당신이 천월신기의 기예를 전수받은 전인이라면, 나와 한번 대국을 해보는 게 어떻겠소? 만약 내가 진다면 그 어떤 대가라도 치르겠소."

너무도 당당한 철우의 태도에 탁두팔은 움찔했다.

'이, 이 자식이 뭘 믿고 이렇게 큰소리를 치는 거지? 진짜 나보다 훨씬 센 고수인 걸까?'

그렇지 않고서야 이렇게 당당할 수 없을 거라고 탁두팔은 생각했다. 하지만 사람들에게 철우의 말은 또 하나의 흥밋거리를 제공하게 되었다.

"하하! 그렇게 하면 되겠구먼. 이보시오, 탁 진사. 대국으로 정정당당하게 이자의 코를 납작하게 깨버리면 되잖소?"

우석선생이 호방하게 껄껄거리자 사람들도 덩달아 한마디씩 거들기 시작했다.

"그렇게 하십쇼."

"만약 탁 진사께서 이기면 우리가 대신 지자를 혼내주겠습니다."

"다시는 헛소리를 못하도록 바둑으로 박살 내버리십쇼."

이구동성으로 대국을 부추기는 사람들의 말에 탁두팔은 당황했다. 그로서는 상대의 기력을 전혀 모르는 상태에서 크게 망신당할 게 뻔한 위험한 승부를 하고 싶지 않았다. 그렇다고 그런 모욕까지 당하고서 뒤로 빼기도 난처한 상황이었다.

게다가 우석선생은 탁두팔의 의지와는 상관없이 대국을 기정사실처럼 여기며 철우에게 자리까지 양보하고 있었다.

'끙… 어쩐담? 지면 개망신인데…….'

그냥 두라면 굳이 못 둘 이유가 없겠지만, 이미 국수인 천월신기의 이름까지 들먹여 놓고 패한다는 건 있을 수 없는 일이었다. 때문에 탁두팔은 이러지도 저러지도 못하고 망설였지만, 이미 상황은 물러날 수 없게 되어 있었다.

'젠장! 그래, 한번 둬보자. 아무리 세상이 넓어도 나보다 센 놈은 그리 많지 않을 테니까.'

마침내 탁두팔은 입술을 질끈 깨물며 자리에 앉았다.

"자! 그럼 돌을 가르겠소"

우석선생은 자연스럽게 대국의 주관자가 되었고, 철우와 탁두팔은 그의 지시에 따라 돌을 갈랐다. 그 결과 철우가 검은 기석을 쥐게 되었다.

탁!

철우는 망설임없이 첫 수를 착점했다. 그것은 평범한 우하귀의 화점이었다.

탁두팔이 심각한 표정으로 착점을 하면서 바야흐로 대국은 본격적으로 진행되기 시작했다.

사람들의 시선이 기평에 모아지며, 어느덧 삼십여 수가 전개되었다.

'뭐야, 이 자식?'

초반에 긴장감으로 바짝 입술이 탔던 탁두팔의 얼굴은 황당함으로 가득 찼다.

'이 자식, 이제 보니 소리만 요란했지 순전 맹탕이잖아? 포석도 그렇고, 수순도 엉망이고.'

탁두팔이 비록 천하제일의 국수는 아닐지라도 정상급 기력을 지닌 인물이었다. 때문에 초반에 전개하는 모습을 보면 상대의 기풍과 전략에 대해 충분히 느낌이 온다.

한데 눈앞의 상대는 포석 단계에서 큰 자리를 모두 자신에게 뺏기고, 게다가 정석의 수순을 착각하며 엄청난 손실까지 입고 있었다.

'아무리 높게 쳐줘도 이 자식의 기력은 나보다 두세 단계 밑이다.'

몇 수가 더 진행되고 좌변의 검은 기석 다섯 점을 잡는 순간 탁두팔에겐 확실한 느낌이 왔다.

그의 느낌은 정확했다.

기실 철우의 기력은 탁두팔에게 세 점 정도 붙여야 겨우 백중세가 될 정도로 달리는 게 사실이었기 때문이다.

"내참, 다섯 점 떨어질 줄도 모르고 두다니… 대체 내가 뭘 보고 두는 거지?"

철우는 손톱을 깨물며 자신의 실책을 연신 아쉬워했다.

'망할 자식! 하룻강아지 범 무서운 줄 모르고 까분다더니만, 겨우 이정도 솜씨로 감히 내게 주접을 떨다니……'

자신감이 붙은 탁두팔은 가소로운 실력으로 자신에게 도전했던 철우가 너무 괘씸하기만 했다. 단단히 혼을 낼 필요가 있다고 생각할 때, 철우의 입에서 그의 귀를 의심케 만드는 소리가 흘러나왔다.

"이거 내기가 아니라서 그런지 어째 수가 잘 안 보이는구려."

'뭐?'

탁두팔이 벙찐 표정을 짓는 순간,

탁!

하는 소리와 함께 철우는 기평 옆에 뭔가를 내려놓았다.

"무창의 이화전장(梨花錢莊)에서 발행한 황금 백 냥짜리 전표요. 난 이것을 걸 테니 당신도 뭔가를 하나를 걸어주시오."

"화, 황금 백 냥?"

탁두팔은 물론 모든 중인들의 눈이 화등잔만하게 커졌다.

이화전장은 무창에서 제일의 전장이자 강호오대전장에 손꼽힐 만큼 전통과 공신력으로 유명한 곳이었다. 때문에 아무리 의심 많은 사람일지라도 그곳에서 발행한 전표는 무조건 신뢰했다.

우석선생이 한참 동안 전표를 상세히 훑어본 후 고개를 끄덕였다.

"음… 틀림없는 이화전장의 전표요."

그 말에 사람들의 흥미는 더 한층 배가되었다.

"우와! 한판의 대국에 황금 백 냥을 내놓다니!"

"그렇다면 탁 진사도 그에 상응하는 뭔가를 내놔야 되겠지."

"암! 당연하지. 거기다가 명예와 자존심까지 걸린 판인데."

사람들이 한마디씩 늘어놓을 때, 탁두팔의 머리는 이미 숨돌릴 틈 없이 빠르게 돌아가고 있었다.

'이 자식이 대체 뭘 믿고 이렇게 세게 나오는 거지? 진짜 실력을 숨기고 있는 고수인 것일까?

탁두팔은 나름대로 수많은 가능성을 열어놓고 머릿속으로 열심히 주판을 두들기고 있었다.

'하지만 이 정도의 판세라면 제아무리 천월신기가 대신 바둑을 둔다 할지라도 역전은 불가능하다.'

탁두팔이 비록 전국적 국수는 아닐지라도 대단한 기력의 소유자인 것만큼은 확실하다. 때문에 만약 그가 두 점을 접고 천월신기와 대국을 한다면 승리는 십중팔구 탁두팔의 몫일 것이다.

그런 만큼 흑 쪽에서 초반 오십여 수를 이런 식으로 망쳐 놨으면 제 아무리 바둑의 신이 대신 둔다 해도 역전은 있을 수 없다는 게 그의 생각이었다.

'흐흐… 황금 백 냥이란 말이지?'

나름대로 계산이 끝나자 욕심이 뭉게구름처럼 솟아올랐다.

그가 사기로 갈취한 맹공공의 전 재산이 대략 황금 이십 냥 정도였다. 그런데 무조건 이기게 되어 있는 바둑으로 그 다섯 배인 황금 백 냥을 벌 수 있다고 생각하니, 어찌 가만히 있을 수 있겠는가?

"좋소. 나도 전 재산을 걸겠소."

그는 자신에 찬 음성으로 철우의 제안을 받아들였다.

"오, 역시!"

사람들은 당연한 대답이라며 고개를 끄덕였다. 하지만 철우는 마땅치 않다는 투로 입을 열었다.

"너무 피상적이군. 당신의 전 재산이 얼마인지 내가 무슨 재주로 알 수 있겠소?"

'젠장! 이 새끼가 생각밖으로 더럽게 의심이 많군.'

탁두팔은 기분이 더러웠지만 뭐라고 할 처지가 아니었다. 철우의 의심처럼 그의 재산이 그만큼 되질 못했다.

그동안 꽤 많은 사람들을 상대로 온갖 사기를 쳤지만, 유력 인사와의 교류를 위해선 그만큼 투자를 해야만 했다. 때문에 그가 살고 있는 저택과 세를 준 상점, 그리고 전답 등을 다 합쳐도 황금 팔십 냥이 넘질 않았다.

그러나 부족한 이십 냥 때문에 확실하게 자기 돈이 될 황금 백 냥을 날릴 수는 없었다. 그는 급한 마음으로 자신이 응할 수 있는 최선을 밝히며 철우의 의향을 살폈다.

"지금 집으로 가서 집문서와 땅문서, 그리고 상점 문서를 갖고 와서 보여준다는 것은 좀 그렇고… 일단 내 명의로 된 것들을 모두 적은 후 내가 지면 그것을 당신에게 양도하겠다는 각서를 써주면 어떻겠소?"

철우는 충분히 이해한다는 듯 끄덕였다.

"음… 일단 한번 적어보시오. 그래야 당신의 재산이 얼마인지 대충이라도 알 수 있지 않겠소?"

"그럽시다."

말을 끝내기가 무섭게 탁두팔은 다관의 주인인 표 대인을 향해 손짓했다. 표 대인이 먹과 붓을 갖고 오자 탁두팔은 양피지 위에 자신의 재산 내역과 패했을 때 그것을 모두 양도하겠다는 내용의 글을 꼼꼼하게 적었다.

"자! 한번 확인해 보시오."

탁두팔은 양피지를 철우에게 건네줬다. 철우는 그것을 세심하게 살펴보더니 문득 의아하다는 듯 고개를 갸웃거렸다.

"이걸 과연 황금 백 냥의 가치가 되겠소? 내가 보기엔 어째 좀 부족한 듯싶은데……."

"전부 합하면 팔십 냥은 될 것이오."

"그럼 부족하잖소?"

탁두팔은 비장한 표정으로 대답했다.

"이십 냥에 대한 부족분은 당신이 시키는 일이라면 무슨 일이든 하겠다는 조건, 그러니까 지면 당신 하인이 되겠다는 약속으로 대신하겠소."

전 재산인 팔십 냥이라면 그 액수로 맞추는 것이 마땅하겠지만, 탁두팔은 부족한 액수는 몸으로 때우겠다며 예정대로 백 냥짜리 내기를 하자고 했다. 무조건 자신이 이기는 일인데, 부족한 돈 때문에 백 냥 먹을 것을, 팔십 냥만 먹을 수는 없었기 때문이다.

그 정도로 그는 확신하고 있었다. 철우의 황금 백 냥짜리 전표는 무조건 자신의 돈이라고.

철우는 잠시 생각한 후 대답했다.

"음… 하인이라? 좋소. 재산이 그것뿐이라니 어쩔 수 없지. 그럼 그렇게 합시다."

이어 그는 자신의 전표와 탁두팔이 쓴 재산 양도 각서를 우석선생에게 건네주었다.

"대국이 끝날 때까지 선생께서 보관해 주십시오."

"그럽시다."

건네받은 전표와 양피지를 우석선생이 품속에 챙겨 넣는 것과 동시에 멈췄던 대국은 재개되었다.

철우의 바둑은 내기를 걸기 전이나 후나 전혀 달라진 게 없었다. 계속 속수가 남발되었고, 행마도 전혀 경쾌하지가 못했다.

'흐흐… 미친놈. 겨우 이 정도 기력으로 황금 백 냥을 내걸고 내기 바둑을 두자고 제안하다니…….'

탁두팔의 입가엔 연신 뿌듯한 미소가 걸려 있었다.

'이 정도 기력이라면 나에게 세 점을 붙여도 안 돼. 알겠냐?'

황금 백 냥은 이미 자신의 주머니에 들어온 것이나 다름없다고 생각하자 탁두팔의 손놀림은 더욱 신바람을 내며 움직였다.

어느덧 대국은 중반을 지나 종반을 향했다.

본의 아니게 대국의 주관자가 된 우석선생은 고개를 설레설레 흔들었다.

'너무도 자신있어하길래 국수급 정도의 대가인 줄 알았더니만… 도대체 상대가 되질 않는군.'

그의 생각처럼 형세는 흑을 쥔 철우에겐 절망적이었다.

이미 크고 작은 전투에서 손실을 본 철우였다. 게다가 백은 계속 선수를 잡고 끝내기에 들어갔는데 철우는 수 싸움에서 여섯 수나 부족한 중앙 대마를 잡겠다고 미련스럽게 계속 수를 줄여 나가고 있으니 형세는 더욱 벌어질 수밖에 없었다.

'이 자식, 완전히 포기했군. 초급자가 봐도 한참 부족한 수를 줄여서 뭐 하자는 거냐? 멍청한 놈.'

그는 맘껏 조롱하며 계속 끝내기로 이득을 취해 나갔다.

여섯 수나 부족한 수를 미련스럽게 줄여 이제 양측의 대마가 서로 두 수씩 남았다.

하나 아쉽게도 백을 탁두팔이 둘 차례였다. 서로 한 수씩을 줄인다 해도 대마는 선수를 잡은 탁두팔의 몫이었다.

'미련한 자식. 죽은 자식 불알을 만져도 어느 정도지, 끝내기 선수를 다 내주면서 공배와 다름없는 수를 메워 나가다니… 아무튼 이 흑 대마를 다 따내면 판이 훤해지겠군.'

탁두팔은 뿌듯한 표정으로 돌을 쥐었다. 그리고는 흑 대마의 목숨을 단수로 만들고자 힘차게 기평 위에 돌을 내려놓으려고 손을 쭉 뻗었다.

순간.

"……!"

여유만만하던 탁두팔은 갑자기 두 눈을 부릅뜨며 반상의 바로 위에서 손을 멈추고 말았다.

원하는 곳에 돌을 내려놓으려는 순간, 분명 직전까지 반상 위에 덮여 있는 흑돌과 백돌의 모양이 자신이 알고 있는 것과 판이하게 바뀌어 버린 것이다.

'아, 아니? 내 눈이 갑자기 왜 이러지?

그는 갑자기 생긴 착시라고 생각하며 연속해서 눈을 크게 끔뻑거린 후 다시 반상을 직시했다. 그러나 반상은 여전히 백이 판세를 주도하던 그런 모양이 아니었다.

"저… 혹시……?"

탁두팔은 당황하며 관전하는 사람들을 향해 고개를 들었다. 사람들은 뻔한 한 수를 착수하지 않고 시간을 끄는 그를 오히려 이상하다는 식으로 쳐다보고 있었다.

'뭐, 뭐야? 그렇다면 반상의 모양이 나에게만 이상하게 보인다는 얘기잖아?

그는 예기치 못한 증상에 미칠 것만 같았다. 자신도 모르게 이미 등골은 축축하게 젖었고, 얼굴에선 식은땀이 비 오듯 쏟아지고 있었다.

철우는 짜증스럽게 말했다.

"뭐 하는 거요? 바둑 안 둘 거요?"

"……."

그러나 탁두팔은 여전히 식은땀만 줄줄 흘릴 뿐 돌을 놓지 못했다.

"어서 둡시다. 이러다가 날 어두워지겠소."

마지못해 우석선생이 한마디를 하자 기다렸다는 듯 사람들이 일제히 말을 내뱉기 시작했다.

"아함, 이거 구경하는 우리도 짜증이 나네."

"내참… 뻔한 수를 갖고 무슨 장고를 하시나?"

"탁 진사, 빨리 끝내요. 이러다가 저녁 식사하러 집에 들어가지도 못하겠소."

사람들이 이구동성으로 힐난하는 소리에 탁두팔은 어쩔 수 없이 착시 속에서 그나마 빈공배로 보이는 곳을 향해 착수를 하였다.

순간,

"허걱!"

"아, 아니?!"

일제히 사람들이 두 눈을 크게 뜨고 경악성을 터뜨렸다.

탁두팔의 충격은 더했다.

기이하게도 어쩔 수 없이 착수를 한 후에 혼란스럽던 반상이 제 모습으로 돌아왔는데, 방금 자신이 둔 곳은 그야말로 이제 막 바둑을 배운 초급자도 두지 않는 자충수였던 것이다.

그의 자충수로 오히려 거대한 백대마가 단수에 몰린 황당한 꼴이 되고 말았으니 어느 누군들 경악스럽지 않겠는가?

"마, 말도 안 돼!"

그는 핏기 한 점 찾아볼 수 없을 정도로 하얗게 탈색한 얼굴로 비명을 지르며 자신도 모르게 방금 착점한 백돌을 다시 집으려 했다.

그러자 철우가 점잖게 그의 손목을 잡았다.

"지금 뭐 하는 거요?"

"내, 내가 착각했소. 한 수만 물립시다."

탁두팔은 애원했다.

철우는 기가 막히다는 듯 반문했다.

"내기 바둑에서 물려달라고?"

"미, 미안하오. 이건 실력이 아니라 실수요. 그러니 한 수만 물립시다."

"정신 나간 소리는 집어치우시오."

비정한 음성과 함께 철우는 자충으로 인해 단수로 몰린 중앙의 백대마를 인정사정없이 모두 따먹었다.

사석만 무려 일흔여섯 알.

아무리 귀와 변에 백집이 많다고 하나, 훤하게 뻥 뚫린 중앙의 거대한 흑집을 도저히 감당할 수는 없었다. 이제 바둑은 더 이상 둘 의미가 없었다.

"……."

탁두팔은 넋을 잃은 듯 망연자실한 얼굴이었다.

사람들 역시 너무도 어이없이 역전된 승부에 기가 막힐 따름이었다.

"내참, 그동안 수없이 많은 바둑을 봤지만, 이렇게 황당한 역전은 정말 처음이네."

"탁 진사의 눈에 뭐가 쓰여도 단단히 쓰인 모양이야. 스스로 수를 메워주다니……."

"에휴… 주머니 속에 들어온 황금 백 냥은 물론이고, 오히려 자신의 전 재산까지 고스란히 갖다 바친 꼴이 되었군."

허탈하게 내뱉는 사람들의 얘기가 이곳저곳에서 흘러나왔다. 철우는 우석선생을 향해 손을 내밀었다. 승부는 이제 끝났으니 내기의 결과물을 달라는 의미였다.

우석선생은 잠시 탁두팔을 내려다보았다. 탁두팔은 넋 나간 표정으로 뭔가 골똘한 생각에 빠져 있었다. 우석선생은 딱하다는 듯 혀를 끌끌거리고는 자신이 보관하고 있던 전표와 양도 각서를 철우에게 건네주었다.

"안 돼! 이건 사기야, 사기!"

방금 전까지만 해도 넋 나간 모습으로 깊은 상념에 잠겨 있던 탁두팔이었다. 그러나 막상 전표와 양도 각서가 철우에게 넘어가자 그는 발작하듯 몸을 날리며 그것을 가로채려 했다.

쩍!

하지만 그보다 먼저 철우의 손바닥이 그의 얼굴을 밀쳤다. 졸지에 탁두팔의 몸은 허공으로 뜨더니 이내 곤두박질을 쳤다.

"왜 이래? 사람이 추접스럽게."

철우는 건네받은 그것을 품속에 챙기며 천천히 일어났다. 탁두팔은 벌떡 몸을 일으키며 철우에게 달려갔다.

"이 사기꾼 새끼! 넌 비겁하게 사술(邪術)을 썼어. 그러니까 이번 대국은 무효다, 무효!"

탁두팔은 발악하듯 철우의 멱살을 잡고 소리쳤다. 철우는 대수롭지 않게 반문했다.

"사술? 내가 무슨 사술을 썼단 말인가?"

"바둑이 일방적으로 불리하자 네놈은 반상 위에 기진(奇陣)을 깔았다. 그게 사술이 아니면 뭐냐? 이 사기꾼 새끼야!"

철우는 고개를 돌려 우석선생에게 물었다.

"이자가 지금 제가 반상에 기진을 깔았다며 저를 사기꾼으로 몰고 있는데, 선생께선 그게 가능한 일이라고 생각하신지요?"

우석선생은 마땅치 않은 눈길로 탁두팔을 응시했다.

"탁 진사, 한순간의 착각으로 다 이긴 바둑을 진 것이 억울하겠지만 억지는 쓰지 맙시다."

탁두팔은 억울하다는 듯 하소연을 했다.

"서, 선생님, 이건 억지가 아닙니다. 착수를 하려니까 흑과 백의 배치가 갑자기 이상해지더니, 재촉에 의해 어쩔 수 없이 두고 나니까 다시 원래의 모습으로 돌아왔단 말입니다. 저 망할 놈이 수작을 부린 게 아니고서야 어찌 그런 일이 생길 수 있겠습니까?"

"이보시오, 탁 진사. 노부가 진식지학(陣式之學)에도 꽤 많은 공부가 있소만, 반상에 진식을 설치한다는 얘기는 아직껏 들어본 적이 없소."

"하지만 그건 분명히……."

"반상에서 어떤 변화가 생겨날지 모르는데 무슨 재주로 미리 진식을 설치한단 말이오? 설령 진식을 설치했다고 합시다. 그렇다면 여기 있는 모든 사람들의 눈에는 그런 변화가 전혀 보이지 않은 건 무슨 조화요?"

"그, 그것은 저도 잘……."

"진식이 설치됐다면 당연히 우리의 눈에도 그와 같은 착시 현상이 있어야 마땅하잖소!"

우석선생의 준엄한 호통에 탁두팔은 더 이상 아무런 말도 하지 못했다.

'어째서 나만 그런 증상을 일으킨 것일까? 대체 왜?'

탁두팔은 사술에 당했다고 믿으면서도 그 부분만큼은 이해할 수가 없었고, 그래서 더욱 미칠 것만 같았다.

'후후.'

철우는 자신의 머리를 쥐어뜯으며 고뇌하는 탁두팔을 바라보며 의

미심장한 미소를 지었다. 거기엔 그만한 이유가 있었다.

탁두팔의 느낌처럼 철우의 기력은 족히 세 점을 깔아야 할 정도의 수준이었다. 그럼에도 철우가 과감하게 내기를 걸 수 있었던 것은 탁두팔이 운운하던 왕년의 국수인 천우신기 때문이었다.

천우신기는 철우의 부친인 철수황의 유일한 벗이었다.

하여 어린 시절 철우가 무공을 연마하고 있을 때, 산속에 있는 그들의 움막을 자주 찾아와선 부친과 수담을 나누곤 했다. 철우는 그때 그들의 어깨너머로 바둑을 배우게 되었다.

부친 철수황의 기력도 상당했으나, 그렇다고 국수급은 아니었다. 하지만 철수황은 천우신기와의 대국에서 이기는 경우가 종종 있었다. 궁금했던 철우는 천우신기에게 그 이유를 물었다.

"수많은 대국에서 단 한 번도 패하지 않았다는 강호 바둑 최강인 숙부께서 우리 아버지한테 가끔씩 지곤 하는데, 그렇게 우리 아버지의 바둑이 강한가요? 제가 보기에 그리 센 것 같진 않은데……."

"하하, 네 아버지가 나보다 힘이 세잖아? 그러니 어떻게 매번 이기겠냐?"

"겨우 이유가 그런 거였나요?"

"녀석… 그건 농담이고, 수황이는 나의 유일한 벗이기에 굳이 사술을 쓰지 않기 때문이지."

"사술이라뇨? 바둑에도 사술이 있나요?"

"하하, 원래는 없지만 나에게만은 특별히 있지. 그게 없다면 내가 무슨 재주로 그 수많은 대국에서 전승을 거둘 수 있겠느냐? 나도 사람인 이상 가끔 초반 전략을 잘못 짜거나, 아니면 맥(脈)을 착각하는 실수도 하는 법이거늘."

"대체 어떤 식으로 사술을 쓰신다는 거죠? 혹시 반상에 올려진 상대의 돌과 바꿔치기 하거나, 아니면 계가를 할 때 슬쩍 밀어서 자기 집을 넓히는 그런 방법인가요?"

"하하… 이 녀석아, 그런 식으로 하면 대국 도중에 몰매 맞고 쫓겨날 게다."

"그러니까 눈 깜짝할 사이에 슬쩍하는 거죠."

"아무리 손이 빨라도 대국을 관전하는 다른 여러 사람의 눈까지 어찌 속이겠느냐? 그건 가당치 않은 짓이다."

"그런 게 아니라면 숙부님이 쓰시는 사술이라는 건 대체 어떤 겁니까?"

"어허… 이거 나이도 어린 친구 아들에게 이런 걸 가르쳐 줘도 되는지 모르겠네."

천우신기는 잠시 난처한 표정을 지었지만, 그건 그저 형식적인 표정이었다. 보편적인 사람과는 달리 그의 사고는 좀 특별했다.

언젠가 그가 술병을 들고 움막을 찾았을 때 천수황이 없자 혼자 마시기 심심하다며 일곱 살인 철우에게 술을 따라주고 함께 마셨던 그런 사람이었다.

때문에 그는 전혀 거리낌없이 자신이 사용하던 수법을 철우에게 전수해 주었다. 그러면서 원래는 자신의 아들에게만 가르쳐 줄 생각이었지만, 불행하게도 혼인도 못하는 바람에 철우에게 특별히 가르쳐 줬다는 말까지 덧붙였다.

말 그대로 그건 정말 사술이었다.

그리고 그것은 주변에 관전자가 많을수록 더욱 효과가 컸는데, 천우신기처럼 쩌렁하게 이름이 알려진 국수의 대국은 자연스럽게 관전자가 모여드니 그런 면에서 그 방법은 확실히 그를 위한 사술이었다.

천우신기의 기력이 상당하긴 했으나, 그도 인간인지라 간혹 예상치 못한 강자를 만나거나 아니면 실수로 열세에 놓일 때가 생기곤 했다.

그럴 때 그는 어떤 식으로든 상대와 눈이 마주칠 기회를 만들었다. 눈이 마주치면 그는 짧고 강하게 최안미공(催眠迷功)을 펼친다. 그렇게 되면 상대는 혼돈과 착시 현상을 일으켜 진행과 상관없는 엉뚱한 수를 두게 된다는 것이다. 마치 탁두팔이 그랬던 것처럼.

물론 이 방법을 시전하기 위해선 최안미공을 익혀야만 가능했다. 그리고 기판에 정신을 집중하고 있는 상대의 눈과 어떡하든 마주쳐야만 한다는 전제가 있었는데, 탁두팔은 철우의 얼굴을 보며 비웃다가 자신도 모르게 당했던 것이다.

'후후, 만약 그때 자충수를 안 됐을지라도 당신은 질 수밖에 없었다. 난 승리가 확실할 때까지 계속 최안미공을 사용했을 테니까.'

만약 철우에게 이와 같은 대책이 없었다면 탁두팔을 응징하기 위해 바둑을 택하진 않았을 것이다. 간단하게 철우의 무력으로 얼마든지 굴복시킬 수 있었으니까.

그러나 사기와 별다를 게 없는 방법으로 사기꾼을 망하게 하는 것도 괜찮을 것 같았다. 하여 철우는 대국을 선택했던 것이다.

반상에 진식을 펼쳤다고 우기던 탁두팔은 중인들의 반응이 탐탁지 않자 이번에는 철우의 다리를 붙잡고 사정했다.

"크흐윽! 잘못했습니다. 내가 이긴 바둑인데 착각 때문에 엄청난 실수를 한 것인만큼, 제가 다시 재기할 수 있도록 집이나 전답, 아니면 상점 중에서 하나만이라도 챙길 수 있게 해주십쇼."

"그게 뭔 헛소리야? 한번 내기를 했으면 그뿐이지."

"그러니까 이렇게 애원하는 것 아닙니까? 제발……."

철우는 빙긋 웃었다.

"그렇게 본전을 찾고 싶나?"

"그, 그야 당연하지 않습니까?"

철우는 자신의 발목을 굳게 잡고 있는 탁두팔을 뿌리치며 걸어나가기 시작했다.

"알았다. 그럼 찍소리 말고 날 따라와라. 기분 좋으면 한번 긍정적으로 검토해 볼 수도 있으니까."

탁두팔의 얼굴이 환하게 퍼졌다.

"그, 그게 정말입니까?"

그는 언제 닭똥 같은 눈물을 흘리며 애원했냐는 듯, 환하게 미소 지으며 철우의 뒤를 졸래졸래 따라붙었다.

第二十六章

선하령(仙霞嶺)의 혈투

철우가 예나 부부에게 돌아온 것은 그 다음날 오후였다. 그는 탁두팔의 저택에서 하룻밤을 지내며 돈이 될 만한 것들을 모두 챙겼다.

처음엔 이러는 게 어딨냐며 탁두팔이 문서들을 순순히 내놓지 않고 반항했다. 그래도 철우가 전혀 봐줄 것 같지가 않자, 위해를 가하기 위해 평소 일을 맡기던 건달들을 불러들였다.

그러나 그것 때문에 탁두팔은 확실하게 깨달았다, 눈앞의 상대는 건달들의 능력으론 손톱 하나 건드릴 수 없는 엄청난 인물이라는 것을. 하여 탁두팔은 어쩔 수 없이 애초 자신이 약속했던 문서들을 모두 건네주게 되었다.

철우가 탁두팔을 대동하고 객잔에 들어서자 예나 부부는 크게 놀라는 표정들이었다. 특히 탁두팔을 노려보는 맹공공의 두 눈은 분노로

타올랐다.

"이 짐승만도 못한 놈! 네놈이 어떻게 나한테 그런 짓을 할 수가 있냐! 어떻게!"

그는 다짜고짜 탁두팔에게로 달려가 멱살을 잡고 노성을 퍼부었다. 그동안 사기당한 돈의 일부분이라도 찾기 위해 탁두팔의 집을 찾아갔지만 그때마다 건달들을 시켜 자신을 두들겨 패도록 만든 인간이었다. 아무리 착한 사람일지라도 감정이 복받칠 만했다.

탁두팔은 침통한 듯 고개를 떨구었다.

"미, 미안하네. 어렸을 때 함께 고생한 친구를 속이다니… 그래서 내가 이렇게 벌을 받고 있나 보네."

"네놈이 무슨 벌을 받고 있다고 헛소리냐! 너 같은 놈은 벼락을 맞아야 마땅하다고!"

영문을 알지 못하는 맹공공은 계속해서 그동안 하지 못한 분노를 연신 토해냈다.

예나는 의아한 표정으로 철우를 바라보았다.

"어떻게 된 거죠?"

철우가 어떻게 해서 탁두팔을 객잔으로 데리고 올 수 있느냐는 뜻이었다.

철우는 사람들에게 자리를 권했다.

"일단 이쪽으로 앉읍시다."

그의 말에 따라 예나는 물론 흥분 상태이던 맹공공도 자리에 착석했다.

철우는 탁두팔의 집에서 챙겨온 것들을 건네주었다.

맹공공은 의아한 표정을 지었다.

"뭡니까, 이건? 집과 전답, 그리고 상점 문서 같은데……."

"그렇소. 이제 그건 당신 부부 겁니다."

"예?"

동시에 맹공공과 예나의 입에서 경악의 탄성이 터져 나왔다. 예나는 당혹한 표정으로 물었다.

"철우님… 우리 부부 거라뇨? 대체 무슨 말씀을 하시는 건지……."

철우는 간략하게 지난 사건을 설명했다. 내기 바둑을 뒀고, 이겨서 탁두팔의 재산 모두를 갖게 되었다고.

"많은 사람들이 보는 앞에서 정당하게 내기를 한 것인만큼 부담 갖지 말고 받으십시오. 이제 저자가 살던 집을 비롯한 모든 것은 당신 부부의 것입니다."

"……."

예나는 문득 항주 대왕루 시절을 떠올렸다.

기루에서 행패를 부리던 포두들을 혼내주고, 군영을 살해한 망나니 담소충을 응징했던 사내. 그리고 왕 대인과 마달평 점가까지 살해할 정도로 복수에 미친 담 대인과 함께 산화하려 했던 의로운 사내 철우.

어느새 예나의 눈은 눈물로 글썽였다.

"철우님, 철우님은 또……."

항주 시절 불행한 사람들을 위해 그랬던 것처럼, 그는 이번에 또다시 든든한 수호신이 돼주었던 것이다.

감격하는 예나와는 달리 맹공공은 무거운 표정으로 두 눈을 굳게 감고 있었다.

한동안 깊은 상념에 잠겨 있던 맹공공의 입술이 천천히 열렸다.

"죄송하지만… 우리는 이것을 받을 수 없습니다."

그는 앞에 놓여진 문서들을 다시 철우에게로 건넸다. 에나는 당황했다.

"여보?"

철우 역시 의아한 표정으로 맹공공을 응시하고 있었다.

"그 이유가 뭡니까?"

맹공공은 무거운 표정으로 대답했다.

"돌이켜보니 나는 받아야 할 죄를 받고 있는 것 같습니다."

"받아야 할 죄라니요?"

"난 부모도 모르는 고아로 자랐습니다. 당연히 배움도 없죠. 겨우 독학으로 문자를 깨우친 정도입니다."

"⋯⋯."

"그리고 재주도, 융통성도 없습니다. 일곱 살 때부터 시전의 어물전에서 일을 배웠고, 지금까지 할 줄 아는 거라곤 오직 그것뿐입니다."

"⋯⋯."

"그런 제가 분수에 어울리지 않는 짓을 하려고 했습니다. 좀 편하고 쉽게, 그리고 많이 벌려 했던 거죠. 분수도 모르고⋯⋯."

"그래서 죄를 받은 거란 말씀입니까?"

"예. 쉽고 편하게 돈을 벌려는 생각을 했다는 자체가 잘못이었죠. 처음부터 그런 생각을 먹지 않았다면 친구에게 사기당하는 일 따위는 생기지 않았을 테니까요."

철우는 다시 한 번 맹공공의 순박한 마음에 깊은 호감을 느꼈다. 그리고 이처럼 착한 사람을 상대로 등을 친 탁두팔이 더욱 괘씸했다.

철우는 문득 탁두팔을 향해 물었다.

"당신, 할 얘기 없소?"

탁두팔은 심적 고통을 느끼는 듯, 고개도 들지 못한 채 말을 더듬거렸다.

"내, 내가 무슨 얘기를 하겠습니까? 어린 시절 함께 고생했던 친구를 등친⋯ 진짜 나쁜 놈이죠."

"이제라도 느꼈다니 다행이구려."

철우는 냉담하게 대꾸하고는 다시 맹공공의 얼굴을 응시했다.

"그 마음은 충분히 이해할 것 같습니다. 그러나 맹 형의 나이가 어느덧 마흔일곱입니다. 그 나이에 무일푼으로 시작해서 언제 다시 기반을 잡을 수 있겠습니까? 게다가 이제는 혼자의 몸이 아닙니다. 소중한 아내와 얼마 후에 태어날 아이까지 모두 고생시켜서야 되겠습니까?"

순간 맹공공은 크게 놀랐다.

"아, 아기라뇨?"

그는 황급히 예나를 쳐다보았다.

"서, 설마⋯⋯?"

예나는 쑥스러운 고개를 끄덕였다.

"예⋯ 넉 달 정도 된 것 같아요."

"넉 달? 그, 그런데 왜 내겐 여지껏 얘기하지 않았소?"

"아기가 생겼다고 하면 당신이 더욱 괴로워하실 것 같아서 차마⋯⋯."

"⋯⋯."

맹공공은 대답하지 못했다.

그는 고아로 자랐기에 혈육에 대한 애착이 강했다. 아기가 태어나면 자신이 부모에게 받지 못한 정을 모두 쏟아주고 싶었다. 하지만 무일푼이 된 상태로 어찌 아기에게 지난 시절 자신이 품어왔던 생각들을 실천할 수 있겠는가?

더욱 절망했을 거라는 예나의 말은 맞는 얘기였다.

철우는 문서를 다시 그의 앞으로 밀어주었다.

"받아두십시오. 수업료로 치부할 만큼 간단하지 않습니다. 사랑하는 아내와 곧 태어날 아기, 지금부터 열심히 아끼며 사랑해도 시간이 부족할 겁니다."

철우의 미소에 맹공공은 고개를 끄덕였다.

"용서하십시오. 듣고 보니 너무 제 생각만 했군요."

이어 그는 여러 개의 문서를 살펴보며 물었다.

"그러니까 이 모든 것을 저희에게 주신다는 말씀이신가요?"

"그렇습니다. 사기당한 돈에 이자가 붙었다고 생각하시면 됩니다."

"알겠습니다. 그럼 감사한 마음은 가슴속에 묻고, 제 임의대로 처리하겠습니다."

맹공공은 한 개의 문서만을 챙긴 후 나머지 것들은 탁두팔에게 내밀었다.

"전담 문서만 내가 갖겠네. 나머지는 자네 몫이네."

"……."

탁두팔은 눈을 휘둥그렇게 떴다. 설마 하는 표정이었다.

맹공공은 미소를 지으며 내민 문서를 어서 받으라는 식으로 흔들었다.

"철 형께서 내게 준 것인만큼, 이 문서의 주인은 날세. 그러니 받아도 돼."

탁두팔은 문득 철우를 보았다.

철우로선 상황이 이렇게 전개되리라곤 생각지 못했지만 맹공공의 말처럼 이미 그에게 넘겨놓고 다시 참견할 수는 없었다. 그는 당혹스러워하며 자신의 눈치를 살피는 탁두팔에게 고개를 끄덕여 주었다.

맹공공은 다시 한 번 재촉했다.

"뭐 하나? 어서 받으라니까."

하지만 탁두팔은 차마 손을 내밀지 못하고 있었다.

"자넨… 내가 밉지도 않은가?"

"당연히 밉지. 정말 마음 같아선 모든 재산 다 뺏고 때려죽이고 싶을 정도로."

"그래… 차라리 그냥 두들겨 패주게. 그게 내 마음이 편할 것 같네."

"하지만 난 그럴 수 없어. 자네에게도 소중한 아내와 자식이 있으니까."

"……!"

맹공공은 씨익 미소를 지었다.

"자네의 가족을 생각해서 돌려주는 걸세. 친구 둥이나 치는 자네가 이쁠 리는 없으니까."

"공공이……."

결국 탁두팔의 눈에서 뜨거운 눈물이 흘러내리고 말았다.

"크흑! 미안하네… 정말 미안하네……."

"녀석, 애들처럼 울기는……."

맹공공은 눈물짓는 탁두팔의 손에 문서들을 건네주었다. 그러나 애들 운운하며 타박하는 그의 눈에도 눈물이 고여 있었다.

철우는 자신을 기만한 친구의 가족을 염려하는 맹공공의 넉넉한 마음과 눈물로 참회하는 탁두팔의 모습이 참으로 아름답게 느껴졌다.

문득 예나의 음성이 들렸다.

"철우님… 고마워요."

철우는 고개를 돌렸다. 밀려드는 감동을 주체할 수 없는 듯 그녀의 눈 또한 빨갛게 충혈되어 있었다.

"언제나 철우님께 신세만 지는군요."

"별 소리를 다 하는구려. 항주 시절에 신세를 진 건 오히려 나였소."

"영원히… 정말 영원히 잊지 않을게요. 그리고 훗날 태어날 우리 아기에게 당신의 은혜를 꼭 들려줄 거예요."

"정말 신세라고 생각한다면… 많이 행복하고, 아기가 태어나면 훌륭하게 키우시구려. 내가 예나에게 원하는 것은 그것뿐이니까."

철우는 빙긋 미소를 짓고는 고개를 돌려 두리번거렸다.

"그나저나 반반이 녀석이 어디로 갔지? 계속 안 보이는구려."

맹공공이 머리를 긁적이며 대답했다.

"산으로 갔습니다."

"……?"

"아침에 창을 통해 산에서 내려온 토끼를 보고 소리를 치길래 문을 열어줬더니만 토끼를 쫓아갔거든요. 똑똑하다고 해서 그냥 내버려 두고 있는데… 아무래도 찾으러 나서야겠죠?"

"하하, 그럴 필요 없습니다. 실컷 놀고 배고프면 알아서 기어 내려올 테니까요."

철우가 걱정할 것 없다는 식으로 가볍게 말했다. 그때였다.

끼아악! 꺅!

비명과도 같은 반반의 다급한 괴성이 들렸다. 철우는 급히 창을 열었다.

반반이 새하얗게 질린 모습으로 도망치고, 사갈스런 살쾡이가 잡아먹을 듯 매섭게 그 뒤를 쫓고 있는 게 아닌가?

반반으로선 생사가 걸린 절체절명의 순간,

철우는 가볍게 손가락 하나를 튕겼다.

핑!

순간 한줄기 혈기(血氣)가 철우의 손끝을 떠나 허공을 가르는가 싶더니, 퍽 하는 파육음과 함께 살쾡이의 몸뚱어리가 폭발하듯 산산조각이 나버렸다.

"……!"

그것을 보던 맹공공과 탁두팔의 얼굴은 하얗게 질려 버렸다.

특히 탁두팔은 지난밤 철우가 네 명의 건달을 간단하게 쓰러뜨리는 것을 보고 보통 솜씨가 아니라고 경악했지만, 설마 이 정도의 엄청난 고수인 줄은 미처 생각지 못했기에 그 놀람은 더했다.

까악! 깍! 깍!

반반은 철우의 품으로 넙죽 안긴 후에도 계속 소리를 질렀다. 사나운 살쾡이 때문에 꽤나 놀란 모양이었다.

철우는 반반의 등을 쓰다듬으며 빈정거렸다.

"이 녀석아! 그러기에 누가 술만 처먹으래? 술 안 마시고 심신을 단련시켰으면 호랑이도 아닌 겨우 살쾡이에게 도망치진 않아도 됐잖아?"

반반은 철우의 말이 무조건 맞다는 식으로 군소리없이 고개를 끄덕였다. 구해줬는데 무슨 소린들 못 들어주겠냐는 듯.

문득 철우의 시선이 탁두팔에게로 옮겨졌다.

"당신, 아직 나랑 해결되지 않은 채무가 남았지?"

부족한 이십 냥 대신 하인이 되겠다는 약속이었다.

탁두팔은 묵묵히 대답했다.

"그렇습니다."

"지켜볼 거요. 앞으로도 당신 행동에 변화가 없으면 그땐 진짜로 하인을 삼아버릴 테니까."

철우는 이를 드러내며 소리없이 씨익 웃었다.

*　　　　*　　　　*

정렬(整列).

실로 엄청난 정렬이었다.

휘황찬란한 금갑으로 우람한 동체를 감싼 십여 필의 말, 그 위에는 하나같이 청동 갑옷에 청동 투구를 쓴 기병(騎兵)들이 위풍당당하게 앉아 있었다.

기병들이 든 붉은 수실의 금창(金槍)은 이월의 햇살 아래 눈부신 광채를 뿌렸고, 행렬의 뒤엔 보기에도 귀한 자단목(紫檀木)으로 대를 하고 양옆에는 수정등까지 달린 웅장하면서도 호화스런 황금 마차 한 대가 멈춰 서 있었다.

그리고 그 뒤에는 거대한 수레가 있었는데, 얼마나 많은 짐이 실렸는지, 출발도 하기 전에 힘 좋은 두 마리의 황우(黃牛)가 벌써부터 더운 김을 뿜어대고 있었다.

그때였다.

먼 길 출발을 앞두고 정렬한 상태로 누군가를 기다리며 대기하고 있는 이들 앞에 한 사내가 나타났다. 그러자 마상의 기병들을 비롯하여 황금 마차를 경호하는 호위 무사, 그리고 수레의 짐꾼들까지 모두가 일제히 그 사내를 향해 정중한 포권지례를 갖췄다.

화려한 곤룡포에 우웃빛 혈색, 그리고 선이 굵고 선명한 이목구비를 갖고 있는 오십대 중반의 사내.

그는 다름 아닌 이 시대의 실권자인 만중왕이었다.

만중왕의 얼굴은 평소와 달리 매우 경직되어 있었다. 그는 굳은 표정으로 천천히 걸어가며 정렬된 병사와 가축들의 상태를 꼼꼼하게 살펴보고 있었다.

이윽고 만중왕의 발이 황금 마차 앞에서 멈춰졌다. 그는 잠시 호흡을 가다듬고는 마차의 창을 천천히 열었다.

마차 안에는 눈처럼 흰 백의궁장에 실로 눈이 번쩍 떠질 만큼 현란한 절색의 여인이 앉아 있었다.

주화란, 바로 그녀였다.

늘 청춘의 영기를 느끼게 하는 신선함과 발랄함이 넘쳐흐르던 주화란이었으나, 이 순간의 그녀에게선 그와 같은 느낌을 전혀 찾아볼 수가 없었다.

마음속에 다른 사내를 두고 있음에도 불구하고 결국 부친이 정한 사내와의 혼례를 위해 북경으로 떠나는 순간이니 그녀의 마음이 어찌 편할 수 있겠는가? 그녀의 얼굴은 한없이 무겁고 어둡기만 했다.

"화란아……."

만중왕은 조용히 앉아 있는 주화란의 이름을 불렀다. 하지만 그녀는 부친에 대한 섭섭함 때문인지 고개를 숙이고 있을 뿐 대답은 없었다.

만중왕은 굳었던 신색을 고치며 담담하게 입을 열었다.

"세상에 어느 아비가 딸이 행복해지는 것을 원치 않겠느냐?"

"……."

"지금은 비록 섭섭하고 원망스럽겠지만, 세월이 지나 너도 자식을 키우게 되면 나의 마음을 이해하게 될 것이다."

"……."

"잘 가거라. 그리고 부디 행복하거라."

그 말을 끝으로 만중왕은 창을 닫았다. 천천히 돌아선 만중왕의 앞에 냉모가 있었다.

"냉모……."

"말씀하십시오, 전하."

"우리 화란이… 잘 부탁한다."

"예."

"그리고 무슨 일이 있으면 연락하고……."

냉모는 문득 하늘을 보았다. 시리도록 푸른 하늘에 매 한 마리가 커다랗게 원을 그리며 움직이고 있었다.

냉모는 다시 고개를 숙이며 대답했다.

"명심하겠습니다."

"그대만 믿겠다."

"노력하겠습니다."

"이제 출발해라."

"예. 그럼 이만……."

냉모는 정중히 예를 올린 후 마상에 앉았다. 그리고는 정렬한 병사들을 향해 소리쳤다.

"출발!"

이번 혼례단의 대장인 그녀의 명령에 따라 병사들은 일제히 앞으로 움직이기 시작했다.

"……."

만중왕은 먼지를 일으키며 사라지고 있는 혼례단의 뒤꽁무니가 작은 점이 될 때까지 마치 석상처럼 서 있었다.

짙은 아쉬움과 서운함이 가득한 얼굴을 한 채…….

*   *   *

꽉 찬 만월이 암천(暗天)을 밝히고 있는 이월 보름 밤.

쪼르륵.

시중을 들고 있는 녹의시비가 두 손을 모아 조심스럽게 술잔에 술을 따르고 있었다.

사도세가 내에 위치한 자그마한 정자.

아직은 밤 공기가 쌀쌀한 이월의 밤이었으나 영령은 정자에 나와 술잔을 기울이고 있었다.

혼자 먹기엔 과할 정도로 많은 산해진미들이 상 위를 덮고 있었으나 영령은 요리에 관심이 없는 듯 그저 조용히 술만 마시고 있을 뿐이었다.

철우가 떠난 지 어느덧 두 달 가까운 시간이 지났다. 그동안 계속 많은 제자들이 무창의 신흥 명문으로 등장한 사도세가로 모여들었다. 어느덧 제자들과 식솔을 합쳐 거의 천 명에 육박할 정도로 탄탄한 뿌리를 내리게 되었다.

하지만 마음 한구석은 공허했다. 부친 사도혼의 평생 염원이었던 사도세가를 건립하고, 번영일로에 있음에도 불구하고.

처음엔 그저 늘 함께 있던 사람의 빈자리라고 생각했다. 그래서 마음이 심란한 것이라고. 그러나 하루하루 시간이 지나면서 메워질 줄 알았던 그 자리는 오히려 더욱 커갔고, 술을 마시지 않고선 도저히 잠을 이룰 수 없을 정도로 고통스럽게 되어갔다.

'오라버니는 도대체 내게 어떤 의미였던가?'

그녀는 쓸쓸히 술잔을 집어 들어 입가로 가져갔다. 한줄기 담백한 주향이 코끝을 스쳤다.

그녀가 술을 들이키자 시비는 얼른 다시 술잔을 채웠다. 금잔 안의 설로주(雪露酒) 빛깔은 더욱 은은하게 보였다.

'아버지의 한을 풀어준 사람? 형제 같은 존재? 그것뿐일까? 단지……'

그 정도의 의미라면 그가 떠난 시간이 이렇게 외롭고 힘들진 않을 것이다.

영령은 다시 술잔을 들이켰다. 그녀의 눈은 별처럼 반짝이며 굳고 결연한 빛을 발했다.

'오라버니가 돌아오면… 그땐 무슨 일이 있어도 절대 못 떠나게 할 거야.'

*   *   *

선하령(仙霞嶺).

산동성과 하남성 사이에 위치한 긴 고개였다.

금릉을 떠난 혼례단은 개천이 흐르는 선하령 중턱에서 잠시 휴식을 취하고 있었다.

이들이 이곳을 택한 이유는 다소 험준하긴 해도 북경으로 가는 가장 빠른 경로였기 때문이다.

위낙 화려한 황금 마차가 먼 길을 여행하다 보니 이곳까지 오는 도중에 벌써 세 차례나 녹림의 도적 떼를 만나게 되었다. 그들은 늠름한 청동의 기병대와 호위 병사들이 버티고 있다는 것을 알면서도 눈에 불을 켜고 달려들었다.

하지만 세 번 모두 똑같이 조용히 사라졌다.

올 때는 거품을 물던 그들이었으나 갈 때는 아예 발소리까지 죽이고 사라진 것이다.

행렬의 최선두 기사가 들고 있는 한 폭의 거대한 깃발, 그 폭은 족히 반 장쯤 되었고, 금빛 바탕에 붉은 실로 두 글자가 쓰여져 있었다.

만왕(萬王)!

대륙제일의 실력자인 만중왕을 상징하는 행렬인데 감히 어찌 도적질을 꿈꾸겠는가? 때문에 이들은 그 어떤 충돌 없이 예정대로 행군을 진행할 수 있었다.

"단장님, 물 드십시오."

청동 투구의 한 사내가 물이 든 가죽 주머니를 냉모에게 건네주었다.

단주.

비록 냉모의 주화란의 시종이긴 했으나, 왕부 내에서의 공적인 지위는 지휘사(指揮使)였다. 그리고 만중왕의 신뢰 또한 대단한 것으로 알려졌다. 때문에 그녀가 혼례단을 이끄는 단주로 임명되었을 때 아무도 이의를 달지 못했다.

냉모는 물주머니를 조용히 건네받았다. 갈증은 났지만 그리 물 생각은 없었다. 그녀는 물주머니를 그냥 들고 앉은 채 주화란을 바라보았다.

주화란은 커다란 암반에 쓸쓸히 앉아 있었다. 얼굴도 많이 핼쑥해지고 말도 없어졌다.

냉모는 그녀를 안타깝게 여겼지만, 그렇다고 위로하지는 않았다. 더이상 미련을 가질 일이 아니었기에.

냉모는 씁쓸한 마음을 지우며 하늘을 보았다.

느지막한 오후, 시간은 벌써 미시를 넘기고 있었다. 냉모는 자리에서 일어나며 외쳤다.

"해가 떨어지기 전까지 대화사(台和寺)에 도착하려면 시간이 얼마 없다. 그만 출발하자!"

대화사는 선하령 내에 있는 절로 혼례단이 하루를 묵어갈 중간 기점이었다.

모두가 출발하기 위해 전열을 가다듬는 바로 그 순간,

"으아아악!"

돌연 두 줄기 비명이 연속적으로 울려 퍼졌다.

"아니?"

냉모는 반사적으로 뒤돌아섰다.

그 비명은 쉬는 동안 후방을 경계하던 척후병의 것이 분명했기 때문이다.

아니나 다를까, 척후병들이 지키고 있는 그곳으로부터 혈랑(血狼)과 같은 시뻘건 무리들이 무섭게 달려오고 있었다.

물을 건네준 청동기병이 인상을 썼다.

"이런 빌어먹을! 단주님, 또 비적 떼 놈들인가 봅니다."

"비적의 경신술이 아니다. 즉시 전투 태세를 갖춰라."

냉모는 다급하게 지시를 내린 후 주화란을 향해 고개를 돌렸다.

"아가씨, 위험합니다. 무슨 일이 벌어지더라도 마차 안에서 한 발자국도 나오지 마십시오."

혈랑과 같은 적색 무리들이 삽시간에 구름처럼 냉모 일행을 에워싸는가 싶더니, 일체의 경고나 예고도 없이 창과 도끼를 비롯한 각종 병기를 휘두르며 막무가내로 돌진해 왔다.

"……!"

문득 냉모는 그들의 가슴에 쓰여진 글자를 보았다.

〈적(赤).〉

냉모의 얼굴이 순식간에 새하얗게 탈색되었다.

'새북적혈련!'

새북적혈련. 언젠가 설원에서 죽어간 사내가 외쳤던 바로 그 이름이었다.

"와와와!"

흡사 성난 이리 떼처럼 달려드는 붉은 기습자, 새북적혈련.

챙! 차차창!

카카캉!

청동기병과 호위 병사들은 만중왕부의 정예들답게 일사불란하고 정연한 움직임으로 새북적혈련의 붉은 기습자들을 정면으로 맞받아쳤다.

그러나 붉은 기습자들은 치밀했다. 그들은 오늘의 기습을 위해 이미 수십 차례의 예행 연습을 마친 상태였다.

그들의 치밀하고 고강한 무위는 점차 빛을 발했고, 반대로 혼례단의 호위 병사들은 시간이 흐를수록 점점 무너지고 말았다.

"으아악!"

첨벙첨벙.

호위 병사들이 쓰러지는 모습에 기병들은 분노했다. 그들의 눈은 살심(殺心)으로 이글거렸다.

콰두두두…….

"네놈들은 우리가 모두 없애주겠다!"

만중왕부의 자부심인 청동기병들이 말과 함께 질주하며 장창을 휘둘렀다.

하지만 이곳은 평지가 아닌 개천변이었다. 장돌과 괴석들이 들쭉날쭉했다. 도저히 정상적인 무위를 펼칠 여건이 되지 못했다.

카카칵!

"으아악!"

오히려 청동기병들이 반격을 당하고 쓰러지고 있었다. 평원이었다면 분명 새북적혈련을 헤집고 다닐 기병들이 너무도 쉽게 무너져 갔다.

"내가 상대할 테니 너희들은 마차를 지켜라!"

냉모는 네 명의 기병에게 지시를 내리고는 곧바로 전장 속으로 뛰어들었다.

*   *   *

끼옷! 끼오옷!

반반은 철우의 어깨에 걸터앉은 상태로 주먹을 번갈아 휘두르고 있었다. 지난번 살쾡이에게 호되게 당한 이후, 나름대로 몸을 단련시켜야겠다고 각오를 다진 것 같았다.

하지만 철우는 심히 괴로웠다.

"끙! 이 녀석… 정말 시끄러워 죽겠네."

그 사건 이후 반반이가 술을 끊고 운동에 전념하는 것은 바람직한 현상이었지만, 시도 때도 없이 괴성을 지르는 것은 정말 듣기가 힘들었다. 더욱이 이동 중일 땐 정말 미칠 것 같았다. 그땐 지금처럼 이렇게 어깨에 앉아서 발작(?)을 하니까.

"고막이 찢어질 것 같다. 잠시 좀 쉬었다 가자."

철우는 더 이상 못 견디겠다는 듯 개천가의 커다란 암반에 엉덩이를 붙였다. 죽립을 벗고 이마의 땀을 닦을 때, 암반에 내려선 반반은 재차 맹렬한 연습을 했다.

깍! 까악!

다리를 바닥에 딛자 이번에는 발차기를 주로 연습했는데, 그동안의 피나는 노력 덕분인지 동작이 제법 그럴듯했다.

"녀석, 아무튼 정말 여러 가지로 나를 웃게 만든다니까."

철우는 언제 짜증을 냈냐는 듯 흐뭇한 표정으로 바라보았다.

그때였다.

깍! 깍깍!

한창 발차기 연습을 하던 반반이 느닷없이 동작을 중단했다. 그리고는 어딘가를 향해 손짓하며 소리를 질렀다.

철우는 고개를 돌렸다.

개천을 붉게 물들이며 시체 몇 구가 연속해서 떠내려오고 있었다. 철우는 황급히 한 구의 시체를 끌어냈다.

청동 갑옷을 입고 있는 병사의 시신이었는데, 관통된 옆구리에선 계속 붉은 선혈이 새어 나오고 있었다. 철우의 표정이 굳었다.

'죽은 지 얼마 되지 않았다. 그렇다면 이 근처에서?'

　　　　　*　　　　　*　　　　　*

　냉모의 병기는 연월도(軟月刀)였다. 그것은 원래 그녀의 허리춤에 채
워진 요대였으나 이 순간만큼은 강맹한 병기로 변해 있었다.

　파츠츠츠―

　괴음향과 함께 눈부신 도광이 새북적혈련의 붉은 무리들을 향해 뻗
어나갔다. 그 빛은 문자 그대로 달의 모양같이 둥그런 형태를 이루며
무섭게 쏘아갔다.

　써거걱!

　"으아악!"

　"크악!"

　섬뜩한 파육음과 함께 연속적으로 세 명의 인물이 도광에 목숨을 잃
었다. 정말 놀랍도록 가공할 도법이었다.

　그러나 혼례단은 냉모를 비롯하여 마차를 수호하는 네 명의 기병만
남은 반면 붉은 무리들은 아직도 이십여 명이나 남아 있을 정도로 그
들은 수적으로 우위를 점하고 있었다.

　더욱이 이번에는 방금 전 냉모가 상대한 인물들보다는 단계가 높은
듯한, 붉은 머리띠를 착용한 사내들이 앞으로 나섰다.

　모두 다섯 명.

　그들은 한결같이 시뻘겋게 녹슨 삭막한 낫을 들고 있었다.

　"이아아앗!"

　사내들은 일제히 괴성을 지르며 냉모를 덮쳐 왔다. 전신 요혈을 노
리는 물샐 틈 없는 공격이었다.

'대단한 놈들이다. 피할 공간이 전혀 보이질 않다니……'

냉모는 전후좌우를 완전히 차단해 버리는 그들의 공세에 내심 혀를 내둘렀다.

허공을 가르는 다섯 개의 낫.

다섯 줄기의 섬광.

폭발하듯 사방으로 퍼져 나가는 붉은 혈화(血花).

냉모는 극도로 긴장한 채 다섯 사내의 공격 범위를 예리하게 주시하고 있었다. 그리고는 마침내 그들의 공세가 몸에 부딪치려는 찰나,

"하잇!"

낭랑한 일성과 함께 그녀의 손에 들려져 있는 연월도가 폭풍처럼 휘몰아치며 나아갔다.

쐐쐐쐐쐐…….

무수한 불꽃들이 사방으로 튀며 처절하도록 아름다운 도광이 사방으로 난비했다.

"으아아악!"

"캐애액!"

사내들의 처절한 단말마가 연이어 울려 퍼졌다. 냉모의 승리였다.

그러나 그 순간 냉모는 크게 당황했다.

가슴을 관통당한 다섯 번째의 사내.

오른편 이미에서 턱까지 굵은 흉터가 지렁이처럼 그어져 있는 오십 대 사내가 곧바로 쓰러지지 않고 그녀의 연월도를 양손으로 굳게 움켜쥐고 있는 것이었다.

"호호호… 냉모, 역시 대단한 솜씨다."

게다가 그는 입가에 검붉은 선혈을 흘리면서도 음산하게 웃고 있었다.

"사, 사천망괴(四川妄怪)?"

사내의 얼굴을 자세히 보게 된 냉모의 얼굴이 하얗게 탈색되었다.

사천망괴 파진충.

그는 이십여 년 전까지만 해도 사천성 내에서 모르는 이가 없을 정도로 쩌렁한 악당이었다.

술을 마시다가 술이 안 취한다고 해서 살인, 길을 가다가 지나가는 사람의 걸음걸이가 마음에 안 든다고 해서 살인, 도박장에서 돈을 뜯겼다고 해서 살인……

살인 방법 또한 마치 가을날에 벼를 베듯 사람의 목에 낫질을 했으니 그 잔혹함에 사천성 사람들은 치를 떨어야만 했다.

게다가 치마 두른 여자만 보면 눈알이 뒤집혔는데, 한 번은 수행 중이던 아미파의 여승을 능욕하는 사건까지 저질렀다.

그로 인해 아미파는 광분했고, 당시 아미파의 오대고수 중 일인이자 미래의 장문인감이라는 칭송을 듣던 계율원주 냉모가 그를 응징하기 위해 나섰다.

역시 냉모는 구대문파 중 한자리를 차지하고 있는 아미파의 절정고수다웠다. 미친 살인광인 사천망괴가 단 일초만에 얼굴이 베이고, 오초에 육신이 걸레처럼 찢겨버린 치유 불능의 상처를 입고 도주한 것이다. 한데 비록 도망은 쳤지만 워낙 상처가 깊었던 탓에 이미 고혼이 되었으리라고 여겼던 사천망괴가 이렇게 이십여 년 만에 모습을 드러낸 것이다. 그것도 자신의 얼굴을 그렇게 만든 냉모의 연월도를 움켜쥔 모습으로.

"흐흐… 죽기 전에 꼭 네년을 한번 만나고 싶었는데… 결국은 이렇게 또 만나는구나."

그는 죽음의 그림자가 얼굴을 덮어가고 있음에도 불구하고 득의만면한 미소를 흘렸다. 피범벅인 상태로 미소 짓는 그의 얼굴은 더욱 끔찍했다.

"흐흐… 그동안 내가 본 많은 계집 중에서 네년이 가장 내 마음에 들었다."

"미, 미친놈."

"비록… 이승에선 무공이 네년보다 약해 어쩔 수 없이 살을 섞지 못했지만… 나는 곧 그 뜻을 이루게 될 것이다……."

한계가 된 듯 사천망괴의 신형이 크게 비틀거리기 시작했다. 하지만 그럼에도 그는 여전히 득의만면한 미소를 짓고 있었다.

"흐흐… 우린 곧… 함께 저승으로 가게 될… 테니까."

그 말을 끝으로 사천망괴는 무릎을 꿇었다. 눈을 부릅뜬 채로 절명한 것이다.

바로 그 순간,

사천망괴가 냉모와 마지막 대화를 나눌 수 있도록 배려라도 한 듯 잠시 행동을 멈추고 있었던 일곱 명의 인물이 입체적인 공세를 펴며 냉모에게 좁혀 들어왔다.

"익!"

냉모는 사천망괴의 심장에 꽂혀 있는 연월도를 급히 빼내려 했다. 그러나 결코 뽑히지 않았다. 사천망괴의 시신은 여전히 그녀의 연월도를 굳게 잡고 놓아주질 않고 있었다.

'이런 지독한 놈!'

어째서 사천망괴가 함께 저승에 간다고 했는지 비로소 그 속셈을 알 것 같았다. 때문에 냉모는 당황스러웠고, 더욱 급해질 수밖에 없었다.

파츠츠츠츳…….

일곱 방위에서 조여드는 각양각색의 병기들.

그것은 각기 다른 광망을 폭사하며 냉모를 짓쳐들었다.

냉모는 입술을 질끈 깨물며 극성까지 공력을 끌어올렸다. 그와 동시에 그녀는 연월도를 포기한 채, 아미파 최고의 신법인 묘묘래종보(妙妙來從步)를 펼쳤다.

콰콰콰콰!

대기를 갈기갈기 찢는 엄청난 음향과 함께 눈부신 광휘가 사방으로 폭사되었다.

"커흑!"

외마디 짧은 신음이 터졌다. 그리고 가녀린 여인의 신형이 정신없이 바닥을 굴렀다.

냉모는 묘묘래종보까지 운용하며 위기를 벗어나려 했으나 파고드는 일곱 줄기의 광망 중에서 부광(斧光)에 그만 옆구리를 격중당하고 말았던 것이다.

"으으… 안 돼. 내가 죽으면 아가씨는……."

옆구리에선 뜨거운 선혈이 쏟아졌지만 정신은 멀쩡했다. 어떡하든 다시 일어나서 주화란을 지켜야만 한다고 생각했다. 그러나 안타깝게도 몸이 말을 듣지 않았다.

냉모에게 부광을 적중시켰던 도끼를 든 사내가 다가왔다.

"흐흐흐… 계집, 솜씨가 제법이다만 운이 나빴어. 왜냐하면 우린 새 북적혈련이니까."

그는 음산한 웃음을 흘리며 도끼를 번쩍 쳐들었다.

그리곤 일말의 주저함도 없이 냉모의 정수리를 향해 도끼를 수직으로 내리찍었다.

번쩍!

"크와아악!"

처절한 비명과 함께 허공으로 피가 튀었다. 그러나 어찌 된 일인지 그것은 여인이 아닌 분명 사내의 비명이었다.

비틀비틀.

사내의 미간에서는 뜨거운 선혈이 꾸역꾸역 흘러나오고 있었다. 그는 미처 도끼를 내리찍지도 못한 채 술 취한 사람처럼 흐느적거리더니 냉모의 옆에 주저앉고 말았다.

쿵!

그리고 다시는 일어나지 못했다.

"어, 어떤 새끼냐?"

동료들은 고함을 지르며 빠르게 사방을 살폈다.

"나를 찾는 것인가?"

휘이익!

그때 마치 한줄기 바람처럼 한 사내가 나타났다.

낡은 마의장삼을 펄럭이는 건장한 체구의 죽립인이 어느새 도끼사내의 시체 옆에 우뚝 서 있었다.

순간, 그를 찾는 새북적혈련의 무리들보다도 정작 쓰러져 있는 냉모의 눈이 더욱 크게 불거졌다.

"아, 아니, 당신은……?"

나타난 죽립인.

그는 냉모가 알고 있는 사내였기 때문이다.

第二十七章
삼십 년 전 중원제일인

죽립인 철우.

그 역시 냉모의 모습에 다소 놀라는 듯한 음성을 발했다.

"이런… 당신을 이런 곳에서 만나다니……."

이어 그는 빙긋 미소를 지었다.

"그렇지 않아도 만날 일이 있었는데 잘됐구려."

"만날 일?"

"나중에 얘기합시다. 지금은 그런 얘기를 나눌 분위기가 아닌 듯하니까."

"대협, 그게 뭔지는 모르지만 일단 저희 군주님을 모시고 이곳에서 도망쳐 주십시오. 저곳에 묘월군주님이 계십니다."

냉모는 급히 마차를 향해 손짓했다.

"타아앗!"

챙! 차차창!

마차 앞에선 네 명의 청동기병이 달려드는 새북적혈련의 붉은 무리들을 상대로 치열한 격전이 벌어지고 있었다.

붉은 무리들의 무공은 고강했지만, 청동기병 또한 왕부에서 손꼽히는 상승의 무공을 보유하고 있는 병사들이었다. 비록 주변이 천변의 자갈밭이라 그들의 특기인 절정의 기마술을 펼칠 수는 없었지만, 높이에서 유리한 위치를 확보하고 있는 상태로 수비를 펼치는 한 쉽게 무너질 것 같지는 않았다. 물론 시간이 흐르면서 점차 피곤한 기색이 보이기는 했지만.

"묘월군주?"

철우는 영령을 좋아하던 그녀를 떠올리자 절로 입가에 미소가 번졌다. 그리고 마차 앞에서 펼쳐지는 격전 상황을 쳐다보고는 청동기병이 얼마나 더 버틸 수 있을지를 계산했다.

"알겠소. 도망치든 당당하게 마차를 타고 나가든 내가 알아서 할 테니까 당신은 더 이상 피가 새어 나오지 않도록 지혈이나 잘하고 계시구려."

철우는 가볍게 대꾸하고는 붉은 무리들을 향해 몸을 돌렸다. 그러자 냉모는 급히 전음을 보냈다.

"대협, 저들과 대항해서는 승산이 없습니다. 그러니 그냥 군주님을 모시고 도망쳐 주십시오. 부탁입니다."

하지만 그녀는 더 이상 철우로부터 어떤 얘기도 듣지 못했다. 철우는 그녀의 전음에도 불구하고 새북적혈련 일당들을 향해 천천히 다가가고 있었던 것이다.

"뭐 하는 놈이냐?"

음랄하기 그지없는 음성과 함께 일당 중 한 명이 앞으로 나섰다. 유일하게 회의장삼을 입고 있는 인물이었다.

독수리… 누구든 그를 보면 독수리를 연상하게 될 것이다. 그만큼 그는 독수리와 닮아 있었다.

감히 마주 보기조차 어려울 정도로 날카로운 눈매와 차가운 인상을 더욱 비정하게 느끼게 만드는 매부리코와 얄팍한 입술.

단 한 곳의 빈틈도 없이 균형 잡힌 건장한 체격과 숨 막히는 위압감이 전신에서 뿜어져 나오는 칠십대 노인이었다.

그는 독수리 같은 시선으로 철우를 차갑게 응시했다.

"계집과 친분이 있는 것을 보니 네놈 역시 만중왕의 수족인가?"

전신을 송곳처럼 파고드는 섬뜩한 안광이었건만 철우는 여전히 입가에 가벼운 미소를 떠올리고 있었다.

"굳이 그대들에게 내 신분을 밝힐 이유는 없다고 생각하는데."

"그게 아니라면 꺼지는 게 네 신상에 이로울 것이다."

"글쎄… 그렇게 하기엔 늦었소. 난 마차 속의 여인을 구해주기로 이미 약속했으니까."

"정말 살기 싫어서 환장한 놈이로군."

그는 다시 한 번 독수리 같은 안광으로 철우를 노려보고는 허공으로 천천히 손을 들었다. 그의 손이 마치 먹이를 쪼는 독수리처럼 움직이자 일행들이 신형을 움직였다. 냉모를 무섭게 공격했던 칠 인 중 도끼 사내를 제외한 여섯 명이 일제히 공세를 펼치며 돌진하기 시작한 것이다.

슈아아앗!

기쾌무비한 신법, 그리고 숨 막힐 듯 일사불란하게 조여드는 압박감.

'음… 흔한 잡졸들과는 차원이 다르군.'

내심 탄성을 흘리며 철우는 검집에서 철검을 뽑아 들었다.

"타아앗!"

우렁찬 기합성과 함께 철우의 녹슨 철검이 붉은 광망을 쏟아내기 시작했다.

*　　　*　　　*

능진걸이 도감책의 영반으로 자리를 옮긴 지 어느덧 오십여 일이 지났다.

그동안 그는 궐내의 문무백관들에 대한 자료를 수집하면서 만중왕을 따르는 측근들이 생각한 것보다도 훨씬 많다는 것과 요직의 대부분을 그들이 장악하고 있다는 것을 알게 되었다.

'음… 정말 이해할 수가 없는 일이군. 이 정도로 권력을 장악했다면 얼마든지 욕심을 차릴 수도 있을 텐데…….'

그랬다.

자신의 뜻대로 황실 인사까지 깊숙이 개입할 정도의 실권을 장악하고 있는 만중왕이라면 능히 황위 찬탈이 가능할 정도였다. 그런데도 만중왕이 역모를 꾀하지 않고 있는 이유가 능진걸은 궁금했다.

'좀 더 완벽한 기회를 노리는 것인가? 그렇지만 거의 모든 대신들이 그의 그늘 아래에 있는 지금이 최적기일 듯한데…….'

능진걸은 고개를 갸웃거렸다. 그의 상식으로는 아무리 생각해도 쉽게 정리가 되질 않았다.

그리고 이해되지 않는 게 또 하나 있었다.

환관들의 집단인 이십사아문이었다.

그들은 매년 예산 책정 때마다 전년에 비해 두 배 가까운 예산을 요청했다. 그것도 근 삼 년 동안을 계속.

금감석의 내사 결과에 의하면 늘어난 예산을 십이감(十二監)과 사사(四司), 팔국(八局)에 균등하게 분배를 하였고, 뒤로 빼돌린 돈이 한 푼 없을 정도로 완벽하게 궁중 사무 비용으로 쓰여졌다는 걸 알게 되었다.

하나 십이감, 사사, 팔국에 속한 사람들은 모두 같은 환관들이다. 그들이 서로 얘기만 맞춘다면 장부 조작은 얼마든지 가능하리라고 능진걸은 생각했다.

'궁중 사무비로 그렇게 많은 돈이 지출된다는 것부터가 이상하다. 만약 돈을 빼돌리고 있다면 그것은 누구의 짓이며, 무슨 목적으로 그런 짓을 하는 것일까? 환관인 이상 처자식이나 혈육들을 위해 축재할 이유도 없건만……'

능진걸은 이미 한차례 내사는 했지만 많이 부족하다고 생각하며 좀 더 확실하게 파헤쳐 보고픈 욕심이 뭉게구름처럼 피어올랐다.

그때였다.

"영반님."

부영반인 금감석이 조심스럽게 문을 열고 들어왔다.

"무슨 일입니까?"

"저… 귀한 분께서 오셨습니다."

능진걸은 의아한 표정을 지었다.

"귀한 분이라뇨?"

"하하… 내가 왔소이다, 능 영반."

미처 금감석이 대답하기도 전에 그의 등 뒤로 한 사내가 가벼운 너털웃음과 함께 모습을 드러냈다.

건장한 체구에 화려한 푸른색의 관복을 입고 있는 사내. 적당한 관록과 적당한 위엄, 그리고 적당한 정도의 후덕함이 가장 적당하게 조화되어 있는 오십대 중년인이었다.

그와 같은 적당함 속에서 한 가지 특징적인 것이 있다면 코밑과 턱이 너무도 깨끗하다는 것이었다.

능진걸은 급히 자리에서 일어나며 그 수염 없는 사내를 향해 예를 갖췄다.

"태감(太監)께서 이 누추한 곳까지 어인 일이십니까?"

태감!

그랬다. 미소를 지으며 나타난 오십대 장년인은 이십사아문의 수장이자 궐내 환관들의 대부인 태감 위지흠(魏志欽)이었다.

                    *   *   *

사삭!

소름 끼치는 절삭음이 허공을 울림과 동시에 피분수가 솟구쳤다. 허공으로 날아오른 것은 여섯 명의 새북적혈련 무리들 중 일인의 수급이었다.

그리고 그때부터가 본격적인 시작이었다.

빠지직!

칵! 카가각!

그저 듣는 것만으로도 소름이 오싹 끼치는 기괴스런 쇄골음과 파육

음들이 연쇄적으로 터져 나왔고, 그와 동시에 떨어진 팔다리, 머리통, 몸통, 박살난 각종 병기의 조각들과 수천 줄기의 피화살이 일시에 허공을 메웠다.

비명 같은 건 들리지도 않았다.

합공을 펼친 육 인의 인물들에겐 그럴 여유조차 없었다.

시꺼먼 묵광이 뿌려지는 곳마다 그들의 신형은 부서진 장난감처럼 허공으로 날아올랐고, 그들의 비명이 목젖 밖으로 튀어나오기도 전에 명줄을 놓아버렸다.

창졸간에 동료들이 처참한 시신으로 변하자 파충류 같은 사내와 함께 있던 여덟 명과 마차를 공격하던 여덟 명, 총 열여섯 명의 인물들이 철우를 향해 광포하게 몰려들었다.

우우우…….

시뻘겋게 허공을 메우며 돌진하는 새북적혈련의 모습은 마치 피에 굶주린 이리 떼 같았다.

낫, 도끼, 창에서 뿌려지는 수십, 아니, 수백 개의 그림자가 철우의 전신을 화살처럼 파고들었다.

철우는 눈을 번뜩이며 그림자가 난무하는 그 허공 속으로 솟구쳤다.

쐐쐐쐐쐐…….

날카롭기 그지없는 파공성과 함께 철우의 가공무쌍한 공세가 그들을 향해 폭발적으로 작렬했다.

서거걱!

사방에서 처절의 극에 달한 절삭음이 쏟아져 나오는 것과 동시에 한 명, 두 명, 네 명이 순차적으로 허공에 피화살을 토했다. 그리고 그들은 앞서 간 동료처럼 처참한 시신이 되어 바닥에 처박혔다.

열여섯의 합공자 중 먼저 죽은 팔 인은 모두 마차를 공격했던 인물들이었다.

이제 남은 인원은 팔 인. 그들은 한결같이 긴 장창을 무기로 삼고 있는 인물들이었다.

창졸간에 여덟 명의 인물이 저승길로 떠난 것처럼 이들 또한 곧 떠나게 될 것 같았지만, 뜻밖에도 그들에게는 비장의 한 수가 숨겨져 있었다.

그들은 마치 약속이라도 한 듯 일제히 창대를 꺾었다. 그러자 나무만 남은 창대에서 무엇인가가 쏟아져 나오기 시작했다.

피류류룻!

극미한 음향과 허공에 여덟 줄기의 실처럼 가는 섬광이 일었다.

'헉! 절명삭(切命索)……!'

돌연 철우의 눈이 크게 불거졌고, 얼굴은 딱딱하게 굳고 말았다.

절혼삭.

눈에 보이지 않을 정도로 얇고 예리한 실이었다. 그러나 이것은 단순한 실이 아니라 격출하면 반드시 상대의 숨을 끊어놓는 가공스럽고 기괴한 병기였다.

최상승 반열의 고수 정도나 겨우 육안으로 확인할 수 있는 이 가느다란 실은 절대 끊을 수가 없었다. 아무리 유명한 명장이 만든 명검으로 내려친다 해도 마찬가지다.

그리고 이것은 상대의 몸에 격중하면 실의 특성상 몸을 휘감게 되고, 다시 그것을 잡아당기면 휘감고 있는 살점을 덩어리째 떼어내 버리는 지독한 특성을 갖고 있었다.

여덟 곳에서 쏘아오는 절명삭은 마치 그물망처럼 철우를 덮쳐들었다. 그것은 도저히 피할 수 없는 천라지망이었다. 아무리 철우의 무공이 초절정에 이르렀다고 해도, 스치기만 해도 살덩이가 뭉뚝하게 잘려 나가는 절명삭의 천라지망을 뚫고 나갈 수는 없으리라.

하지만 이미 모든 계산을 끝낸 듯, 철우의 입가엔 싸늘한 미소가 스치고 있었다.

철우의 신형이 꼼짝없이 그물에 덮이려는 바로 그때였다.

스스스스…….

그의 신형은 지면과 수평이 되도록 납작 엎어졌고, 그 상태로 마치 지면과 닿을 듯이 비행하는 제비처럼 한쪽을 향해 쏘아가고 있었다.

순간, 독수리 같은 노인의 얼굴이 새하얗게 탈색되었다.

"미, 미종비천술……?"

그랬다.

이 순간 철우가 펼치고 있는 것은 무림사에서 가장 현묘한 경공이자 보법과 경신술을 동시에 시전할 수 있다는 절세의 기학, 바로 미종비천술이었던 것이다.

철우의 신형이 기쾌무비한 경공으로 지면과 닿을 듯이 비행하며 절체절명의 순간을 벗어나자, 독거미의 촉수처럼 휘감아온 절명삭은 허탕을 치고 말았다.

그리고 그 찰나지간을 놓치지 않고 철우는 또다시 그들을 향해 엄청난 공세를 폭산시켰다.

파츠츠츠춧!

그의 손에서 거무튀튀한 묵광이 부챗살처럼 퍼져 나갔다. 그러자 여기저기서 처절한 절규가 밀물처럼 쏟아져 나왔다.

"으아아악!"

"크아악!"

비명과 소름 끼치는 절삭음, 그리고 허공으로 솟구치는 피분수가 한데 어우러지며 지옥도를 연출하고 있었다.

후두두둑…….

철우가 지나간 자리마다 혈우가 쏟아졌고, 단말마의 비명이 폭포수처럼 이어지고, 찢겨져 나간 육편(肉片)들이 사방으로 비산했다.

그리고 거대한 수급 하나가 육중한 음향을 내며 바닥에 떨어지는 것으로 처참한 혈전은 마침내 끝이 나고 말았다.

"……."

부하들을 모두 잃은 독수리노인은 전율과 분노가 뒤엉키며 전신에 경련이 일었다.

"이 땅에 미종비천술을 펼칠 수 있는 놈이 존재하고 있었다니……."

그는 다시 예의 독수리와 같은 시선으로 철우를 직시했다. 하지만 섬뜩한 눈빛과는 달리 음랄했던 그의 음성은 미미하게 흔들리고 있었다.

"네, 네놈은 누구냐?"

철우는 짤막하게 대답했다.

"생사검."

"……!"

독수리노인은 다시 한 번 경악했다. 하나 이내 그는 고개를 끄덕이며 갑작스런 광소를 토해냈다.

"크하하핫! 중원에 새로운 무적고수가 출현했다고 하더니만 바로 네놈이었군. 나의 부하들이 목숨은 잃었지만 생사검이라니 그리 억울하진 않겠구나."

그의 음란한 음성은 쩌렁하게 울리며 선하령을 메아리쳤다. 그리고 메아리가 잦아들 즈음에 그는 품속에서 핏빛 부채를 뽑아 들었다.

"사실 그동안 중원에는 변변한 강자가 없었지. 모두 이름만 거창했지 실속없는 것들이 판을 쳤었는데… 삼십 년 만에 제대로 된 상대를 만나는 것 같군."

순간, 옆구리에서 흘러나오는 피를 지혈하며 장내의 상황을 지켜보던 냉모가 흠칫했다.

'핏빛 혈선(血扇)… 그리고 삼십 년……?'

그녀는 크게 당황하며 입을 열었다.

"서, 설마… 다, 당신이… 혈선대조(血扇大雕)……?"

독수리노인은 다소 의외라는 표정을 지었다.

"호오, 아직도 이 땅에서 나를 기억하는 인간이 있었나?"

"이, 이럴 수가……!"

냉모는 그만 사색이 되고 말았다.

혈선대조 천붕악(千鵬岳).

그는 비무광이었다. 자신의 적수라면 정사를 막론하고 어떡하든 일전을 치렀고, 그때마다 승리했다.

점창파의 장문인이었던 청궁검객(靑穹劍客) 표명상(表明像)을 비롯하여, 장강십팔수로채의 최고수였던 혈세수라도(血洗修羅刀) 사마진창(司馬眞鎗), 사술과 기환술의 대가이자 사마외도의 절대강자라 불리던 환사(幻邪) 낭리추(浪里秋), 그리고 소림제일의 태상장로이자 불문의 정신적 지주인 천무대사(天無大師) 등… 천하제일인을 꼽을 때 늘 거론되던 절대강자들이 천붕악의 핏빛 혈선 아래 모두 고인이 되고 말았다.

더 이상 겨뤄볼 만한 마땅한 상대가 없자 비무에 미친 그는 더 넓은 곳에서 찾아보겠다며 중원을 떠난 그때가 삼십 년 전이었다.

냉모는 싸늘한 눈으로 그를 노려보았다.

"미, 믿을 수가 없군요. 중원무림이 좁다며 사라진 당신이 이렇게 새 북적혈련의 일원이 되어 다시 나타나다니……."

"흐흐… 그래서 세상일이 재밌는 것 아니겠느냐? 이렇게도 되고 저렇게도 될 수 있으니 말이야."

그는 씁쓸하게 읊조리고는 다시 철우를 향해 시선을 돌렸다.

"생사겁. 한번 붙어보고 싶었던 이름이다. 자, 어서 시작해 보자꾸나."

촤르륵!

비무에 미친 사람답게 그의 얼굴은 흥분으로 가득 차 있었다. 하지만 철우는 그전에 알고 싶은 게 있었다.

"일단 한 가지만 물어봅시다."

"뭐냐?"

"당신의 부하들이 내게 합공할 때 가담하지 않은 이유도 나와의 비무 때문이었소? 절명삭이 그물처럼 펼쳐졌을 때 당신 정도의 초극고수가 한 수만 거들었어도 난 이미 이 세상 사람이 아닐 것이오. 아무리 미종비천술을 펼칠지라도."

천붕악은 냉소를 쳤다.

"미친놈. 부하들의 합공에 힘을 보태서 상대를 쓰러뜨릴 만큼 혈선대조라는 나의 위명이 가볍지는 않다."

'역시… 자존심 때문이었군.'

절체절명의 위기였던 그 순간, 미종비천술을 펼치면서 철우가 가장 염려했던 부분이 바로 그것이었다. 하지만 천붕악은 천재일우의 기회였음에도 불구하고 끼어들지 않았다. 그만큼 그는 결과보다 자존심을 중요시 하는 인물이었다.

철우는 고개를 끄덕였다.

"인정하겠소, 당신의 이름값을."

그와 동시에 철우는 천천히 철검을 세웠다.

휘이이잉.

불현듯 하늘이 침침해지더니 거센 바람이 불기 시작했다. 날리는 흙먼지 속에서도 두 명의 고수는 미동도 없이 태산처럼 우뚝 서 있었다.

천붕악의 혈선이 바람결에 흔들거릴 때, 그의 입가에 싸늘한 미소가 번졌다.

"재밌는 승부가 될 것 같군. 그런데 만약 새로운 절대고수로 이제 겨우 얼굴을 내민 자네가 노부의 혈선에 쓰러진다면 너무 억울하지 않겠나?"

철우 역시 미소로 답했다.

"노선배 역시 삼십 년 만에 돌아온 중원에서 까마득한 후배에게 패한다면 무척 억울하실 것 같군요."

"후훗! 조심하라고, 아마 그런 일은 없을 테니까."

싸늘한 미소와 동시에 천붕악의 혈선이 둥글게 원을 그리며 드디어 출수했다.

츄리리릿!

엄청난 경기가 철우의 허리를 향해 짓쳐들었다.

"하앗!"

철우는 우렁찬 기합과 함께 철검을 수평으로 휘둘렀다. 그러자 폭풍 같은 검기가 휘몰아쳤다.

파츠츠츳!

철검의 검기가 불꽃처럼 사방으로 난무하더니 소름 끼칠 듯한 귀곡성을 발산했다. 동시에 철우의 신형이 팽이처럼 회전하는가 싶더니 검기를 연속적으로 폭사시켰다. 그로 인해 고막이 찢겨 나갈 듯한 파공성이 사위에 울려 퍼졌다.

그의 맹렬한 기세에 천붕악의 안색이 일변했다. 그는 예의 음랄한 일성을 터뜨리더니 혈선을 종횡으로 휘둘렀다.

카카카카캌!

굉렬한 격돌음과 함께 팔대요혈을 노리던 철우의 공세는 놀랍게도 모조리 봉쇄당하고 말았다.

'정말 엄청난 인물이군!'

철우는 내심 감탄을 토했다. 천붕악의 무위는 철우가 이날까지 수많은 격전을 치르는 동안 만난 상대 중 단연 으뜸이었다.

담중산의 저택에서 만났던 천지쌍마를 비롯하여 악양의 적사와 환사, 그리고 금룡표국의 총관인 권암, 무창에서 비무를 벌였던 비검문주 좌승백을 시작으로 비무를 벌였던 삼십여 명의 절정고수들과도 비교할 수 없는 엄청난 무위였다.

철우는 삼십 년 전 적수가 없어 중원에서 새외로 눈을 돌릴 수밖에 없었다는 그의 광오한 얘기가 결코 허언이 아님을 깨달으며 뒤로 물러났다.

철우가 후퇴하는 모습을 보이자 천붕악의 입가에 잔독한 미소가 스쳤다.

츄라라락!

혈선이 다시금 전광석화와도 같이 허공을 누비기 시작했다. 창졸간에 천지가 온통 수천 개에 달하는 혈선의 환영으로 뒤덮여 버렸다.

철우는 극단의 위기를 몸으로 느낄 수 있었다. 도저히 천붕악이 펼치는 공격의 허와 실을 구분할 수가 없었던 것이다.

'그렇다면…….'

철우는 입술을 질끈 깨물며 무정천풍검법의 제구초인 무정묵천(無情墨天)을 전력으로 펼쳤다. 그의 투박한 철검을 따라 검은 묵광이 물 위에 퍼지는 먹처럼 퍼져 나갔다.

쏴애애애액!

귀청을 찢는 듯한 파공성과 함께 천붕악의 섭선에서 뿌려지는 핏빛 광휘와 철우의 철검에서 퍼지는 검은 묵광이 난무하며 허공에서 격렬하게 부딪쳤다.

쾅! 꽈르르릉…….

마치 뇌성과 같은 울림이 연속적으로 울려 퍼졌다. 그와 동시에 철우와 천붕악의 신형이 허공에서 떨어져 내렸다. 두 인물은 철탑같이 우뚝 버티고 서서 상대를 뚫어지게 바라보고 있었다.

철우가 그랬던 것처럼 천붕악의 눈에도 당혹과 감탄이 복잡하게 뒤엉켜 있었다.

"과, 과연 강호제일의 신진고수라는 칭호가 아깝지 않을 만큼 훌륭한 솜씨다. 노부는 평생동안 너만큼 검을 잘 쓰는 자를 만나본 적이 없다."

음성은 묵직했으나 그의 표정은 여전히 즐거운 기색이었다.

"너와 같이 강한 친구를 만날 수 있다는 게 노부는 그저 한없이 기쁠 뿐이다."

"그것이 노선배의 기쁨이라면, 멋진 승부가 되도록 최선을 다하겠소."

"흐흐… 볼수록 마음에 드는 놈이구나. 생사검, 어디 노부가 지난 삼십 년 동안 갈고닦은 최후의 초식인 천멸혈폭(天滅血暴)을 받아보아라."

차가운 냉소와 함께 그의 손에서 혈선이 다시 한 번 허공을 날기 시작했다.

우우우우웅!

그와 동시에 시뻘건 혈광이 허공을 가득 메우자 그야말로 천지가 피바다로 변한 것 같았다.

"……."

반면 철우의 안색은 무서울 정도로 고요했다. 혈선이 목을 향해 날아오는데도 그의 안색에는 전혀 변화가 없었다.

그는 무심한 표정으로 일검을 펼쳤다.

쫴쫴쫴쫴.

검에서 뿜어지는 묵광으로 천지는 흡사 지옥과 같은 암흑 속으로 빠져들었다. 주위는 가공스런 검기와 함께 울부짖는 철검의 신음 소리만이 들릴 뿐이었다.

어느 한순간, 암흑 속에서 시퍼런 광휘가 연속적으로 번쩍였다.

그러자 천붕악은 자신의 공세로 형성한 혈망(血網)이 속절없이 찢겨져 나가는 것을 느낌이 아닌 눈으로 체험했다.

"헉! 거, 검강……!"

그것이 그가 대전 중에 외친 마지막 음성이었다.

"으아아악!"

연속적이면서도 육중한 타격음이 퍼지는 것과 동시에 그는 피보라를 뿌리며 무력하게 곤두박질을 치고 말았던 것이다.

이윽고 격전은 끝났다. 그리고 공간을 흩날리던 흙먼지가 차분하게 내려앉았다.

천붕악은 가슴을 부여잡은 채 누워 있었다. 그의 손가락 사이로 검붉은 선혈이 꾸륵꾸륵 새어 나왔다.

"검강이라니…… 그 나이에 검강을 펼칠 만한 내공을 갖고 있다는 게 도무지 믿어지지가 않는다……."

"기연이 있었소, 운이 좋게도."

"그랬나… 천하영물의 내단이라도… 얻은 모양이로군……."

천붕악은 마치 농담처럼 말을 던졌다. 가슴에서는 쉬임없이 피가 흘러나오고 있건만.

철우가 누워 있는 천붕악의 바로 지척에 한쪽 무릎을 꿇고 앉으며 입을 열었다.

"노선배, 묻고 싶은 게 있습니다."

"뭐, 뭔가?"

"새북적혈련이라면 변방의 이민족들이 만든 연합 단체라 알고 있습니다. 그런데 노선배와 같은 분이 어째서 그들의 주구(走狗)가 되었는지 전 이해할 수가 없군요."

"크큭… 세상일을 꼭 이해해야 할 필요가 있을까?"

그는 씁쓸한 얼굴로 키득거리고는 다시 철우의 얼굴을 응시했다.

"그러니 굳이 얘기 못 할 것도 없지. 자네가 궁금하다면……."

"……."

"아까 말한 냉모의 얘기처럼 삼십 년 전의 난 적수를 찾아 변방으로 떠났지. 세상은 과연 넓더군. 새외로 나가자마자 적수를 만났는데 노부가 맥없이 깨지고 말았거든."

"……!"

철우는 흠칫했다. 그 누구보다 강한 천붕악이 변방으로 나가자마자 패했다는 얘기를 도저히 믿을 수가 없었던 것이다.

"그자는 노부의 숨통을 끊을 수 있었음에도 불구하고 그냥 사라지더군. 비록 상대의 선심에 목숨을 보존할 수는 있었지만, 패배했다는 자존심 때문에 난 견딜 수가 없었지."

패배라는 단어를 거론하자 그의 표정이 어둡게 가라앉았다. 아무리 지난일이라 할지라도 천붕악에겐 결코 유쾌할 수 없는 일이었다.

"하여 그자를 반드시 꺾어보고픈 열망에 미친 듯이 무공을 연마했고, 삼십 년이 지난 후 난 그와 다시 한 번 겨룰 수 있는 기회를 갖게 되었지. 그랬더니 그자가 이번에는 조건을 걸더군."

철우가 물었다.

"조건? 그게 뭡니까?"

"패하는 사람이… 상대의 수하가 된다는 것이었네."

"……?"

"이미 한 번의 패배를 당한 나로선… 거절하고 말고 할 입장이 아니었지."

"……."

"일단 일전을 겨루기 위해 무조건 수락부터 한 후… 드디어 일전을 겨루었는데… 크큭… 삼십 년 동안 그자를 꺾기 위해 피나는 정진을 했건만…… 난 또다시 패배를 하고 말았네."

천붕악은 가쁜 숨을 몰아쉬며 말을 보탰다.

"그는 다름 아닌 바로… 새북적혈련의 대종사였다네."

철우는 충분히 예상하고 있기라도 했다는 듯, 무심한 표정이었다.

천붕악의 얼굴엔 어느덧 죽음의 그림자가 길게 드리워져 있었다.

"새북적혈련은 강하다… 대종사는 이미… 인간의 경지를 넘었다……"

"……"

"지난 백 년 전과는 달리… 이번엔… 중원을 지켜내기가… 힘들 거야……"

"……"

"더구나 대종사를 돕는… 내부의… 조력자까지 있는 한……"

그 말을 끝으로 천붕악은 마침내 눈을 감고 말았다.

그의 말을 묵묵하게 경청하던 철우의 얼굴이 무겁게 굳어졌다. 미처 끝내지 못한 천붕악의 마지막 말이 그의 뇌리에서 떠나질 않았기 때문이다.

'내부의 조력자?'

『반역강호』 4권에서…

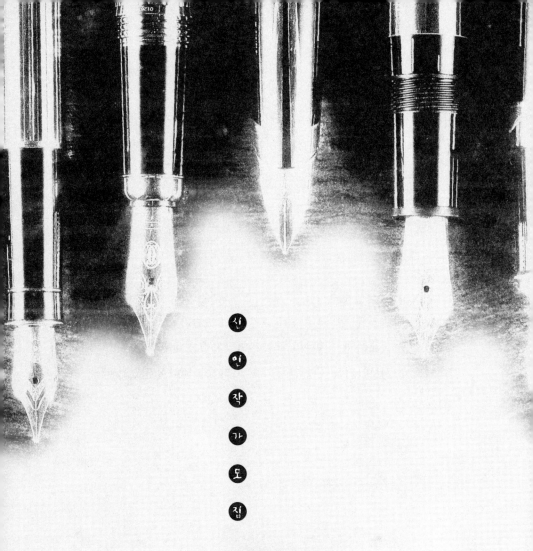

신

인

작

가

모

집

시작이 반이라고 했습니다.
작가의 길에 대한 보이지 않는 벽을 과감히 깨뜨리십시오!
청어람은 작가 지망생 여러분들의
멋진 방향타가 되어드리겠습니다.

저희 도서출판 청어람에서는
소설 신인 작가분들을 모집합니다.
판타지와 무협을 사랑하시는 분들의 많은 참여를 바랍니다.
소정의 원고(A4용지 150매)를 메일이나 우편으로 보내주시면
검토 후 출판 여부를 알려드리겠습니다.

주소:경기도 부천시 원미구 심곡1동 350-1 남성B/D 3F 우편번호420-011
TEL:032-656-4452 · **FAX**:032-656-4453
http://www.chungeoram.com
e-mail:chungeoram@chungeoram.com